KB061436

추억의
시간을
수리합니다

— 천재 시계사와 다섯 개의 사건

OMOIDE NO TOKI SHURI SHIMASU by Mizue Tani

Copyright ⓒ 2012 by Mizue Tani
All rights reserved.
First published in Japan in 2012 by SHUEISHA Inc., Tokyo
Korean translation rights in Korea arranged by SHUEISHA Inc.
through Japan Foreign-Rights Centre/Shinwon Agency Co.

추억의 시간을 수리합니다

— 천재 시계사와 다섯 개의 사건

다니 미즈에 지음 | 김해용 옮김

위즈덤하우스

· 차 례 ·

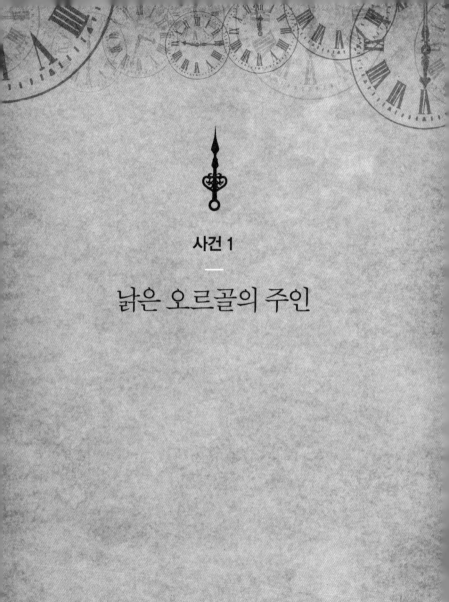

사건 1

—

낡은 오르골의 주인

1

추억의 시時 수리합니다

작은 쇼윈도 한쪽 구석에, 이렇게 적힌 금속 간판을 발견하고
아카리는 걸음을 멈추었다.

노트 정도 되는 크기로 프레임 스탠드 위에 세워져 있었다. 동
판에 은색 문자가 도드라져 있었지만 유리 안이 어두워 자세히
보지 않으면 뭐라고 적혀 있는지 모를 정도였다.

'추억의 시時 수리합니다'

몇 번을 확인해도 틀림없이 그렇게 적혀 있었다. 어떤 의미일
까. 그 자리에 우두커니 서서 아카리는 고개를 갸웃거렸다.

망가진 추억을 수리할 수 있는 걸까. 무엇보다 추억이 망가지
기도 하는 것일까.

망가질지도 모른다. 아아, 그렇다. 아카리에게도 망가져버린
추억이 있다. 하지만 이미 지난 일이다. 손에 닿지 않는 과거를

복구할 수 있으리라고는 생각하지 않는다.

바람벽 밖에 나 있는 창문 정도 크기밖에 안 되는 쇼윈도에는 앤티크풍의 사발시계가 덩그러니 자리 잡고 있었다. 천사 조각이 주위를 장식하고 있는, 정교해서 시계라기보다는 미술품처럼 보이는 것이었다.

하지만 일상과는 무관한 것. 아카리는 이내 흥미를 잃고 무거운 여행용 가방을 끌면서 다시 걸음을 옮겼다.

지도로 시선을 옮겨 이쯤일 거라고 생각하면서 주변을 둘러보았다. 눈에 들어오는 것은 내려진 셔터뿐이다. 철물점이나 침구점 등등 일찍이 상점이었음을 주장하는 글자가 빛이 바랜 그대로 남아 있었지만 아카리가 찾고 있는 글자는 보이지 않는다.

간신히, 찾던 간판을 발견한 것은 두세 번 길을 오가고 나서였다. 흰색 바탕에 빨갛고 파란, 세 가지 색의 줄무늬로 된 기둥과 함께 외벽에 붙어 있는 그 간판은 담쟁이덩굴에 덮여 마치 숨겨놓은 것처럼 되어 있었다.

틀림없이 '헤어살롱 유이'라고 적혀 있다. 안도하며 아카리는 그 건물로 발걸음을 옮겼다. 목조로 된 단독주택이었지만 길가에 있는 1층의 외벽은 벽돌 모양으로 칠이 되어 있고, 손질한 흔적이 보이지 않는 담쟁이덩굴은 2층 지붕까지 잠식해 들어가고 있었다.

문 닫은 지 몇 년이 지났다는 옛 미용실. 여기가 아카리의 새로운 집이다.

새삼 주변을 확인하자 아까 본 '추억 가게'와는 거의 대각선 방향이었다.

길을 사이에 두고 바라보니 길가에 늘어선 건물들 중 그 가게만이 한층 두드러져 보인다. 서양식으로 지어져 2층 벽에는 둥근 스테인드글라스 창문이 있다. 세련된 주택가라면 모를까, 이 쓸쓸한 상가와는 어울리지 않는다.

역에서 약간 떨어진 상가商街다. 아카리가 여기까지 걸어오는 동안에도 대부분 가게의 셔터가 내려져 있었다. 상가임을 안 것은 무지개를 본뜬 아치형 간판이 적당한 간격으로 나타났기 때문이다.

'쓰쿠모 신사 거리 상가'라는 글자를 흐릿하나마 읽을 수 있었다.

철제 기둥에는 녹이 슬고, 무지개색 페인트칠도 벗겨져 있다. 승용차 한 대 지나가는 게 고작일 정도의 도로 폭이었지만 차는 커녕 행인도 거의 없었다.

역 앞의 인파는 모두 아카리와 반대 방향으로 향하고 있었다. 새롭게 개발된 듯한 맨션 밀집 지역이나 쇼핑센터로 연결되는 색깔 벽돌의 인도를 곁눈질하며, 아카리는 울퉁불퉁한 아스팔트 위를 걸어 좁은 철로 육교 밑을 지났다. 그러고 나서도 인적이 드문 방향으로 20분 정도 더 걸어 도착한 곳이 이 상가였다.

지방 도시의 베드타운bed town으로 발전 중이라는 작은 마을이었지만 이 주변은 그런 혜택과는 상관없이 내리막길을 걷고 있는 듯했다.

어린 시절의 기억과는 상당히 달랐다. 훨씬 더 북적였고 온갖 색깔의 간판과 조화 장식이 넘쳤었다. 몇 번인가 갔던 막과자 가게가 어디였는지, 알 수가 없다. 폭죽을 샀던 장난감 가게도 아마 이제는 없을 것이다.

그래도 아카리는 상가가 쓸쓸하게 변한 것이 안타깝기보다 오히려 안심이 됐다. 옛날 모습이 남아 있지 않았기 때문에 더욱 여기 오는 것을 허락받은 기분이었다.

그때의 상가나 작았던 아카리는 이젠 어디에도 없다. 분명 아무도 자신을 기억하지 못할 테니까 작은 거짓말 정도는 허용해주지 않을까.

높은 하늘도, 습기가 적은 바람도 가을 분위기를 띠고 있었지만 오후의 햇살은 여전히 따가워서 헤어살롱 유이의 입구까지 걸어가며 아카리는 이마를 한 손으로 훔치려다가 오늘은 화장을 꼼꼼히 했다는 사실을 떠올리고 손길을 멈췄다.

이사하는 날이었는데 같은 가게에서 미용사로 일하는 동료에게 머리 모델을 부탁받았다. 머지않아 있을 본사의 콘테스트에 나가기 위해 연구 중이었던 것이다. 덕분에 아카리는 기괴한 머리 모양인 채 전차를 타고 이 마을로 왔다.

아까부터 가끔씩 지나가는 사람이 이상한 눈으로 아카리 쪽을 봤다. 처음엔 여행자 같은 가방 때문이라고 생각했지만 그게 아니라는 걸 새삼 깨닫고 한심한 기분이 들었다.

지면에 드리워진 아카리의 그림자는 수수께끼의 먼 나라 속 춤추는 아이 같았다. 드레드록스 헤어(dreadlocks hair, 레게 연예인들을 중심으로 하여 하나의 패션이 된 머리. 세 가닥으로 머리를 꼰 주위에 머리털을 감아 표면을 지져서 풀어 고수머리를 고정시킨 스타일) 가발을 더욱 복잡하게 땋은 형태였다. 큰 도시 같았으면 그리 드물지도 않을 화려한 스타일이었지만 이 차림으로 여기까지 온 것은 역시 문제였다.

하지만 이젠 어쩔 수 없다. 복장은 지극히 평범한 셔츠와 면바지였고, 그건 그것대로 부조화했지만 아는 사람도 없는데 뭐, 하고 마음을 고쳐먹었다. 지금의 자신은 인간으로서도, 여자로서도 자포자기 상태였다. 일을 그만두고 애인과도 헤어져 혼자 새로운 곳을 찾았다. 좀 이상한 사람이라고 생각한대도 뭐 어쩌랴 싶었다. 어쨌든 집 안으로 들어가버리면 누구도 눈살을 찌푸릴 일은 없다.

기하학적인 문양의 스테인드글라스로 꾸며진 문에 열쇠를 꽂아 넣었다. 끼익 소리를 내며 열린 문 안쪽으로 외부의 빛이 흘러든 순간, 색 바랜 낡은 기억이 갑자기 현실의 색채를 띠며 눈앞에 나타났다.

어린 시절과 전혀 변하지 않았다. 크고 둥근 거울이 셋, 그 앞에는 하얀 의자가 놓여 있다. 대기석은 빨간 소파. 칸막이 맞은편에는 샴푸를 놓는 선반과 파마용 기구가 자리하고 있다.

이발사였던 할아버지와 미용사 자격을 가지고 있던 할머니, 두 사람이 이 가게를 운영했다. 단발머리를 밤색으로 염색한 할머니는 늘 옅은 분홍색 앞치마를 하고 가게에 서 있었다. 할아버지는 멋진 콧수염을 기른 사람으로, 기억 속에서는 단정하게 목까지 오는 하얀 상의를 입고 있었다.

아카리는 이따금 가게로 내려와서, 할아버지 할머니에게 방해가 되지 않도록 대기석 옆에 있던 잡지 거치대 앞에 앉아 있곤 했다. 만화나 잡지가 있었기 때문이다. 물론 가게가 혼잡해지면 다시 2층으로 올라갔지만 화려한 헤어스타일을 실컷 볼 수 있는 잡지가 좋았다.

상당히 귀여운, 땋은 헤어스타일이 마음에 들어 몇 번이나 보고 있는데 할머니가 아카리에게 잘 어울리는 땋은 머리를 해주었던 기억이 난다.

이상하게 억세서 빗질하는 것도, 묶는 것도 뜻대로 되지 않는다고 고민하던 아카리의 머리였지만 할머니의 솜씨 좋은 손길에 땋여가던 머리카락은 마법에라도 걸린 듯 얌전했다.

초등학교 2학년 때 엄마의 사정으로 조부모에게 맡겨진 아카리는 여기에서 여름방학을 보냈다. 아카리에게는 특별한 여름방학이었다.

그로부터 20년, 아카리는 다시 이곳을 찾아와 감상에 젖은 채 거울 앞에 앉아 있다.

멍하니 추억에 잠겨 있는데 아무도 없을 가게 안쪽에서 소리가 났다.

짧은 통로 끝에 문이 있고, 손 씻는 곳과 화장실, 2층으로 올라가는 계단이 그 맞은편에 있을 테지만 거기에 누가 있을 이유가 없었던 것이다. 잘못 들었나 생각하는데 문 바로 앞에 쳐둔 구슬 포렴이 흔들리는 것을 깨닫고 몸을 돌린 아카리는 긴장하며 일어섰다.

누군가 있다.

포렴 옆에 있는 선반 근처에서 시커먼 그림자가 움직인다.

"도······ 도둑······?"

소리치려는 순간 검은 그림자가 뛰쳐나왔다. 비명을 지르며 물러선 아카리 옆을 스쳐지난 그림자는 바닥으로 뛰어내리는가 싶더니 재빨리 출입구 쪽으로 달려갔다.

흘낏 본 뒷모습은 검은 고양이였다.

뒤로 물러서는 바람에 왜건에 부딪혔고, 그것을 잡으려다가 요란스럽게 넘어진 아카리는 여기저기 느껴지는 아픔과 도둑 고양이에게 놀란 한심함에 힘이 빠져 곧바로 일어설 수가 없었다.

"괜찮아요?"

활짝 열린 출입구에서 목소리가 들렸다.

"엄청 요란한 소리가 들렸는데."

왜건이 쓰러져 빠져나온 서랍과 그 내용물이 흩어진 가게 안으로 슬쩍 들어온 것은 젊은 남자였다.

"아…… 네, 꽤, 괜찮아요."

아카리는 서둘러 일어나려고 애썼다. 애인도, 일에 대한 의욕도 다 잃었지만 모르는 남자 앞에 가만히 쓰러져 있을 정도로 창피함까지 내팽개치지는 않았다.

"잠깐 고양이한테 놀랐을 뿐이에요."

"고양이?"

"안에 있더라고요. 어디로 들어왔는지."

포렴의 안쪽을 들여다보던 그는, 돌아서며 말했다.

"아아, 화장실 위의 작은 창문이 열려 있네. 집주인이 닫는 걸 잊었나. 새 임차인이 온다고 환기시키러 왔었으니까."

남자는 검은 데님 앞치마를 하고 신발도 대충 신고 온 모습이었다. 척 보기에도 이웃 같았다. 여기 집주인과도 아는 사이인 듯했다.

내민 손이 너무나 자연스러워서 아카리는 무심코 그 손을 잡고 말았다. 일어선 아카리에게 미소를 보이며 그가 말했다.

"안에 있던 건 고양이뿐이었죠?"

"네, 아마도."

작은 창문에는 창살이 붙어 있다. 사람이 침입할 수는 없을 것이다.

"그럼 다행이네. 그나저나 반가워요. 니시나 아카리 씨."

"네?"

"아니신가요?"

어떻게 이름을 알지? 수상하다고 생각한 게 얼굴에 드러났을 게 틀림없는 아카리를 그는 이상하다는 듯 바라본다.

"아, 난 이다 슈지라고 해요. 그리고 동갑인 올해 스물여덟. 그러니까 앞으로는 말 놓고 지내요."

"앗, 동갑! ……나보다 어릴 거라고 생각했습니다."

"말 놓으라니까."

"그게 좀, 놀라서."

"그렇게 어려 보였나?"

가냘픈 데다가 남자에게 이렇게 말하는 건 실례겠지만 귀여운 얼굴이라서.

하고 말하는 건 역시 실례다 싶어서 그만두었다. 그보다 아카리에게는 좀 더 중요한 의문이 있었다.

"그런데 어떻게 나를 알고 있지?"

"집주인인 사노 씨가 여기 이사 올 사람이라고 가르쳐줬어."

"남의 개인 정보를!"

"에이, 그렇게 딱딱하게 말하지 말고. 여기 살던 유이 할아버지 손녀라며?"

그런 것까지도 아는가.

"너희 할아버지가 돌아가시고 가게를 닫은 뒤에도 얼마 동안 할머니 혼자 여기에 사셨는데, 지병 때문에 아드님과 같이 살게 됐다고 들었어. 건강하시지?"

그 이야기는 이 집을 빌릴 때 부동산 중개업자 겸 집주인으로부터 들었다. 아들이 직장을 자주 옮기는 듯 지금은 어디에서 사는지 모른다고 했다.

생각해보면 손녀라고 밝힌 임차인이 진짜 손녀인지 아닌지 의심도 않고 그런 사정을 시시콜콜 이야기해주는 집주인에게서 집을 빌린 것이다. 이웃사람에게 아카리에 대해 이야기했을 가능성도 눈치챘어야 했다.

하지만 눈치챘다 해도 이미 늦었다.

"손녀라고 해도 늘 떨어져 살아서……. 부모님이 이혼하시고, 난 엄마와 살다가 지금은 엄마도 재혼했거든. 여기는 아버지 쪽 조부모님이라 찾아올 일도 거의 없었어. 하지만 가게 생각이 자주 나서 알아보다가 우연히 세를 내났다는 것을 부동산 홈페이지에서 본거야."

왜 처음 보는 남자에게 이런 설명을 해야만 하는 것일까. 그렇게 생각하면서도 아카리는 단숨에 말했다.

가능하다면 자세히 캐묻지 않았으면 싶었다. 그래서 더 묻기도 전에 다 이야기하자고 생각했다.

할 말만 하고 이야기는 다했다는 듯 흩어진 머리핀을 쓸어 모으는 일에 집중했다.

"맞다, 맞다, 사노 씨, 컴퓨터 공부 시작했지. 다들 인터넷으로 장사를 하니 상가에 손님이 사라졌다면서."

그의 도움을 받은 처지지만 이런 이야기는 그만 끝났으면 싶었다. 머리핀이 정리된 시점에 아카리는 말했다.

"고마워. 그런데, 볼일 있는 거 아니었어? 괜히 소란 피워서 미안해."

"아니, 별로 중요한 일도 아니었는걸."

그렇게 말하면서 그는 출입구 쪽으로 향했다.

"이제부턴 이웃이니까 무슨 일 있으면 마음 편히 이야기해."

그리고 출입구 밖으로 얼굴을 내밀며 도로를 끼고 대각선에 있는 건물을 가리켰다.

"저기가 내 가게야. 상점회 회장도 하고 있으니까 장사와 관련해서 상담해도 돼."

그 서양 주택이었다.

이 사람, 추억 수리공이었어?

너무나도 비현실적이어서 확인해도 되는 것인지 헷갈렸다. 그러는 동안 그는 또 봐, 하며 완전히 친구라도 된 듯 손을 흔들곤 가버렸다.

가게 입구이자 집의 현관이기도 한, 스테인드글라스로 꾸며진 문을 닫고, 일단 아카리는 한숨 돌렸다. 낡은 점포에 여자가 혼자 이사 온 이유나 직업, 이혼 경험이 있는지 — 물론 그렇지는 않았지만 — 좀 더 이것저것 물어볼 줄 알았는데 이 정도로 끝났다면 안심해도 좋을 것이다.

그런데, 추억을 수리하려면 앞치마가 필수품인가?

굳이 말하자면 카페 종업원 같은 분위기였는데. 하지만 카페와 같은 아담한 가게는 이 상가에는 없는 듯했다.

이런저런 생각을 하면서 얼굴을 들었을 때는 아까까지 실내로 들이치던 빛이 사라지고 없었다. 낮 동안에는 아직도 더웠지만 확실히 해가 짧아졌다.

아카리는 벽에 붙은 스위치를 찾아 천장의 조명을 켰다. 전기는 물론이고 가스도, 수도도 연결되어 있다. 가재도구는 먼저 보냈으니까 잠잘 수 있는 2층에 놓아두었을 것이다. 짐 가방을 들고 가게 안쪽 계단을 올라가, 종이 상자가 가득 들어찬 2층 다다미 여덟 장(다다미 한 장은 약 0.49평, 다다미 여덟 장이면 네 평가량 된다) 정도 되는 방으로 들어갔다.

조부모님이 거실로 사용하던 방이다. 서쪽으로는 침실, 그리고 아이용 방과 반쯤 창고로 변한 방이 있다. 아마 아이들이 떠나고 창고로 변했을 것이다. 1층 점포와는 달리 주거용 공간에는 이제 조부모님 물건은 아무것도 없다. 다다미 위에 놓인 내

이삿짐 상자들뿐이다. 할머니 취향이던 꽃무늬 커튼도 쿠션도 선물로 받은 목각 인형도 손때 묻은 양탄자도 없다.

아카리는 쌓여 있던 상자를 내려 제일 밑에 있던 상자에서 주전자를 꺼냈다. 거실과 연결된 주방으로 가서 가스 곤로에 물을 끓이며 짐 가방을 열고 컵라면을 준비했다.

"샌드위치라도 사왔으면 좋았을걸."

역 앞에는 편의점이 있었는데 이제 와서 거기까지 사러 가는 것도 귀찮았다. 상가 안에 음식을 파는 가게가 있는지 어떤지도 아직 모른다.

아래쪽 불투명 유리로 된 창문을 열자 맞은편 대각선의 서양 주택이 잘 보인다. 저쪽에는 정원이 있을 것이다. 큰 나무가 초록색 지붕 위로 가지를 넓히고 있었다.

옛날 일을 떠올려보려 했지만 이상하게도 저 서양 주택에 대한 것은 기억에 없다. 아이가 흥미 있어 할 만한 것은 아무것도 없을지 모른다. 작은 쇼윈도만 빼면 가게라기보다는 민가처럼 보였고, 돌계단 끝에 있는 입구가 약간 안쪽에 있어서 아이가 아니더라도 그냥 못 보고 지나칠 구조였다. 소란스럽고 간판들도 화려했던 과거의 상가 안에서는 별로 눈에 띄지 않았을 것이다.

"그나저나 무슨 가게지?"

가만히 보고 있자니 서양 주택의 빨간 벽돌담에서 뛰어내린 고양이가 쇼윈도 앞을 유유히 지나가고 있었다.

아까 아카리를 놀라게 한 고양이처럼 새까만 털을 가진 녀석이었다.

2

걸어서 2, 3분 거리에 편의점이 있는 생활에 익숙해 있다 보니, 아침부터 먹을 게 없다는 것만으로도 마치 산속에서 조난당한 기분이 들었다.

이사 후의 짐 정리에 시달린 근육통의 몸으로, 주린 배를 부여잡은 채 역 앞까지 20분 가까이를 걸어가야 할지, 아니면 좀 더 가까운 곳에 편의점 하나 정도는 있겠지 생각하며 상가를 돌아다녀봐야 할지 망설이면서 아카리는 먹을거리를 찾아 집에서 나왔다.

누군가에게 물어보려 해도 아침의 상가에는 거의 사람이 없다. 개점 준비에 쫓기는 모습은 없고, 희미하게 가게 이름이 적힌 셔터만이 아침 햇빛에 드러나 있다.

헤어살롱 유이의 양옆은 옛날엔 건어물 가게와 식당이었지만 지금은 빈집이라고 했다. 건어물 가게 맞은편은 사진관으로, 문을 닫았지만 사람이 살고 있다는 것은 어젯밤에 불빛이 새어 나와서 알았다. 그런 집들이 아직은 적지 않은 듯했지만 이른 아침이라서 그런지 거리는 너무나도 조용했다.

과거에 번창했으리라 추측할 수 있는 흔적은 가로등 기둥에 설치된 조화뿐이다. 어떻게 된 일인지 그것만은 지금도 선명하게 활짝 피어 있다. 그러니까 여기는 상가도 아니고 평범한 길도 되지 못한 채 시간의 흐름 속에서 외면당해버린 것일까.

그런 생각을 할 만큼 망연히 서 있는데, 뒤에서 목소리가 들렸다.

"당신인가, 신참 미용사가?"

뒤에 서 있는 사람은 상당히 경박스러워 보이는, 아직 미성년자 티를 채 벗지 못한 듯한 남자였다. 햇볕에 그을린 얼굴에 염색한 머리를 위로 세우고 은색 목걸이와 피어스를 무거워 보일 정도로 주렁주렁 매달고 있었는데, 복장은 왠지 사무에(作務衣, 목화나 아마포로 된 갈색 혹은 남색의 승려복)였다. 게다가 이상하게도 목걸이에는 흰 열쇠와 너트 같은 잡동사니들만 매달려 있었다.

"나한테 인사가 없었던 듯한데. 빨리 참배해."

그는 아카리를 노려보듯 내려다보며 그렇게 말했다. 동생 같은 아이와 인사하라는 말과 참배하라는 말이 서로 연결이 안 돼 아카리는 노골적으로 눈살을 찌푸렸다.

"참배라니?"

"신사 말이야. 신참은 새전(賽銭, 신령이나 부처에 참배하며 바치는

23

돈)을 내지 않으면 천벌 받아!"

"신사?"

"이 안쪽에 있지. 유서 깊은 신사가 말이야."

그러고 보니 어제 여기로 오면서 잠깐 길을 잃어 신사 비슷한 곳을 지나쳤던 게 생각났다.

"신참은 지폐를 넣도록 해. 잔돈푼은 남는 게 없다고."

"휴우."

무슨 말인지 도저히 모르겠다.

"다이치, 또 새전 훔칠 생각이지?"

이번에는 다른 목소리가 들렸다. 쓰레기봉투를 손에 든, 추억수리공 씨, 인지 아닌지 잘 알 수 없는 이다 슈지라던 남자였다.

전봇대 아래 쓰레기봉투를 내려놓으며 안녕하세요, 하고 그는 아침부터 싹싹한 미소를 아카리에게 보냈다. 자고 일어난 머리를 대충 묶었을 뿐, 아직 아침 햇살에 익지 않아 눈도 부어 있던 아카리는 무심코 고개를 돌리며 우물우물 안녕, 하고 대답하는 게 고작이었다.

"또라니, 뭐야. 빌리는 것뿐이야. 꼭 다시 돌려놓는다고."

"과연 그럴까? 그리고 새전은 강요하는 게 아니야."

"그건, 이 여자를 위해서였어."

"잠깐, 그게 왜 나를 위한 건데?"

"맞잖아. 참배를 잊어버리면 장사가 잘 안 된다고."

겉보기와 달리 신앙심이 깊은 모양이다. 그런데 새전 도둑?

아니, 그건 그렇고.

"장사라니? 무슨 말이야?"

"어? 당신, 미용실 물려받기 위해 돌아온 거 아니야?"

돌아왔다는 말이, 갑자기 아카리의 가슴을 찔렀다. 과연 자신
은 여기로 돌아온 것일까. 돌아왔다는 말을 써도 되는 것일까.

"미용실?"

하고 수리공 씨가 고개를 갸웃거리며 끼어들었다.

"이 사람, 어제 슈네 가게 맞은편으로 이사 온 사람 맞지? 방
금 저기 헤어살롱 유이에서 나왔거든."

헤어살롱 유이……, 하고 중얼거리다가 갑자기 그는 앗? 하고
소리쳤다.

"니시나…… 씨?"

"네."

"아앗, 얼굴이 다른데."

동일인물이라는 걸 깨닫지 못한 듯하다. 확실히 어제의 아카
리는 짙은 화장에 기발한 머리 모양이었다.

"뭐야? 성형수술이라도 한 거야?"

갈색 머리의 그가 말했다.

"그럴 리가."

"어느 쪽이 진짜야?"

수리공 씨는 진지하게 알 수 없다는 표정으로 아카리를 가만히 본다. 진짜라니 그게 뭐야, 싶으면서도 역시 어제의 모습은 좀 심했다는 생각이 들었다.

"이쪽."

"다행이다."

아니, 그게 무슨 뜻이야?

"그보다 니시나 씨, 어디 가던 길이야?"

비로소 정상적인 대화로 돌아와 안도했다.

"맞다, 맞다, 이 근방에 편의점 같은 거 없어? 먹을 것을 깜박하고 안 사와서."

"음, 역 앞에 하나밖에 없는데. 상가에 빵집이 있긴 하지만 아직 문 안 열었어."

역 앞이라고 들은 순간, 아카리는 완전히 낙담하고 말았다.

"아침 식사 아직이야? 그럼 우리 집에서 먹어."

"아, 그건 좀."

수리공 씨는 혹시 음식도 파는 것일까. 그럴 리는 없다. 그럼 왜? 밥을 먹여주겠다는 건가? 말도 안 돼. 거의 처음 보는 여자인데.

아무리 그래도 선뜻 그런 상황을 받아들이는 건 좀 그렇잖아. 그렇게 생각하면서도 아침 식사라는 말이 아카리의 공복을 자극했다.

"괜찮아. 어차피 다이치도 먹을 텐데."

얼떨결에 수리공 씨 집에서 아침 식사를 하게 된 아카리는 다이치라는 남자와 함께 서양식 주택 문을 지나고 있었다.

길가 쪽 창문으로 아침 해가 들이친다. 벽과 유리 케이스에는 시계들이 당당히 놓여 있었지만 얼핏 보기에도 모두 오래된 것들이었다. 유리문 칸막이가 놓인 옆방 쪽으로 시선을 보내자 넓은 테이블에는 시계인 듯한 것이 완전히 분해되어 도구들과 함께 가지런히 놓여 있었다.

"이 가게는 무슨 가게야?"

"아아, 시계방이야. 입구에 간판 있는데, 못 봤어? 이다 시계방."

그랬구나.

"그럼 시계 수리를……?"

"응, 옛날엔 새 시계도 팔았는데, 수리 의뢰가 더 많아서."

즉 '추억의 시時'가 아니라, '추억의 시계時計'였다. 쇼윈도에 있던 금속판 글자 중 '계計'라는 글자만 떨어져 나간 모양이었다.

납득하고 나니 이상해져서 웃음이 나올 뻔한 아카리는 서둘러 손으로 입을 가렸다.

"왜 그래?"

"으…… 응. 아무것도 아니야."

"늘 생각하던 건데, 이런 귀찮은 일을 참 잘도 해."

다이치가 건방진 소리를 했지만, 수리공, 이 아니라 시계방 씨는 신경 쓰지 않았다.

　"20년쯤 지나면 큰 제조사 것이 아닌 한 부품이 없어서 수리를 할 수가 없지. 그래도 마음에 드는 시계를 계속 사용하고 싶어 하는 사람이 있다면 어떻게 해서든 다시 살리고 싶어. 이 일, 제법 즐거워."

　마음이 담긴 시계는 주인과 함께 시간을 계속 새겨온, 그야말로 '추억의 시간' 그 자체인지도 모른다. 그렇다면 그가 수리하는 것도 단순한 기계가 아닌 걸까.

　"그리고 앞치마."

　"어?"

　"어제, 앞치마 하고 있었잖아. 카페 종업원 같았는데 무슨 가게인지 몰라서 이상하게 생각했어."

　"아아, 일할 때는 그 차림인데 마침 그때는 저녁거리 사려고 막 나가려던 참이었어."

　그렇게 말하고 웃더니 그는 아카리와 다이치를 주방으로 안내했다. 낡고 손때 묻긴 했지만 깨끗한 개수대 옆에 역시 골동품 같은 둥근 식탁이 놓여 있었다.

　"포를 좀 구워야 하니까 잠깐만 기다려."

　그러면서 그는 척척 밥과 된장국과 계란말이를 식탁에 놓았다.

　이렇게 아침 식사다운 아침 식사는 애인과 집에서 잤을 때도 준비한 적이 없다. 그야말로 애인도 아닌 사람 집에서 왜 아침 식사를 하게 된 것일까. 새삼스레 아카리는 식탁에 앉아 있는 자신이 몹시 넉살 좋게 생각됐지만 허기진 참이라 콧속으로 파고드는 된장국과 포 굽는 냄새에 버티지 못하고 너무나 맛있게 먹었다.

"슈, 가지찜은?"

아마도 다이치는 여기에 자주 오는 모양이었다. 게다가 시계방 씨를 부르는 호칭도 친근하다.

"다 떨어졌어. 또 준비해놓을게."

"이 아이는, 혹시 동생…… 아니겠지."

아무리 보아도 닮은 데가 없다 생각하며 아카리는 두 사람을 번갈아 보았다. 쌍꺼풀이 없는 데다가 쭉 째진 눈이 아무리 염색을 하고 주렁주렁 목걸이를 하고 있어도 순수 일본인에서 벗어날 길 없어 보이는 다이치에 비해, 시계방 씨는 남자 것으로 두기에는 아까우리만치 선명한 쌍꺼풀이다.

다만 그 커다란 눈은 긴 앞머리에 가려져 있다.

"이봐, 지금 나를 '이 아이'라고 부른 거야?"

다이치는 불쾌하다는 듯 턱을 내민다.

"아직 학생이잖아? 고등학생?"

"대학생이야. 그리고 동생도 아니고."

"그냥 이웃이지."

의외로 쌀쌀맞게 시계방 씨가 말했다.

"니시나 씨는 미용사 자격증 가지고 있지?"

갑자기 화제가 바뀌어 찻잔을 놓칠 뻔했다.

"어, 아아, 뭐."

놀랐다. 부동산 중개업자는 전화로만 이야기한, 어쩌다 한 말까지 모두 상가에 떠들고 다닌 모양이었다.

"뭐야, 그럼 역시 미용실을 계속하는 거잖아. 그렇겠지. 안 그러면 이런 상가의 오래된 집에서 살 생각은 안 할 테니까."

하지 않을 거야, 라고 말할 뻔한 아카리였지만 그 말은 그냥 삼켜버렸다. 아마도 손녀니까 계속 가게를 이어서 하리라 믿고 있을 것이다. 하지만 반대로 그렇게 믿게 놔두면 여기 온 이유나 다른 것들을 묻지 않을 것 같았다. 손녀딸이 돌아와서 조부모가 하던 가게를 이어받는다, 시계방 씨나 상가 사람들은 부동산 중개업자에게서 그렇게 들었을 테니까 그냥 오해하게 놔두어도 상관없지 않을까.

"저기, 하지만 곧바로 가게 문을 열 생각은 없어. 그러니까 이 상가에는 닫힌 가게가 많아서 사람들이 별로 오지 않는 것 같거든. 문을 연 가게도 그리 번창한 것 같지 않고……."

임시방편으로 대충 내뱉는 가운데 실례되는 말을 했다고 깨달았지만 이미 늦었다. 다이치가 노골적으로 쩨려보았다.

"번창하지 않아서 미안하네."

"…… 아차, 그게 말이지, 그냥 내 멋대로 느낀 인상이라서."

"아니, 아니, 네가 말한 대로야. 하지만 나는 그 번창하지 않은 점이 좋아. 취미에 몰두해버리면 굳이 일하러 가지 않아도 되거든."

그렇게 말하며 시계방 씨는 번창하지 못한 것조차 즐기는 듯 밝게 미소 지었다.

"그런데 문을 닫은 가게는 사실 잠자고 있을 뿐이야. 가끔은 졸다가 깨어나는, 그런 상가도 나쁘지 않잖아?"

무슨 의미인지 전혀 알 수 없었지만 잠자고 있는 가게가 일제히 눈을 뜬, 북적이는 상가를 연상하며 아카리는 어린 시절의 기억이나 공상과도 동떨어진 그 모습에 자연스레 미소를 지었다.

"참배하러 가볼까. 신사, 여기에서 어디로 가면 돼?"

가게를 시작하지는 않더라도 여기로 이사 와서 새로운 생활을 시작하려는 거니까 좋은 일이 생기게 해달라고 기도하는 것도 나쁘지는 않다.

"다이치한테 안내받으면 돼."

"어? 왜 내가?"

"어차피 시간 많잖아?"

"혼자 갈 수 있어. 그리고 넌 학생이잖아. 학교는 어디야?"

"거의 가지 않으니까 신경 쓰지 않아도 돼. 그럼 부탁한다, 다이치."

"알았어. 새전이나 듬뿍 내."

아직도 새전을 어찌 해볼 생각인 거냐. 동전 몇 개 넣자고 아카리는 마음속으로 다짐하면서 고개를 끄덕였다.

"아, 맞다. 슈, 이거 주웠는데 뭐 같아?"

일어서면서 생각났다는 듯 다이치가 호주머니에서 꺼낸 것을 식탁에 내려놓았다.

사각형의 작은 나무 상자로, 어린아이가 공작 수업 때 만들기라도 한 것인지, 바닥을 제외한 다섯 면에 그림이 그려져 있었다. 파란 지붕의 집, 남자, 여자, 커다란 리본을 한 어린아이, 그리고 검은 고양이였다. 가족을 그린 것일까.

상처투성이에, 모서리가 닳아 있었고 보석 상자라고 하기에는 뚜껑이 달려 있는 것도 아니어서 그냥 나무함처럼 보였다.

"오르골 아닌가? 봐, 밑바닥에 작은 태엽이 붙어 있네."

"이건 안 움직여."

"망가졌겠지."

"뭐야, 그냥 오르골이었어? 뭔가 재미있는 물건이라도 들어 있을 줄 알았는데."

다이치는 작은 상자를 흔들어보았다. 달각달각 하는 소리가 들렸다.

"뭔가 들어 있는 것 같아."

"열어보자."

다이치가 몸을 앞으로 내밀었다.

"하지만 누가 잃어버린 건지도 모르잖아?"

"아무리 봐도 그냥 잡동사니잖아. 주인이 나타날 것 같지도 않은데. 내가 줍지 않았으면 쓰레기통에 들어갔을 거야. 그리고 내용물이 주인을 알 수 있을 만한 것이라면 되찾아줄 수도 있잖아?"

말은 그럴싸했지만 내용물이 돈이라면 슬쩍 가로챌 것이라고 아카리는 생각했다.

"밑바닥이 떨어지려나. 경첩이 녹슬지 않았으면 열 수 있을지도 모르는데."

시계방 씨는 재빨리 작업실에서 도구 상자를 가지고 왔다. 아카리로서는 한 번도 본 적이 없었을 정도로 가느다란 드라이버 같은 것이 가지런히 놓여 있었다. 오르골 상자도, 그 밑바닥 판을 고정시키고 있는 나사도 상당히 작을 것이라고 아카리는 생각했지만 도구 상자 속에 있는 것들 중에서는 큰 축에 드는 도구를 그는 손에 쥐었다.

나사산(螺絲山, 나사의 솟아 나온 부분)은 루페로 확인해야 할 만큼 작았는데 시계방 씨는 민첩한 손놀림으로 네 귀퉁이에 고정되어 있는 것을 빠르게 빼냈다. 별것 아닌 드라이버가 손끝과 하나가 되어 움직이는 것에 아카리는 놀랐다. 과거 자신이 견습생 미용사였을 때, 선배의 가위가 손과 연결되어 마치 가위가 아닌 것처럼 움직이는 모습에 푹 빠졌던 기억이 떠올랐다. 하지만 이젠 직감적으로 이해할 수 있는 그 가위질과는 다른 시계방 씨의 손놀림이 마치 신종 생물처럼 느껴졌다.

"이거, 몇 번인가 이렇게 열었는데? 안에 든 것을 꺼냈다 다시 넣은 건가?"

"빨리 열어봐."

그렇게나 상자 속 내용물이 궁금한 건지, 다이치는 어린아이처럼 눈을 빛냈다.

상자 밑바닥에는 오르골 본체가 고정되어 있고, 그 은색의 기계와 함께 나온 것은 플라스틱으로 된 얇은 케이스였다.

"사진 필름이야."

시계방 씨가 말한 것처럼 디지털 카메라가 주류인 요즘은 좀처럼 볼 수 없게 된 작은 네거티브 필름이 몇 장 들어 있었다.

"뭐가 찍혀 있어?"

그 상태로는 잘 알 수 없어서 컴퓨터로 스캔하여 반전했다. 그것은 사진관에서 찍은 것 같은 가족사진이었다.

모든 사진에 딸과 어머니가 외출복을 입고 미소 짓고 있었다. 딸의 초등학생에서 고등학생 정도까지 성장 과정에 따라 찍은 듯했지만 무슨 기념일인지는 알 수 없었다. 기모노를 입은 것으로 보아 정초일지도 모른다. 교복을 입고 찍은 것은 입학식이나 졸업식 기념사진일까.

"뭐야, 시시하네."

무엇을 기대했는지는 모르겠지만 다이치는 투덜댔다.

사진 찍는 것을 좋아하는 가족일 테지만 아버지가 찍힌 사진은 한 장도 없었다. 아버지가 없는 건지도 모른다. 그보다 아카리는 그 모든 사진에 검은 고양이가 찍혀 있는 게 마음에 걸렸다. 기르던 고양이임에 틀림없어서, 때로는 여자아이가 안고 있거나 때로는 소파 등받이 위에서 잠들어 있기도 하고, 카메라를 정면으로 응시한 채 앉아 있기도 했다. 가족의 일원이라면 이상할 게 전혀 없겠지만 유독 눈에 들어온 것은 왠지 어제의 고양이가 연상됐기 때문일 것이다.

"소중한 추억을 담은 사진이잖아."

"하지만 이 사진만으로는 누군지 알 수 없어."

"다이치, 이거 어디에서 주웠어?"

"신사 경내에서."

"그럼 거기에 연락처를 적은 메모지를 붙여두는 게 좋겠는데. 떨어뜨린 사람이 찾으러 올지도 모르니까."

"어, 내가? 귀찮은데."

"중요한 건지도 모르잖아. 게다가 신사에서 떨어뜨렸으니까 신께서도 주인에게 돌려주면 좋겠다고 생각하실 거야. 이참에 새전을 슬쩍해온 속죄도 겸해서."

의외로 시계방 씨는 다이치가 꼼짝 못하도록 단호한 말투로 말했다.

"새전은 빌렸을 뿐인데."

다이치의 불만은 대충 흘려듣고, 시계방 씨는 소리가 나지 않게 된 오르골에 강한 흥미를 느끼는 듯 들여다보고 있었다.

"어쩌면 고칠 수 있을지도 모르겠는데."

상당히 진지한 눈빛이었다.

단순한 잡동사니처럼 보이는 망가진 오르골. 분실물이라기보다 버린 것일지도 모르는 그것을 시계방 씨는 소중한 것이라도 되는 양 형겊에 쌌다.

추억을 수리한다? 가게 쇼윈도에 있던 간판은 어쩌면 정말인 게 아닐까. 뭔가 아카리로서도 알 수 없는 기분이 들었다.

3

남북으로 뻗은 상가의 남쪽 방향으로 잠깐 걸어가자 건물 사이로 살짝 가려진 안내판이 있었다. 무릎 정도 오는 높이의 돌에 '쓰쿠모 신사'라고 쓰여 있다. 거기에서 동쪽으로 돌로 된 좁은 길이 나 있다. 다이치와 함께 그곳으로 들어서자 곧바로 도리이 (鳥居, 신사 입구에 세운 기둥 문)가 보였다.

작은 공원 정도 되는 공간이 낮은 돌담에 둘러싸여 나타났다.

짧은 계단을 올라가 계속 이어지는 돌 길 너머로 마치 나무에 파묻힌 듯한 신사가 보였다. 상가와 마찬가지로 사람들에게 잊힌 듯한 신사였지만 그 주변은 깨끗하게 청소되어 있었다.

마음이 바뀌었는지 다이치는 신사에서 벗어나 나무들 안쪽으로 들어가버렸으므로, 보지 않는 틈을 이용해 아카리는 새전을 넣고 박수를 치며 참배를 마쳤다.

돌아가려는데 아카리를 부르는 다이치의 목소리가 들렸다.

"어이, 이쪽으로 와봐."

신사 옆으로 돌아 들어가자 커다란 그루터기가 있었다. 세 명이 두 팔을 벌려도 다 안을 수 있을까 말까 한 굵기였다. 어린아이 키 높이 정도 되는 그루터기 위에, 기어올라갔는지 다이치가 서 있었다.

"여기 서 있으면 내가 마치 큰 나무가 된 것 같은 기분이 들어."

어린아이 같은 소리를 한다. 게다가 그루터기에는 금줄이 감겨 있어서 신목(神木, 신령이 통로로 삼아 강림하거나 머물러 있다고 믿어지는 나무)처럼 보였는데, 그것을 밟고 서 있어도 되는 것일까.

"이거, 왜 잘린 거야?"

"벼락을 맞았거든. 6년 전이었던가."

"흐음, 하지만 그런 데 올라가면 천벌 받을 텐데."

"난 괜찮아."

그게 말이 돼?

"좋은 걸 가르쳐줄게. 너도 올라오고 싶으면 새전함에 지폐를 넣으면 돼. 그러면 신도 화내지 않아."

어처구니없어 하며 아카리는 다이치에게서 등을 돌렸다. 몇 걸음 걸어가자 그도 그루터기에서 뛰어내렸다.

염색한 머리를 시원스럽게 날리며 매끄럽게 내려서는 모습이 민첩한 야생동물 같았다.

"저기, 그 오르골 주인, 찾아보지 않을래?"

"왜 내가?"

"어차피 한가하잖아."

"이래 봬도 바쁘거든."

발끈하여 아카리가 말했지만 다이치는 좋은 생각이 났다는 듯 신나 하며 따라붙었다.

"방금 나무 위에서 신의 계시를 들었어. 주인을 찾아주면 좋은 일이 있을 거래."

"너한테나 그렇겠지. 난 계시 같은 거 못 들었어."

"주인한테 돌려주면 감사의 표시로 새전을 듬뿍 넣을 거야. 그럼 너한테도 반 뚝 떼서……."

좋은 일이라는 게 그거였냐. 아카리는 무시하고 서둘러 골목으로 방향을 틀었다.

"잠깐만, 그쪽을 찾아보려고? 발견하면 꼭 신사의 계시가 있었다고 말해야만 해."

"안 찾아. 이 주변을 잠깐 돌아다녀볼 거야. 어떤 가게들이 있
는지 정도는 알아둬야 하니까."

"금방 알 수 있어. 문 연 가게는 손꼽을 정도밖에 없거든."

다이치는 여전히 따라오고 있었다. 아니, 그렇다기보다 낯선
전입자에게 상가를 안내해줄 작정인 것이다. 결국 앞장서서 골
목을 걸어간다.

"저기, 시계방 씨가 모든 가게가 잠들어 있을 뿐이라고 말했는
데. 그게 무슨 뜻이야?"

"잠에서 깨는 거? 월요일만 문 여는 식당이나 손님의 예약이
있을 때만 여는 마니아 취향의 프라모델 가게 같은 걸 말하는
거겠지."

그런 가게가 있었나. 그럴 수도 있겠구나 생각했지만 좀 더 신비
한 상상을 했던 아카리는 쓴웃음이 나오는 것을 꾹 눌러 참았다.

"그쪽이 막과자 가게, 벌써 10년쯤 전에 가게 문 닫았어. 맞은
편이 정육점, 역 앞에 지점을 내서 여기에는 창고만 있어."

깨닫고 보니 골목에서 빠져나와 상가로 돌아와 있었다. 다시
더 남쪽을 향해 걸어가며 다이치는 여러 설명을 해주었다.

의외로 친절하달까, 참견하기를 좋아하는 녀석인지도 모른다.

"시계방 씨하고는 어떻게 친한 거야?"

"별로, 친한 건 아닌데. 슈는 상점회 회장이라 동네일에 이런

저런 관여를 하고 있어."

"이를테면 너 같은 불량소년을 갱생의 길로 인도한다거나?"

"내 어디를 봐서! ……겉모습만으로 판단하지 마!"

"학교도 땡땡이치고 있잖아."

흥, 하고 고개를 돌리며 그는 입을 다물어버렸지만 별로 기분 나쁘지는 않은 듯하다. 뭔가를 발견한 듯 다시 눈을 빛내기 시작했다.

"어이, 고양이야. 저건가? 널 덮쳤다던 호기심 많은 고양이가."

어떤 의미야, 하고 생각하면서 주위를 둘러보았다. 재빨리 담벼락 위로 뛰어오른 검은 고양이를 눈으로 좇아 보니 분명 어제와 똑같은 고양이 같았다.

길냥이치고는 크고, 털도 윤기가 나며 풍성하다. 담장 위에서 아카리 쪽을 유유히 내려다보는 것은 황금빛 눈이다.

좀 더 가까이 가보려는데 골목에서 뛰쳐나온 여자가 고양이를 보며 소리쳤다.

"파파!"

하지만 고양이는 훌쩍 가로수 쪽으로 뛰어 사라져버렸다. 그녀는 실망한 듯 어깨를 늘어뜨렸다.

"저 녀석, 당신 고양이인가요?"

아카리보다 대여섯 살쯤 어릴까, 소년 같은 단발에 가벼운 티셔츠와 청바지 차림의 여자는 아카리를 보며 부끄러운 표정을 지었다.

"아뇨……, 좀 비슷한 것 같아서요. 그래서 아까 불렀더니 돌아보기에 파파가 아닐까 생각했는데."

그렇게 말하는 그녀를 어딘가에서 본 것 같은 기분이 들었다.

"헤에, 털북숭이 아빠네."

아카리는 헛기침을 하면서 고양이 이름이잖아, 하고 다이치에게 속삭였다.

"고양이가 없어졌나요?"

"네, 하지만 벌써 오래전 이야기예요. 내가 고등학생 때니까."

그 사진이다. 갑자기 머릿속에 떠오른 것은 아까 시계방 씨의집에서 보았던 사진이었다. 그녀는 사진 속 여자아이와 흡사했다. 검은 고양이도 찍혀 있었다.

어떻게 물어볼까 고민하고 있는데 사키, 하고 누군가가 불렀다. 두 집 건넌 곳에 '하라 베이커리'라는 간판이 보인다. 준비 중이라는 팻말이 걸린 낡은 유리문을 열고 남자가 얼굴을 내밀고 있었다.

사키라고 불린 그녀는 아카리와 다이치에게 인사한 후 서둘러 가버렸다.

"저기, 다이치 군. 방금 그 사람, 아까 사진 속 여자아이와 닮지 않았어?"

"어? 그런가?"

잘 모르겠다는 표정으로 다이치는 염색한 머리를 긁적였다.

"아, 그래, 고양이가 오르골과 사진을 소중히 간직해오다가 그 사람을 만나러 오던 도중 떨어뜨린 거야."

고양이의 추억의 물건? 그럴 리는 없었지만 오르골에 들어 있던 사진 속에서 마치 가족의 한 사람인 것처럼 고양이가 찍혀 있었던 것을 떠올리면 다이치의 말이 아주 틀린 건 아닐지도 모른다는 생각이 들었다.

그러나 그는 갑자기 머리를 싸맸다.

"안 돼! 오르골을 돌려받을 놈이 고양이라면 새전을 못 넣잖아!"

그리고 실망이라는 듯 어깨를 축 늘어뜨린다. 진심으로 고양이가 잃어버린 물건이라고 해석하고 있다니, 대체 얘의 머릿속은 어떻게 된 걸까.

"아까 그 사람, 빵집 딸이야?"

"아닐걸. 가게에서 얼굴을 내민 쪽이 빵집 아들. 그러고 보니 최근에 결혼할 거라는 말을 들었는데."

그렇다면 그녀는 약혼녀인지도 모른다. 친밀한 분위기였다. 그리고 만약 그녀가 사진 속 소녀와 동일 인물이라면 오르골은 고양이가 아닌 그녀가 떨어뜨린 것이라고 생각하는 게 타당하다.

그것을 말해주면 다이치는 새전함에 새전이 다시 들어올 가능성 때문에 좋아할지도 모르겠지만, 아카리는 그냥 입 다물고 있기로 했다.

시계방 씨는 외출하고 없었다.

하라 베이커리의 아들 약혼녀가 사진 속 소녀와 닮지 않았느냐고 말해둘 참이었는데. 다이치 말로는 어떤 큰 시계를 고치러 갔을 거라고 했다.

학교나 공원 같은 공공시설, 그런 곳에서 이따금 볼 수 있는 대형 시계는 운반해올 수가 없어서 직접 수리하러 가는 모양이었다.

집으로 돌아온 아카리는 저녁 무렵이 될 때까지 꼬박 집 정리를 하다가 결국 피곤에 지쳐 다다미 위로 풀썩 누웠다.

2층 서쪽에 있는 방이었다. 들이치는 석양은 여전히 무더웠지만 커튼은 활짝 젖혀놓았다. 오렌지색의 빛이 다다미 위로 들이치는 그 광경이, 그리운 여름날을 떠올리게 만들었기 때문일 것이다.

옛날, 여기에서 할아버지 할머니와 나란히 누워 잠들었다.

잊고 있었다 해도 여기로 오고 보니 조금씩 되살아난다. 꿈도 상상도 아닌, 틀림없이 여기에서 지낸 적이 있었다. 하지만 왜 이제와 새삼 여기에 온 건지, 아카리 자신도 알 수 없었다.

과거를 바꿀 수는 없을 텐데.

그런 생각을 하면서 깜박 졸기 시작했을 때 초인종이 울렸다.

시계방 씨였다.

"다이치한테 들었어. 나오유키 씨 약혼녀가 사진 속 아이와 닮았다고. 나도 그 사진, 어딘가에서 본 적이 있는 얼굴이다 생각하던 참이었는데."

"나오유키…… 씨?"

깜박 잠들었다가 막 깨어난 터라 아카리는 머리가 잘 돌아가지 않았다.

"그래, 하라 베이커리의 아드님. 약혼녀인 그녀도 자주 이쪽에 오기 때문에 얼굴을 알거든."

"그럼 시계방 씨도 사진 속 아이와 동일 인물이라고 생각해?"

응, 하며 그는 고개를 끄덕였다.

"지금 시간 괜찮아? 그녀가 맞는지 확인해보러 가자."

"내가?"

애당초 아카리가 같이 가야만 할 이유는 없을 것 같았다. 오르골을 주운 것은 다이치이고, 내용물을 확인한 건 시계방 씨다. 아카리는 우연히 그 자리에 있었을 뿐인데, 그는 당연히 아카리도 같이 가야 한다고 생각하는지 고개를 갸웃거렸다.

"주인을 찾아주고 싶어 했잖아? 꼭 찾고 싶다는 의욕에 넘쳤다고 다이치가 말하던데."

"새전 때문에……?"

"어?"

"아무것도 아니야."

새전을 나눠준다고 해서 아카리가 제안을 받아들였다는 터무니없는 소리를 시계방 씨에게 했으면 어쩌나 걱정되었던 것이다.

"니시나 씨, 착하네."

에에에에, 하는 이상한 소리가 나올 뻔한 것을 겨우 참았지만 시계방 씨에게 미소를 지어 보일 뿐, 주인을 찾아주고 싶다는 말은 하지 않았다고 도저히 말할 수 없는 상황이 되어버렸다.

시계방 씨는 상가에서 10분 정도 걸어간 곳에 있는 '라임'이라는 흔한 이름의 카페로 아카리를 데리고 갔다. 그리고 역시라고나 할까, 주운 오르골의 주인을 아카리가 굳은 사명감을 가지고 찾고 있다고 생각한 듯 오늘 아침 얼핏 본 나오유키 씨라는 사람에게 소개했다.

헤어살롱 유이의 손녀라는 것만으로도 아카리는 혼자 적막한 상가에 이사 온 정체 모를 여자가 아니게 되었고, 상가 사람들은 그녀를 오래전부터 알고 있던 사람처럼 대해주었다.

나오유키 씨는 단단한 체격과는 어울리지 않을 정도라고 말하면 실례가 되겠지만 웃음이 부드러운 사람이었다.

여기 오면서 시계방 씨에게 들은 이야기에 따르면 나오유키 씨는 옆 동네의 유명 호텔에서 빵을 만들고 있는데 머지않아 독립할 생각이라고 한다. 그 점포를 시내 제일 번화한 곳에서 찾고 있는 모양이었다.

띠동갑인 연하의 약혼녀도 호텔에서 근무하는데, 결혼하면 나오유키 씨 가게를 도울 계획인 듯했다.

사키 씨라는, 짧은 머리의 여성은 나오유키 씨 옆에 앉아 있었다. 오늘 아침에는 반가웠어요, 하고 인사하면서 아카리는 커피를 주문했다. 먼저 온 그녀 앞에는 선명한 색깔의 크림소다가 놓여 있었다.

"이 사진, 분명히 저와 엄마예요. 하지만 제가 떨어뜨린 건 아니에요."

시계방 씨의 설명을 듣고, 신기하다는 표정을 지으며 인쇄된 사진을 들여다보던 그녀가 말했다.

"오르골은? 네 거야?"

사키 씨는 천천히 고개를 저었다.

클래식 음악이 흐르는 가게 안은 어슴푸레했고, 인조 아이비가 칸막이에 달라붙어 있었다.

카페인데 커피보다 오므라이스를 주문하는 손님이 더 많은 듯 케첩 냄새가 풍겨온다. 상가에서는 약간 떨어져 있지만 국도 옆인 여기는 오래된 듯한 분위기치고는 손님이 적지 않았다.

"그건, 파파 거예요."

"고양이?"

"네. 그걸 특히 좋아해서 제가 잘 챙겨두어도 어느새 가져다 침대 아래에 숨겨놓곤 했었죠."

"하지만 사진을 오르골 속에 넣은 건 고양이가 아니잖아."

나오유키 씨도 뭔가 묘한 이 일에 흥미를 느낀 모양이다. 오르골을 찬찬히 바라본다.

"그건……."

머뭇거리며 입을 다물어버린 사키는 무슨 생각을 하고 있는 걸까.

"사키와 어머니 사진 맞지? 추억이 깃든 물건인데, 가족과 관계없는 사람 손에 넘어갔을 리는 없잖아. 희한하네."

"네. 필름을 누군가한테 주었던 적은 없는 것 같은데."

"오르골, 수제인 것 같던데요?"

시계방 씨가 물었다.

"틀림없이 이거, 초등학교 공작 시간에 만들었던 것 같아요. 아버지의 날을 위해. 그래서 제가 파파에게 주었을 거예요."

"사키는 아버지가 없어요. 사키가 태어나기 전에 돌아가신 것 같던데."

사키 씨를 대신해서, 나오유키 씨가 말했다. 그렇다면 그녀의 집에서 아버지의 날은 고양이 파파의 날이었을 것이다.

"기르던 고양이는 아버지가 주워왔다고 엄마한테 들었어요. 다른 이름이 있었는데, 언제부턴가 제가 파파라고 부르게 돼서, 그냥 그대로 저는 줄곧 파파를 아빠의 분신처럼 생각했어요. 고양이와 아빠가 연결돼 있는 것 같은, ……먼 곳에서 아빠가 파파의 황금빛 눈에 비친 저를 보고, 삼각형의 검은 귀로 제 목소리를 듣고 있을 거라고 믿었으니까요. 그렇게 믿어서 이따금 고양이한테 아빠에게 하듯 말을 걸기도 했고요. 정말 어린 시절 이야기지만요."

그 분신 같은 고양이가 가지고 있던 오르골에, 사키 씨 일가의 사진이 들어 있었던 건 왜일까. 정말 고양이가, 가족의 추억을 담아 가지고 있었던 걸까.

이렇게 생각한 것은 인쇄된 사진 속에, 검은 고양이가 반드시 중앙에 떡하니 자리 잡고 있었기 때문이다. 마치 자신이 가장이라도 되는 양.

"오르골은 언제 없어졌나요?"

어느새 몸을 앞으로 내민 채 귀 기울이고 있던 아카리는, 진상을 알고 싶다고 생각하기 시작했다. 다이치의 거짓말에 넘어간 것 같기는 했지만 가능하다면 진짜 주인을 찾고 싶었다.

"파파가 사라지고 나서 집을 청소할 때는 보지 못했어요. 제법 나이도 많았고, 고양이는 자신이 죽을 장소를 찾아 모습을 감춘다고 들었기 때문에 어쩌면 가지고 갔을지도 모른다고 생각했죠."

고양이가 가족사진이 들어 있는 추억의 물건을 들고, 죽을 장소를 찾아 나갔다는 말인가. 아무리 작다고는 하지만 나무 상자다. 입에 물고 가져가는 건 쉽지 않았을 것이다.

고양이의 것으로 보이는 잇자국을 바라보면서 아카리는 더욱 이상하다고 생각했다.

게다가 고양이의 수명으로 미루어 짐작해보건대 파파가 아직도 살아 있으리라고는 생각하기 어렵다. 그렇다면 이 오르골은 누가 가지고 있었을까.

우연히 다른 사람 손으로 넘어가 신사에 버려진 것일까. 사진에 찍힌 사키 씨가 신사 근처에 있는 상가, 하라 베이커리의 아들과 결혼하게 되었다. 그것도 우연일까.

"점점 더 이상하네. 그래도 없어진 걸 찾았잖아. 나쁜 일은 아니야. 어떻게 할래, 사키? 파파의 마음이라고 생각하고 받을 거야?"

나오유키 씨의 말에 사키 씨는 고개를 끄덕였다.

"응, 결혼 직전의 기적 같아."

"아, 괜찮으시면 오르골을 고치고 싶은데 잠시만 기다려줄래요?"

시계방 씨는 작동하지 않는 기계를 가만두고 보지 못하는 성격인지도 모른다. 수수께끼투성이의 사진보다, 고양이가 관련된 신비한 사건보다, 망가진 오르골이 더 신경 쓰이는 듯하다.

"오르골도 고칠 수 있나요?"

"그냥 보기에는 태엽에 문제가 있는 것 같아요. 그렇다면 시계방을 하는 내가 고칠 수 있어요."

사키 씨는 나오유키 씨를 쳐다보며 그럼 잘 부탁할게요, 하고 웃었다.

"식은 언제 올리나요?"

두 사람의 결혼식이 얼마 남지 않은 것 같아서 아카리는 물어보았다.

"식은 올리지 않지만 3일 후에 혼인 신고할 예정이에요."

"와, 그럼 정말 바로 직전이네요."

"결혼식보다는 독립할 가게 자금으로 저금을 사용하자고 이 친구도 찬성해줬거든요."

약간 부끄러운 듯 커피 잔을 드는 나오유키 씨도, 고개를 끄덕이며 미소 짓는 사키 씨도 부드러운 행복감에 감싸여 있었다.

"둘이서 가게를 시작하는 건가. 좋겠네, 그거."

카페 라임을 나와 상가로 돌아가는 길을 아카리는 시계방 씨와 나란히 걸었다. 가로등이 긴 그림자를 아스팔트 위에 드리운다. 옆에 있는 시계방 씨의 실루엣은 물론 그림자에서 풍기는 인상조차 지금까지 아카리 옆에 있었던 그림자들과는 닮지 않았다. 멍하니 그런 생각을 하면서 중얼거렸다.

"그게 꿈?"

그렇게 물으니, 만난 지 얼마 되지 않은 사람한테 무슨 소리를 한 건가 싶어서 갑자기 부끄러워졌다.

"유이 씨네는 줄곧 부부가 미용실을 했어. 사이좋은 부부였다고 소문이 자자했지."

시계방 씨는 상당히 싹싹한 사람이다. 처음 보는데도 금방 친구가 될 것 같은 사람. 하지만 아카리는 그런 남자가 부담스럽다. 누구에게나 친절할 것 같아서 경계하고 만다.

그래서 좋아하게 되는 거나 접근하는 것은 약간 어려운 사람.

미용사 애인이 있었다. 하지만 차였다.

한 달 전까지 아카리는 각지에 체인점을 가진, 제법 유명한 미용실에서 근무했다. 견습생부터 시작해서 겨우 독립할 수 있을 때쯤 사귀기 시작한 게 본사의 선배였다. 솜씨가 좋아서 지명 손님도 많았던 그를 존경했고, 그도 일과 관련해서 아카리를 인정해주었던 것 같다.

팀장이 되면서 더욱 일에 보람을 느꼈고, 애인도 있어서 매일이 충실한 느낌이었지만 그 매일은 과연 무엇이었을까. 아카리는 주위를 둘러보지 못했다.

새롭게 예식 부문이 생겼다는 말을 듣고 해보고 싶다는 의욕을 느낄 무렵, 그가 다른 지점의 후배와 사귄다는 소문을 들었다. 흔한 이야기였다. 권태기라는 말은 알고 있었지만 왠지 그냥 이대로 계속 갈 것처럼 생각했던 만큼 아카리에게는 청천벽력 같았다.

분명 이제는 돌이킬 수 없을 것이다. 그래도 자신에게는 일이 있다고 스스로를 다독였다.

헤어지자는 말이 나온 것은 얼마 지나지 않아서였다. 그때 그가 말했다.

"예식 부문에 추천해뒀어."

그래서 헤어져달라는 것이다. 아카리는 의미를 알 수 없었다. 그렇게 해주지 않아도 마음이 변했으면 어쩔 수 없다. 그런데 왜 그는 마치 교환 조건이라도 되는 듯 아카리를 추천해주었다는 것일까.

"하지만 이걸로 마지막이야. 난 더 이상 아카리를 위해서 아무것도 해주지 않을 거야."

그와 소문이 난 후배가 며칠 전 전근 간 것을 떠올렸다. 상당히 주목받던 목 좋은 그 가게는 배치 희망자가 많은 지점이었다.

그런 거였구나.

팀장이 된 게 그의 덕분이었다니, 그때까지 아카리는 생각지도 못했던 일이다.

일과 관련해서도 상당히 아카리를 치켜세워주었던 그였다. 미용사로서 자신감을 갖고 인정받고 있다고 생각해왔다. 하지만 그는 미용사로서의 아카리를 인정한 게 아니었다.

추천은 그의 입장에서 보면 나름대로의 배려였을지도 모르겠지만 아카리는 자신이 어리석고 가치 없는 인간이 된 것 같았다. 사실은 미용사로서 재능이 없는지도 모른다. 잘못된 길을 걷고 있는데도 혼자 신나서 깨닫지 못했다.

최초의 잘못은 언제 어디부터였을까. 과거를 거슬러가다 보면 아카리의 기억은 헤어살롱 유이에서 멈춘다.

과거를 바로잡고 싶어서 이곳으로 온 것일까.

상가의 무지개색 아치가 보이기 시작했다. 상가라고는 하지만 셔터가 줄지어 내려진 길은 주택가보다 적막하다. 그래도 이사 온 지 얼마 안 된 터라 아치나 조화가 눈에 들어오면 안심이 된다.

"그나저나 이상한 이야기였어. 고양이가 오르골을 가지고 나가다니."

시계방 씨의 말투는 이상하다고 말할수록 이상하지 않게 들린다. 그런 일도 있구나 하고 완전히 납득한 것처럼 아카리도 그를 따라 추억의 물건을 가지고 나가는 고양이를 상상했다.

"……그 검은 고양이가 파파였을까?"

"어제 그 검은 고양이?"

"응, 아마도."

"하지만 고양이는 원래 그렇게 오래 살지 못하잖아?"

"그게 그러니까, 고양이의 모습을 한 아버지의 분신이라는 의미에서."

아무래도 역시, 현실과 너무 동떨어진 상상이다.

"어, 아니, 그런 있을 수 없는 일을 믿거나 하는 게 아니라 그랬으면 좋겠다고 말한 건데."

"그래, 고양이 모습으로 사키 씨를 만나러 온 건가?"

이 사람은 남이 하는 말을 비웃지 않는다. 그때 아카리는 그렇게 느꼈다.

"가슴 아래에 하얀 얼룩이 있었지?"

"어?"

"어제 그 검은 고양이. 그렇다면 정말 파파일지도 몰라. 사진에 찍힌 파파한테도 있었거든."

그러고 보니 사키의 품에 안긴, 사진 속 검은 고양이에게는 앞다리 사이 하얀 털이 있었다. 빛 때문인가 생각했지만 얼룩무늬였다는 시계방 씨의 말을 듣고 보니 틀림없다는 생각이 든다.

"나, 확인해볼게!"

다른 사람이 떨어뜨린 물건인데, 아카리는 이미 자기 일처럼 푹 빠져 있었다.

4

검은 고양이는 별로 보이지 않았다. 이곳 주변 지리에 서툰 아카리로서는 고양이가 있을 법한 곳을 발견하는 일조차 어려웠다.

다행히 신사 돌계단에 앉아 만화책을 보고 있는 중학생 틈에서 갈색 머리의 다이치를 발견하고는 도움을 받기로 했다.

"뭐야. 한창 독서 중이었는데."

"만화책 정도는 직접 사서 봐. 중학생한테 빌리지 말고."

"고양이 찾으면 용돈 줄 거야?"

"애당초 내가 오르골 주인을 찾고 싶어 했다는 터무니없는 소리를 시계방 씨한테 한 건 너잖아? 이게 다 그 때문이니까 네가 협조하는 건 당연하지."

사실 아카리는 자신의 흥미 때문에 고양이를 찾고 있는 것이었지만 그렇게 말하자 다이치는 입을 다물었다.

"할 수 없지. 신의 계시도 있고 했으니 협조해볼까."

포기가 빠른 건지 그렇게 말하며 다이치는 신나서 고양이를 찾기 시작했다. 생김새는 좀 이상했지만 아마도 그는 초등학생 못지않게 단순한 듯했다.

게다가 다이치는 신기할 정도로 계속 고양이를 잡아왔다. 하지만 그 검은 고양이는 아니었다.

"잠깐, 그건 얼룩 고양이잖아. 찾고 있는 건 검은 고양이라니까?"

"하지만 요괴 고양이잖아? 사람 눈을 속이려고 잠시 모피를 바꿔 입고 있을지도 모르지."

"요괴 고양이? 그게 뭔데?"

"몰라? 살아 있을 리가 없을 만큼 오래 산 고양이는 꼬리가 둘로 갈라진 요괴가 돼. 그 검은 고양이가 파파라면 틀림없이 요괴 고양이야. 가족사진을 가지고 있었다 해도 요괴 고양이라면 이상할 게 없지."

일반 상식이라도 되는 듯 당당히 말하다니. 아카리는 눈살을 찌푸린 채 어떻게 반박하면 좋을지 몰라 말을 하지 못했다. 하지만 자신의 머릿속도 다이치와 다르지 않을지도 모른다. 살아 있을 리 없는 고양이를 진지하게 찾고 있는 것이다.

그렇다. 그 검은 고양이 가슴에 얼룩이 있든 없든 진짜 파파일 리가 없었고, 물건을 잃어버린 주인일 리도 없다. 무슨 짓을 하고 있는 걸까 생각하자 갑자기 몸에서 힘이 빠졌다.

그때 다이치가 큰 소리로 외쳤다.

"앗! 저놈이다, 검은 고양이!"

"어디?"

달려가는 다이치를 쫓아 거의 반사적으로 아카리도 달려갔다. 담장 위, 가로수 아래, 다이치는 이곳저곳을 가리켰지만 아카리가 발견하기 전에 숨어버리기라도 하는지, 어디에 있는지 알 수가 없었다. 그래도 나뭇잎이나 풀이 흔들리는 소리는 뭔가가 거기에 있음을 알려주고 있었다.

그야말로 고양이처럼 다이치는 도저히 길이라고 할 수 없는 집과 집 틈까지 다 알고 있는 듯했다. 길이 아님을 알려주듯 놓여 있는 화분을 넘어, 양쪽에 벽이 있는 좁은 공간을 지나갔다.

그가 비로소 멈춘 곳은 어떤 집의 뒤쪽인 듯한 쪽문 앞이었다. 쪽문 너머로 보이는 빨간 꽃이 핀 나무를 다이치가 가리켰다.

"저 백일홍 뿌리 부근에 숨어 있어. 넌 쪽문 쪽으로 들어가줘. 난 담을 타고 반대쪽으로 갈게. 같이 포위해보자."

"하지만 남의 집이잖아. 마음대로 들어가면……."

이렇게 말하는 사이 다이치는 사라지고 없었다. 당황스러웠지만 아카리의 마음속에는 역시 고양이를 확인하고 싶은 생각이 있었다.

쪽문은 기울어진 채 약간 열려 있었다. 아무래도 다른 사람이 들어오는 것을 막을 의도는 없는 듯했다.

"잠깐 실례합니다……."

그렇게 중얼거리며 쪽문 안으로 발을 넣었다. 자갈이 깔려 있었지만 잡초가 무성하다. 가만히 백일홍 쪽으로 다가가려는데 아카리의 눈높이에 털을 세운 생물이 있었다.

고양이다. 하지만 그 검은 고양이는 아니었다. 검은색과 갈색이 뒤섞인, 눈빛이 사나운 길냥이였다. 그것이 아카리를 노려보며 털을 곤두세우고, 샤악 소리와 함께 뛰어올랐다.

"꺄악!"

비명을 지르며 털썩 주저앉은 아카리는 잠시 후 살짝 고개를 들었지만 고양이의 모습은 이미 어디에도 없었다. 소란스러웠기 때문인지 백일홍 밑에는 아무것도 없었다. 하지만 문제는 고양이를 놓친 게 아니었다. 시선 끝에 있던 쪽문에서 수상한 듯 이쪽을 바라보는 백발의 노인과 눈이 마주친 것이다.

"왜 그러슈?"

아카리는 서둘러 일어섰다.

"아, 죄, 죄송합니다. 마음대로 들어와서. 저⋯⋯, 고양이가 이리 들어오는 바람에⋯⋯."

다이치는 재빨리 모습을 감췄을 것이다. 혼날 것 같은 상황에 스스로 걸어 나올 리가 없다. 애당초 그 검은 고양이가 정말 백일홍 아래 있었는지도 의문이다. 그러자 아카리는 화가 났지만 그럴 때가 아니었다. 그가 없이 아직 동네 주민으로 인정받고 있지 못한 아카리가 뒷골목에서 어슬렁거린다는 건 수상하기 짝이 없잖은가.

"그게, 고양이를 쫓고 있었는데 어느새 골목 안으로 들어와버려서요."

필사적으로 설명하려는데 노인 뒤쪽에서 또 다른 누군가가 나왔다.

"니시나 씨?"

시계방 씨였다.

"그 검은 고양이를 찾고 있었어?"

안도하며 아카리는 재빨리 말했다.

"으, 응, 그래. 다이치 군도 같이 있었는데⋯⋯."

"그 녀석과 뒷골목을 돌아다녔던 거야? 힘들었겠네."

곧바로 무슨 일이 벌어졌는지 이해한 듯한 시계방 씨는 역시 다이치와 달리 믿음직스러웠다.

"헤어살롱 유이의 손녀 니시나 씨예요."

"아아. 새로 이사 왔다던 사람인가."

시계방 씨가 한마디 거들어준 것만으로, 수상한 사람이 아니게 된 아카리는 노인이 손짓을 따라 안으로 들어갔다. 하얀 머리를 모두 뒤로 넘기고, 버튼다운 셔츠가 잘 어울리는 멋쟁이 노인이었다.

일찍이 점포였을 공간의 카운터 위에는 카메라가 몇 대 놓여 있고 벽에는 사진 액자가 걸려 있었다. 사진들 사이에 있는 오래된 거울은 과거 이곳에서 증명사진을 찍던 손님을 위한 것일까. 아래쪽에 '히비노 사진관'이라는 글자가 새겨져 있었다.

아마 헤어살롱 유이의 두 집 건너에 있던 히비노 사진관 뒤쪽으로 들어온 모양이었다.

시계방 씨는 여기에 상점회 회장 자격으로 온 듯했다.

"하라 베이커리의 나오유키 씨가 결혼한다고 했잖아? 그 기념으로 상가 사람들이랑 다 함께 사진을 찍고 싶다고 얘길 해서 그럴 거면 아마추어가 아닌 히비노 씨가 직접 찍어주시면 어떨까 의논하러 와 있었어."

"가게는 한참 전에 그만두었지만 사진은 취미로 계속 찍고 있으니까. 솜씨가 녹슬지는 않았지."

지금은 가게 안이 응접실처럼 되어 있다. 의자나 작은 테이블이 아무렇게나 놓여 있다. 팔걸이의자에 앉아 있는 히비노 씨는 잔뜩 웅크린 채 자신과 비슷할 정도로 오래된 구식 카메라를 손질하고 있었다. 그렇게, 그 자세 그대로 천천히 이야기했다.

"나오유키 군의 약혼녀와 지난번에 잠깐 이야기를 했지. 이웃 동네에 있는 사진관에서 사진을 찍은 적이 있다던가. 거기 주인은 옛날부터 잘 알고 지내는데. 거참, 세상 참 좁지 뭐야. 그래도 사진은 내가 더 잘 찍는다고 말해뒀네."

사키 씨와 어머니, 검은 고양이가 들어 있는 그 사진을 찍은 사진관일까?

"사진가로서 라이벌이시군요."

시계방 씨가 그렇게 말하자, 히비노 씨는 즐거운 듯 웃었다.

"뭐, 우리는 그냥 사진장이야. 솔직히 그놈이 그놈이지만 그쪽 친척 중에는 여러 상을 받은 진짜 사진가가 있었으니까. 그와 이야기하다 보면 늘 그 자랑이야."

"호오, 그 사람, 어떤 사진을 찍으셨대요?"

시계방 씨는 약간 흥미가 있는 모양이었다.

"풍경이야. 높은 산이나 극한 지방, 뜨거운 사막 같은 그런, 사람이 좀처럼 발을 들여놓지 못하는 곳에 가서 사진을 찍나 봐. 나도 제일 잘 찍는 건 풍경 사진인데. 그래 봤자 흔히 볼 수 있는 풍경뿐이지만."

그때부터 히비노 씨의 사진 이야기는 줄기차게 계속됐다. 사진에 흥미가 있어 보이던 시계방 씨는 살짝 허공을 올려다보며 뭔가 생각에 잠긴 것 같았다.

언제 일어서면 좋을지 알 수 없었던 아카리는 이야기가 끊기기를 기다리며 한결같이 귀를 기울이고 있었지만 강의는 좀처럼 멈추지 않았다.

맞다, 오늘 안으로 구청에 가서 전입신고를 해야만 한다. 문득 떠올리곤 시간을 계산하고 있는데 멍하니 있는 것처럼 보이던 시계방 씨가 생각지도 못한 구원의 손길을 보내주었다.

"니시나 씨, 바쁘지 않아? 히비노 씨 이야기가 길어지니까 예의 같은 거 신경 쓰지 않아도 돼."

"아아, 잡아놓고 있어서 미안하네. 또 언제든 놀러와. 그때 나머지 이야기를 계속해주지."

일이 없으면 이야기에 빠졌다가 손님이 오면 바로 끝맺는, 상가 사람들은 그렇게 살아왔을 것이다. 그리고 아카리는 시계방 씨의 배려에도 감탄하고 있었다. 그 다이치를 보살펴줄 정도다. 부처님 같은 사람인지도 모른다.

5

검은 고양이에게 얼룩이 있는지 없는지, 그것은 결국 확인하지 못했다. 길냥이는 많은데 그 검은 고양이를 찾는 건 불가능했다.

그리고 순식간에 사키 씨가 결혼하는 날이 찾아왔다.

화창한 토요일이었다. 사키 씨는 일부러 아카리가 있는 헤어 살롱 유이를 찾아와주었다. 지난번과는 전혀 딴판으로 여성스러운, 단순하면서도 하얀 원피스 차림이었다.

시청에 혼인 신고를 하고 와서 양가 부모와 함께 식사하러 간다고 한다. 그전에 가게 앞에서 기념사진을 찍으니까 아카리도 와달라고 그녀는 말했다.

"하지만 난 상가 사람도 아닌데요?"

"그건 상관없어요. 이렇게 알게 된 것도 인연이니까 꼭 오세요. 이다 씨도 올 거예요."

시계방 씨가 온다고 해서 그게 어쨌다는 걸까. 그런 마음이 들지 않는 것도 아니었지만 굳이 그 말을 하러 와준 것이다. 그럼 기쁜 마음으로 갈게요, 하고 아카리는 대답했다.

"원피스, 예뻐요. 신부 의상인가요?"

"살짝 기분만 냈어요. 니트 원피스라서 평상복 같긴 하지만. 저, 머리 짧잖아요, 너무 팔랑거리는 드레스는 안 어울려요."

"짧은 머리라도 분위기가 다른데요. 맞다, 모처럼 사진 찍는데

손 좀 봐줄까요?"

사키 씨를 거울 앞 의자에 앉히고 아카리는 2층에서 미용 도구를 가져왔다. 당장 쓸 건 아니라도 눈에 띄면 무심코 사버린 게 제법 된다.

화사하게 보이도록 머리끝을 약간 올리고 펠트로 된 하얀 작은 꽃 핀 몇 개로 고정했다. 작고 흰 꽃이 머리를 별처럼 수놓는다.

"지난번엔 제가 이상한 소리를 했죠?"

거울을 보면서 사키 씨가 불쑥 말했다.

"그랬나요?"

"파파가 아버지 분신이라는 둥."

"별로 이상하지 않았어요. 좀 알 것 같은 기분도 들었고."

안심한 듯 눈을 내리뜬 그녀가 살짝 미소 짓는 걸 알았다.

"어렸을 적 친구에게 그런 말을 했다가 비웃음을 산 적이 자주 있었어요. 파파는 내가 태어나기 전부터 집에 있었으니까 뭐랄까, 애완동물이라는 입장이 아니었어요."

"음."

"전 꽤 오랫동안 정말 아빠라고 생각했어요. 집에 있을 때는 같이 뒹굴다가 밖에서는 상당히 마음 든든해서 친구들에게 이야기로 듣는 아빠와 똑같다고 생각했거든요."

"그러고 보니 그러네요."

"늘 나만 보면 짖는 동네 개를 위협해주기도 했어요."

"호오, 믿음직스러운 고양이였군요."

네, 하며 사키 씨는 그리운 듯 눈을 가늘게 떴다.

"산타클로스처럼, 점점 현실을 알게 됐지만 아버지와 파파가 어딘가 연결되어 있다는 생각은 변하지 않았죠."

거울 속에서 평소와 다른 자신이 되어가는 것을 지켜보며 그녀의 눈은 촉촉해졌다.

"파파가 없어진 날을 또렷이 기억해요. 그 무렵 파파는 툇마루 자기 집에서 나오는 일이 거의 없었죠. 언제 봐도 거기에서 자고 있었는데 문득 들여다보자 모습은 보이지 않고 대신 울음소리가 들린 것 같았어요. 서둘러 마당으로 내려갔어요. 그랬더니 울타리 위에서 파파가 돌아보며 작별의 말을……."

—사키, 잘 지내

"고양이가, 말을 했어요?"

—언젠가 다시 만나자

"제게는 꼭 그렇게."

—네가 결혼할 때는

"사실대로 말하면 파파가 말한 건 그때가 처음이 아니었어요. 어렸을 적에도 몇 번인가 전 파파와 이야기를 한 적이 있어요. 길가에서 어서 오렴, 하는 말을 듣기도 하고, 공원에서는 빨리 돌아가, 하는 말도. 그래서 다른 사람이 뭐라고 해도 파파는 아버지라고 생각했죠. 철들 무렵에는 그런 일도 사라지고 없었는데 그때는 정말 목소리가 들려서."

숨을 고르며, 그녀는 퍼뜩 제정신이 돌아온 듯 눈을 밑으로 향했다.

"그렇게 생각해서인지도 모르죠. 상상과 사실이 마구 뒤섞여 있었을 뿐일 테지만요. 그래도 내 마음속에서는 늘 아버지와 파파는 하나였기 때문에 가능하다면 결혼 보고를 하고 싶어서, 검은 고양이를 찾았는데……."

한 방울 눈물이 뺨을 타고 흘렀다. 빗을 내려놓고 아카리는 그녀의 어깨에 손을 올렸다.

"사키 씨 보러 올 거예요. 지난번에도 검은 고양이가 어슬렁거렸잖아요?"

그것은 정말 파파였을까. 시계방 씨에게 그런 말을 했을 때는 오히려 진심이 아니었다. 파파와 같은 가슴 얼룩무늬도 있을 수 없는 일이라는 것 정도는 알고 있었다. 그때도, 지금도 아카리는 믿기 힘들다고 생각하고 있다. 하지만 기적이 있다는 것을 확인하고 싶어서 고양이를 찾았던 것이다.

고양이가 오래 산다 해도, 가족사진을 가지고 있다 해도, 꼬리가 둘이라 해도, 그런 이상한 이야기가 있다 해도 상관없다고 생각하고 싶었다.

그것은 아카리 자신의 고립감에서 온 바람인지도 몰랐다.

"오늘도 올 거라고 생각해요?"

"네. 고양이니까, 보이지 않는 것에서 분명 지켜보고 있을 거예요."

머리핀과 똑같이 작은 꽃이 둥근 부케 모양으로 되어 있는 장식을 옷깃에 달자 단순하던 원피스가 특별한 날의 옷처럼 변했다.

"자, 다 됐어요."

눈물을 닦고, 자신의 모습을 확인하듯 잠시 거울을 들여다보던 사키 씨는 기쁜 듯 환히 웃었다.

"와, 정말 신부 같아요."

"신부 맞잖아요."

"괜찮으세요, 이거 빌려줘도?"

"드릴게요. 비싼 건 아니지만 축의금 대신."

"고맙습니다!"

표정에서는 더 이상 슬픈 기색이 보이지 않았다.

행복한 신부의 웃는 얼굴로 돌아와 어서 그에게 보여주고 싶다며 기쁘게 달려 나갔다.

문단속을 하고 아카리도 밖으로 나왔다.

상가의 남쪽으로 걷다 보니 이내 하라 베이커리 간판이 보였다. 가게 앞에는 이미 사람들이 모여 있는 듯했다.

이웃과 친구들일 것이다. 히비노 씨가 사진을 찍고 있었다. 삼각대를 들고 준비 중인 그는 등을 꼿꼿이 펴고 있어서 한참 더 젊고 즐거운 듯 보였다.

사키 씨는 분홍색 거베라를 묶은 작은 부케를 손에 들고 있었다.

"저거, 다치바나 꽃집에서 줬대."

시계방 씨가 다가와 살짝 가르쳐줬다.

"가게 앞에서는 참배용 꽃밖에 못 봤는데 저런 귀여운 꽃도 있었네."

과연, 하라 베이커리 맞은편에 있는 꽃집에는 극히 좁은 점포 앞에 놓은 국화나 붓순나무밖에 안 보였다.

"맞다, 오르골 다 고쳤어?"

"응, 하지만 조금 더 기다려달라고 했어. 안에 넣고 싶은 게 있어서."

"아, 지금 찍을 사진?"

시계방 씨는 대답 대신 미소를 지었다.

히비노 씨의 거침없는 지시대로, 모두 가게 앞에 섰다. 가운데에 선 사키 씨가 얼굴을 붉힌 채 웃고 있었다.

무사히 사진을 다 찍고 사람들이 요란하게 신혼부부를 에워쌌을 때, 전신주 옆으로 문득 시선을 주었던 아카리는 검은 고양이를 발견하고 깜짝 놀랐다.

저 고양이다. 사키 씨의 결혼식을 보러 온 게 틀림없는, 파파였다. 살아 있을 리가 없는 고양이. 하지만 아카리는 가만히 보고만 있을 수는 없었다.

사람들로부터 떨어져 고양이를 쫓아 골목 안으로 뛰어갔다. 담벼락 위로 뛰어올라 유유히 걸어가는 고양이를 불러 세우려 했다.

"파파."

고양이는 돌아보려고도 하지 않는다.

"아버지!"

아카리 뒤에서 그렇게 부르는 소리가 들렸다. 사키 씨였다.

그래서인지 고양이가 걸음을 멈췄다. 사키 씨는 신중하게 다가갔다.

"아버지 맞죠?"

고양이는 가만히 사키 씨를 보았다. 그런가 싶더니 이내 다시 고개를 돌리며 걸음을 옮긴다.

"보러 와준 건가요? 저, 결혼했어요. 행복하게 살 테니까 걱정 마세요."

그 말에 응답하듯 꼬리가 천천히 흔들렸다.

"결국 오르골 주인을 찾지는 못했네. 아카리 씨가 고생한 것 치고는 너무 싱거운데."

그렇게 말하는 다이치를 아카리는 반사적으로 노려보았다.

"응? 내가 언제 고생했다는 거야?"

"고양이한테 돌려주려고 많이 애썼잖아. 검은 고양이를 찾아내라고 억지로 나더러 돕게 만들면서까지."

"그건 협조를 부탁한 것뿐이지……. 그리고 원래는 네가 주인을 찾아주자고 말해서 그렇게 된 거잖아."

게다가 고양이한테 돌려주고 싶다는 말은 한 적이 없다. 적당히 사실을 왜곡하는 다이치에게 화가 나 어른스럽지 못하게 대들 때였다.

"아니, 아마 주인한테 돌아간 게 아닐까 싶은데."

시계방 씨가 그렇게 말했다. 세 사람은 천변 제방을 따라 상가 방향으로 걸어가고 있었다.

역 앞의 슈퍼마켓에서 물건을 사서 집으로 돌아가는 길에 시계방 씨와 딱 마주쳤다. 출장 수리 때문에 나왔다가 돌아가는 길이었던 모양이다. 그러는 도중 천변을 어슬렁거리고 있었다는 다이치가 나타나고, 어느새 세 명이 함께 걸어가며 자연스럽게 지난번 오르골에 대한 이야기로 화제를 옮긴 참이었다.

"헤에, 요괴 고양이 파파가 나타난 거야?"

"요괴 고양이가 아니라, 그 검은 고양이 아냐?"

아카리는 다이치와 같은 수준의 물음을 던지고 있다는 사실을 깨달을 여유도 없이 몸을 앞으로 내밀었다. 시계방 씨는 살짝

69

곤혹스러워하면서도 그 질문에 대답했다.

"아니, 굳이 말하자면 사람 아버지."

무슨 말인지 더욱 알 수 없어졌다.

"아버지는, 돌아가셨잖아?"

"그렇지 않다면?"

혼란스러워서 아카리는 자신의 머리를 손으로 싸맸다.

"이를테면 사진관에서 찍은 사진의 네거티브 필름을, 가족 말고 손에 넣을 수 있는 사람은?"

"음, ……맞다, 사진관 사람? 하지만 사진관 주인이 다른 가족의 사진을 소중하게 보관할 리가 없잖아."

"응, 사진관 주인이라면 그렇겠지. 하지만 야외에서 가족사진을 찍으면 대개 가족 중 누군가가 찍잖아. 사진에 찍혀 있지 않아도 그때 이건 누가 찍었었지 하며 그것마저 추억으로 삼게 되니까."

사키 씨 모녀는 이따금 사진관을 찾았다. 그때 사진을 찍은 사람은 사진관 주인일 것이다.

하지만 만약 그 사진을 실제 살아 있는 아버지가 찍었다면, 진정한 의미에서 가족 전체가 모인 사진이 된다. 시계방 씨는 그렇게 말하고 싶은 모양이었다.

"하지만 사키 씨는 옆 동네 사진관에 가서 찍었다고 했는데? 거기 주인은 히비노 씨와 동년배잖아? 사키 씨 아버지는 그 비숫한 나이도 아닐 거고, 아버지가 돌아가셨다고 한 말도 거짓말 같지 않았어."

시계방 씨는 순순히 고개를 끄덕였다.

"지난번에 히비노 씨가 말했지? 옆 동네 사진관 주인 친척 중에 유명한 사진가가 있다고."

"아, 응, 비경 사진을 찍는 사람이랬지."

"그래, 그 사람. 히비노 씨가 최근에 역 근처에서 얼핏 보았다고 하시던데. 일본에는 좀처럼 돌아오지 않은 채 그런 위험한 곳을 돌아다니는 사람이니까 독신일 것 같지만⋯⋯."

사키 씨가 어린 시절 갔던 사진관, 그곳의 친척이다. 손님으로 나타난 모녀의 사진을 찍어줬다 해도 이상한 일이 아닐지도 모른다. 그리고 최근 그 사람은 다시 귀국했다.

"잠깐만, 그 사람이⋯⋯?"

"뭐, 추측일 수밖에는 없지."

그렇게 말했지만 시계방 씨는 아마 확신하고 있을 것이다.

즉 사키 씨의 아버지는 죽은 게 아니다. 하지만 위험한 일을 하니까 책임감을 가져야 할 아버지의 역할을 다할 수 없어서 딸에게는 평생 자신의 존재를 밝히지 않기로 했을지도 모른다.

그리고 그가 귀국했을 때 모녀가 같이 사진관에 오고 아버지가 사진을 찍는다. 그때만 그들은 몰래 가족이 된다.

이따금 아버지는 몰래 사키 씨의 모습을 보러 왔을지도 모른다. 몰래 숨어서 고양이 파파와 함께 있는 사키 씨에게 말을 건넨 적이 있을지도 모른다.

사키 씨가 마지막으로 파파의 모습을 본 그날도 아버지는 몰래 가족의 모습을 보러 온 게 아니었을까. 고양이 파파만이 아버지를 눈치챘던 것이라면.

늙은 고양이가 울었다. 아버지가 주워 기른 파파가 자신을 같이 데리고 가달라고 조르듯이. 그리고 아버지는 웅크리고 있던 파파 옆에서 그 오르골을 발견한 것이다.

사키 씨가 옛날, 아버지의 날에 줄 선물로 만들었다는 오르골이다. 파란 지붕의 집, 아버지와 어머니, 사키 씨, 그리고 검은 고양이의 그림이 그려져 있다.

모든 것이 아버지에게는 소중한 것, 그리고 선택하지 못했던 것.

파파는 아버지를 쫓아 담벼락 위로 올라갔을 것이다. 아버지는 파파를 데리고 가야 하는지 망설이면서 담벼락 밖에 서 있었을지 모른다. 그때 아마 마당으로 나왔던 사키 씨를 보았을 것이다.

담벼락 위에 있는 파파를 보는 사키 씨에게 아버지는 도저히 말을 건네지 않고는 배길 수 없다.

사키 씨에게는 마치 파파가 말한 것처럼 들린, 작별의 말을.

그리고 아버지는 가족 대신 오르골을 손에 들고 파파와 함께 모습을 감췄다. 어딘가 위험한 땅으로 촬영을 떠났는지도 모른다. 오르골에는 몇 장의 네거티브 필름을 넣고.

다시 귀국한 그는 사키 씨 모녀가 사는 동네를 찾아왔다가, 딸의 결혼을 알게 된 것일까.

검은 고양이에게 말을 건넸을 때 사키 씨는 아버지가 어딘가 가까운 곳에 있는 듯 느꼈다고 했다. 그래서 아버지와 이야기를 나누었다고.

옛날, 파파가 있던 담벼락 너머에서 말을 주고받았을 때처럼.

"그랬구나. 고양이가 사진을 넣어둔 게 아니었구나······."

"뭐야, 요괴 고양이를 발견했다고 신났었는데, 아카리 씨."

"뭐? 난 요괴한테 흥미 같은 거 없어!"

"그래? 하지만 틀림없이 그런 것들이 좋아할 체질이야. 그럼 난 이쪽으로 가야 해서."

"잠깐!"

히죽거리며 손을 흔들고 기분 내키는 대로 강 쪽을 향해 가버린 다이치는 왠지 아카리를 자신과 같은 부류로 생각하고 싶은 모양이었다. 화가 났지만 다이치를 상대로 흥분하는 것은 더욱 어른스럽지 못하기 때문에 들었던 주먹을 다시 내렸다.

슬쩍 시계방 씨의 표정을 살폈지만 그는 사랑스러운 오누이의 싸움이라도 보는 듯한 미소를 짓고 있었다.

"저기, 그럼 오르골은? 사키 씨한테 줬어?"

"그게, 어제 나오유키 씨와 둘이 오르골을 받으러 왔었는데, 그 후 신사에 참배를 갔다가 잠깐 돌담 위에 놓았던 게 사라져버렸대."

"앗, 또 없어진 거야?"

"결혼한 날 사진도 넣어둔 건데."

그렇게 말하면서도 시계방 씨는 안됐다는 표정이 아니라, 하늘을 올려다보며 미소 짓고 있었다.

그렇다. 시계방 씨는 아까 오르골은 주인 손에 다시 들어갔다고 말했다. 없어졌다고는 했지만 사실은.

오르골과 비슷한 소리가 어디선가 들려왔다. 자주 듣는 멜로디였지만 제목은 모른다. 휴대전화 수신음일지도 모른다. 하지만 소리가 들리는 쪽으로 시선을 보냈던 시계방 씨는 제방 위에 앉아 있는 사람을 발견하고 뭔가 생각에 잠긴 듯 잠시 바라보았다.

하지만 그것은 잠깐이었고, 그는 금방 시선을 돌렸다.

오르골 소리도 이내 멈췄다.

제방 위에서 일어선 남자는 검은 모자를 깊이 눌러쓰고, 오래도록 사용한 듯 보이는 배낭과 커다란 가방을 어깨에 걸쳤다.

멍하니 아카리는 그 뒷모습을 눈으로 배웅하며 검은 고양이가 나란히 걸어가는 모습을 상상했다. 해 질 녘의 역광이 검은 남자의 윤곽을 흐릿하게 만든 데다가, 제방 위에 떨어진 그림자가 찰싹 달라붙어 있어 그것이 걸어가는 고양이처럼 보였는지도 모른다.

"맞다, 깜박했네. 이거, 그때 사진이야. 니시나 씨 거."

걸어가면서 건네준 사진에는 하얀 원피스의 사키 씨, 양복 차림의 나오유키 씨, 그들을 둘러싼 양가 가족들 그리고 이웃 친구들과 상가 사람들이 찍혀 있었다.

아카리도, 시계방 씨도 있다. 그리고 사키 씨의 발치에서는 검은 고양이가 얼굴을 카메라 쪽으로 향하고 있었다.

마침 지나가던 고양이가 잠깐 멈춰 섰다. 그런 타이밍에 찍힌 것일 테지만 당당한 모습이 그동안의 가족사진을 연상케 했다.

"파파가……."

가슴에 얼룩무늬가 있는지 이 각도에서는 잘 알 수 없다. 하지만 그런 것은 문제가 안 된다. 여기에 있는 것은 틀림없이 파파다.

"응, 그래."

"아버지 대신 이번에도 파파가 찍힌 건가."

그렇다면 새롭게 추가된 이 한 장을 본 아버지는 자신이 셔터를 누른 듯 느꼈을 것이다. 거기에는 자신의 딸과 결혼한 새 식구가 찍혀 있다. 자신 대신 가족사진에 포함된 파파도 있다.

아버지는 그런 가족사진을 새로운 추억의 한 장으로 만들고 이 마을에서 떠났다.

사키 씨나 아버지 모두, 서로 만날 수는 없다 해도 이 사진 안에서 파파가 연결시켜줄 것이다.

"다행이다……."

자신도 모르게 아카리는 중얼거렸다.

"응, 다행이야."

그렇게 말하는 시계방 씨는 언뜻 어리숙한 사람 같기도 하지만, 정교한 기계를 만지는 단호한 사람으로도 보인다.

오르골을 고쳐 새 태엽을 넣은 후 사키 씨 가족을 다시 한 번 하나로 만들었다.

역시 그는 추억을 수리하는 사람인지도 모른다. 그런 기분이 들었다.

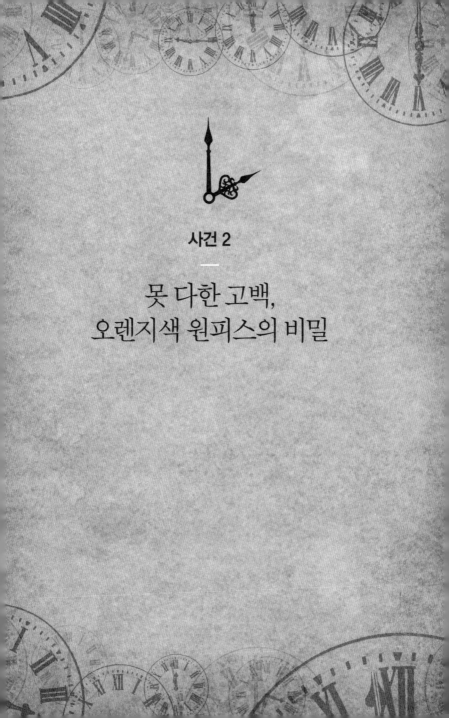

사건 2

—

못 다한 고백,
오렌지색 원피스의 비밀

1

시계, 다 고쳤습니다.

낡은 벽걸이 시계는 다시 째깍째깍, 가벼운 소리를 내고 있었다. 그것을 받아 든 노부인은 양각된 문자판을 사랑스러운 듯 슬쩍 어루만졌다.

그녀가 가게를 시작했을 때 친구들이 선물한 것이다. 이미 반세기 이상이나 된 옛날 시계였지만 상가를 떠나려는 지금, 이것만은 가지고 가려고 생각하고 있다.

가게를 가지고 갈 수는 없으니까. 그렇게 생각하면서 그녀는 챙 넓은 모자 비스듬히 젊은 시계사를 올려다보았다.

맞다, 또 하나.

추억도, 수리 좀 해주시려오?

꽃

쓰쿠모 신사의 경내로 들어서자 희미하게 달콤한 향기가 풍겨오는 듯했다. 발밑으로 시선을 주자 땅바닥에 떨어진 도토리가 자갈 사이에 섞여 있는 게 보였다. 가을을 느끼게 해주는 냄새를 가슴 가득 들이마신 후 아카리는 아침 도토리를 밟으며 경내를 가로질러 역 쪽으로 간다.

상가에서 살기 시작한 지 얼마 되지 않아, 신사를 통과하는 게 역으로 가는 지름길임을 알았다. 아침의 몇 분은 소중하기 때문에 마음속으로 신께 인사를 드리며 통과하는 것이다.

신사를 둘러싼 잡목림에는 온갖 나무들이 심겨 있다. 요즘은 만리향나무 꽃이 한창이다. 어떤 나무가 있는지 보통 땐 의식해 본 적도 없다. 한 그루밖에 없다는 이 큰 나무를 아카리는 이곳에서 처음 보았다.

힘차게 뻗은 줄기에 빽빽한 잎사귀도 무성한 만리향나무는 자갈길 바로 옆에 있었지만 꽃이 피기 전까지는 전혀 눈에 띄지 않았다. 그랬던 것이 지금은 한껏 치장이라도 한 듯 황금색 보석과 향수를 몸에 두르고 지나가는 사람을 돌아보게 만들고 있다.

그날, 평소처럼 신사 옆을 종종걸음으로 통과하려던 아카리는 만리향나무로 자연스럽게 눈길을 주었다가 평소와 다르다는 것을 깨닫고 자신도 모르게 발걸음을 멈췄다.

매일 아침 같은 시간, 그곳에 있던 노부인이 오늘은 오지 않았기 때문이다.

"어떻게 된 거지, 하루에 씨."

정확한 나이까지는 모르지만 하루에 씨가 상가의 현역 점주 중에서 최고령이라고 들었다. 하지만 그렇게 보이지 않을 만큼 단정한 할머니로 하루 양장점을 운영하고 있다. 남편도 자식도 없이 아카리가 사는 헤어살롱 유이였던 건물로부터 세 채 떨어진 곳에서 혼자 살고 있는 것이다.

노인치고는 키가 크고, 자세가 바른 그녀의 모습이 매일 아침 신사 옆에 있었다. 거기에서 나무를 가만히 바라보는 일이 많았는데, 그것이 만리향나무임을 아카리가 알게 된 것은 물론 꽃이 피고 나서였다. 하루에 씨는 기도하듯 나무를 바라보면서도 아카리가 지나가면 미소와 함께 인사를 건넸다.

산책이거나 참배거나, 빠짐없이 이곳을 찾는 듯했는데. 오늘은 몸이라도 안 좋은 걸까.

신경이 쓰였지만 시간이 없었다. 아르바이트에 지각할 것 같다. 아카리는 거의 뛰다시피 하며 신사에서 나갔지만 아르바이트가 끝나면 양장점에 들러보자고 생각했다.

회람판이라는 관습은 이 상가로 이사 오기 전까지 아카리와는 관계없는 것이었다. 독신이 많은 임대 맨션에 살다 보면 그런 동네 소식 같은 것과는 소원해진다. 엄마와 둘이서 살 때도, 엄마가 재혼하고 나서도, 혼자 살기 시작하고 나서도 아카리는 동네에 뿌리를 내린 듯한 생활 방식을 거의 취하지 않고 살았던 것이다.

회람판에는 동네 이벤트나 반상회 안건, 시청의 홍보 등등 지역 정보가 인쇄된 종이가 함께 첨부되어 있다. 그것들을 보고 나서 다음 집으로 보내는 구조다.

복사하여 우편함에 넣어두면 좋을 텐데 하고 생각해보기도 했다. 하지만 이것을 굳이 이웃들에게 돌림으로써 서로 얼굴을 익히기도 하고 말도 주고받는다. 혼자 사는 노인이 많은 이 동네에서는 빠뜨릴 수 없는 관습인지도 모른다.

그날 아카리가 아르바이트를 마치고 집으로 돌아왔을 때 회람판을 들고 나타난 사람은 대각선 너머에 사는 시계방 씨였다. 마당에서 땄다는 밤을 나눠 먹자며 가져왔다.

"마당에서 밤을 따다니 대단한데. 나는 수세미 정도밖에 키운 적이 없는데."

"뭐, 내가 키우는 것도 아닌데. 거실 앞에 있는 나무야. 할아버지도 언제부터 있었는지 모른다고 하셨어."

시계방의 아담한 서양식 주택, 그 지붕까지 가지를 넓게 늘어뜨린 나무가 밤나무였던 모양이다. 그전까지는 그냥 나무밖에 없었는데 계절이 바뀌자 갑자기 개성을 드러낸다. 자신을 드러내는 화려한 절정의 순간이, 시간이 지나면 사람에게도 찾아올까.

사람의 경우는 그저 기다리기만 해서는 성공할 수 없다. 노력한다고 반드시 보답이 생기는 것도 아니다. 나무와 사람의 노력의 방향이 서로 다른 것일지도 모르겠지만 어쨌든 나무가 노력 때문에 잘못되거나 하지는 않을 것이다.

"나무도 나름대로 노력하는 걸까?"

"노력?"

"맛있어 보이는 열매를 맺거나 한층 좋은 향기를 풍기는 꽃을 피우기 위해."

스스로도 이상한 소리를 하고 있다고 생각했지만 시계방 씨는 역시 아카리의 말을 부정하지 않았다.

"그렇지 않을까."

그렇구나. 그렇다면 아카리는 밤나무나 만리향나무의 몇 분의 일밖에 살지 않았다. 아직 한참 수행이 부족한 셈이다.

"아, 맞다. 커피 마실래? 아르바이트하는 곳에서 파는 커피인데 아주 맛있어."

과거 미용실였던 가게 안으로 그를 들어오게 하고 아카리는 아르바이트하는 곳에서 사온 커피를 권했다. 역 앞 커피숍의 일자리를 발견하여 지금은 거기에서 아르바이트를 하고 있었다. 보온병에 담아 가지고 돌아오면 집에서 마시는 데 별다른 수고를 하지 않아도 된다.

고마워, 라며 시계방 씨는 미소 지었다. 긴 앞머리에 웃는 얼굴의 몇 퍼센트가 가려버리는 것은 약간 안타깝다. 눈에 띌 정도로 미남은 아니지만 이마를 좀 더 드러내면 훨씬 더 인기가 많을 텐데 하고 아카리는 생각했다.

전 미용사의 감상 따위는 쓸데없는 참견일 테지만 시계 수리 같은 섬세한 일을 하는 데 방해가 되지 않을까. 그냥 자라는 대로 기른 것 같지는 않아 보이므로 어쩌면 뭔가 사연이 있는지도 모른다.

"엔니치(緣日, 신이나 부처와 관계있는 때를 골라 불공을 드리거나 제사를 올리는 날) 있어?"

아카리는 커피를 컵에 따르면서 회람판을 보다가 말했다.

"신사 제사야. 고미술품 전시가 있는데 노점상들도 제법 모일 거야. 상가도 꽤 북적일걸."

"옛날처럼?"

"응, 옛날처럼."

옛날, 아카리의 어린 시절 기억으로는 여러 가게가 늘어선 상가는 매일이 축제 같아서 모든 것이 오색찬란했다. 가로등에 장식된 조화, 머리 위에는 펄럭이는 만국기, 생일이나 운동회 같다고 어린 마음에 느꼈던 화려함도 상가에서는 일상의 풍경이었다.

지금은 완전히 적막해지고 말았지만 설령 제삿날 하루만이라도 그런 상가를 다시 볼 수 있다고 생각하니 아카리는 어린아이처럼 마음이 설렜다.

"좋구나, 제삿날이라는 거."

"응, 좋아."

행동 하나하나가 부드러운 시계방 씨와 실없는 대화를 나누는 것만으로 아카리는 상당히 치유를 받는다. 세상일과 거리를 둔 채 그는 자신의 시간만을 느리게 살아가는 듯한 사람이다. 고령화된 상가에서 매일 노인들에게 둘러싸여 있기 때문인지도 모른다.

그리고 아카리는 집에 가게가 있는 것이 의외로 나쁘지 않다고 느꼈다. 보통의 주택이었다면 혼자 사는 집으로 남자를 끌어들이는 것은 망설여지는 일이었겠지만 가게의 일부라면 신경 쓸 필요 없다. 서서 이야기하는 대신 대기용 소파에 앉아 커피를 마신다.

가게가 딸린 집을 빌렸으면서, 미용사 자격증을 가지고 있으면서 커피숍에서 아르바이트를 하고 있는 아카리를 시계방 씨는 어떻게 생각할지 모른다. 물어보지 않으니까. 그것도 아카리는 안심이 되었다.

물어본다 해도 설명할 말을 찾지 못했을 것이기 때문이다. 줄곧 미용사로 일해왔고, 그 일이 좋았다. 그만두고 싶다고 생각한 것도 아니다. 하지만 아직 미용사 일을 다시 시작할 마음이 들지 않는 것이다.

"회람판, 안 본 사람은 하루에 씨지. 그러고 보니 오늘 아침에 신사에서 보지 못했는데."

"아아, 다리를 삐끗하셨는지, 술집 아주머니가 병원에 같이 다녀오셨나 봐."

"정말? 걸을 수 없을 정도라면 혼자 힘드시지 않을까?"

"대수롭지 않은 것 같긴 하지만 내일 도우미가 오기로 했대."

"그렇구나. 그럼 안심이네."

"하지만 이젠 혼자 사시는 것도 한계가 아닐까 하고 친척들이 의논 중인 모양이야. 그래도 하루에 씨는 여길 떠나고 싶어 하지 않는 것 같아."

여기에서 태어나고 자랐다고 들었다. 옷감을 팔던 본가를 양장점으로 바꾼 후 제법 번창했다던가. 추억이 어린 상가를 떠나고 싶어 하지 않는 게 충분히 이해된다.

"그래선가 저번에 하루에 씨가, 모래시계는 싫다고 하시더라고."

아카리는 무의식적으로 창문 쪽을 바라보았다. 거기엔 전에 하루에 씨에게서 받은 모래시계가 놓여 있다.

"왜 모래시계가?"

"계속 모래가 줄어들다가 결국은 다 없어지잖아? 왠지 그게 허무하다고."

세월이 흐르고, 가게를 접어야만 하는 하루에 씨 자신의 처지와 중첩된 듯 느꼈는지도 모른다.

"하지만 모래시계는 뒤집으면 다시 시간을 재기 시작하는데."

"그렇긴 하지만 이거, 망가졌어. 하루에 씨는 버리고 싶은데, 동물 모양을 하고 있어서 쉽게 버리지 못하겠대. 그래서 내가 받긴 했는데."

창문을 가리키자 시계방 씨는 얼굴을 가까이 대고 작은 모래시계를 가만히 바라보았다.

"서쪽 동네의 쇼핑센터에서 나눠준 경품인데?"

"잘 아네."

"어쨌든 경쟁업체의 판촉 행사 물품은 정보 수집 차원에서 모으고 있거든. 뭐, 그쪽 입장에서 보면 우리 상가 따위 경쟁자이기는커녕 모기 뒷다리만 한 것이겠지만."

그 모래시계는 도기로 만든 판다가 꼭 끌어안고 있는 모양의 디자인이었다. 여러 업체가 입주해 있는 쇼핑센터는 개점하고 나서 폭넓은 지역의 구매 의욕을 가진 사람들을 모조리 끌어모아 주변 상점들에 타격을 주는 데 성공했다. 그곳의 캐릭터이기도 한 판다는 제법 인기가 많은 듯했다. 하루에 씨는 우연히 행사 중일 때 물건을 샀던 모양이었다.

"어디가 망가졌는데?"

모래시계라고는 해도 시계라는 말이 붙은 게 망가졌다는 말을 들으면 시계방 씨는 신경이 쓰이는 모양이었다.

"그냥 불량품 아닐까? 봐, 여기 축이 되는 곳에서 모래시계가 회전해야 하는데 판다한테 끌려가서 돌지를 않아."

손에 들고 시계방 씨는 모래시계 부분을 움직여보았다.

"정말이네. 설계 미스인가, 아니면 제작 도중에 실수한 건가. 이건 못 고칠 것 같은데."

"어쨌든 하루에 씨한테는 필요 없는 물건이고, 버려도 상관은 없지만 그냥 장식으로는 괜찮을 것 같아서."

고개를 끄덕이며 그는 모래시계를 원래 있던 곳에 되돌려놓았다.

"아, 그래도 경쟁업체 경품을 장식용으로 두는 건 좀 그런가?"

"설마, 아무도 있는지 모를걸."

그렇게 말하며 웃고는 잘 마셨어, 하고 커피를 비운 시계방 씨는 일어섰다.

"내일은 아르바이트 쉬지? 아침 먹으러 올래?"

단순한 이웃인데, 시계방 씨는 이따금 아침 식사를 대접해준다. 왠지 미안한 기분이 들면서도 아카리는 이미 섬세한 계란말이의 맛을 떠올리고 있었다.

"괜찮아?"

"어차피 다이치도 올 텐데, 그 녀석, 니시나 씨가 마음에 드나 봐."

"앗, 설마."

"그렇게 말했어. 새전, 넣었다면서?"

그러고 보니 지난번 지갑에서 동전을 꺼내려다가 새전함에 천 엔짜리 지폐를 한 장 넣고 말았던 것이다. 그게 다이치의 용돈이 됐나 생각하자 묘하게 분했다.

"그것도 그렇고 나 역시 식탁이 와자한 게 더 좋으니까."

시계방 씨는 그렇게 말하고, 상쾌한 모습으로 돌아갔다.

다 본 회람판을 한 손에 들고 아카리는 집에서 나왔다. 처음 하루에 씨와 이야기를 하게 된 것도 이렇게 회람판을 전할 때였다.

아카리에 대해 헤어살롱 유이로 이사 온 제법 사연 있어 보이는 손녀딸이라고 누군가에게서 들었는지, 하루에 씨는 처음 보는데도 왠지 아련한 듯 눈을 가늘게 뜨며 아카리를 기억하고 있다고 말했다.

몇 십 년을 상가에서 살았다 해도 20년도 더 된 옛날 고작 한 달밖에 살지 않았을 뿐인 여자아이를 기억하고 있다는 게 가능할까.

하루에 씨의 기억으로는 헤어살롱 유이의 안주인, 즉 아카리의 할머니 부탁으로 헌 옷을 어린이용 에이프런 드레스(apron dress, 에이프런으로 드레스의 역할을 겸할 수 있도록 디자인된 치마)로 수선해주었다고 한다. 할머니가 늘 입고 있던 밝은 분홍색 에이프런을 아카리가 마음에 들어 했기 때문이라고 했다.

다 만든 에이프런 드레스를 입은 아카리가 할머니와 신나서 걸어가는 것을 보고 자신도 기뻤다고, 하루에 씨는 이야기해주었다.

아카리는 기억나지 않았다. 그 아이가 정말 자신이었을까.

아닐지도 모른다. 헤어살롱 유이의 다른 손녀. 그렇게 생각했지만 하루에 씨에게는 말하지 않았다.

그런 생각을 하는 동안 도착한 하루 양장점은 모르는 사람이 보면 열었는지 열지 않았는지 알기 힘든 구조의 가게다. 쇼윈도에는 이제는 유행을 한참 지난 옷이 아마 몇 년째나 그대로 걸려 있는 게 틀림없고, 가게 내부는 잘 보이지 않는다. 그래도 동네의, 하루에 씨와 동년배인 듯한 여성들이 자주 드나들었다.

"안녕하세요."

아카리가 큰 소리로 인사하자, 안쪽 방에서 곧 반응이 있었다.

"어머, 어머. 어서 와, 아카리 짱."

평소와 다름없는 시원스러운 말투로, 하루에 씨는 아카리를 맞아주었다.

역시 오늘은 가게를 쉬는 듯했지만 휴업 중에도 하루에 씨는 화사하게 정장을 입고 있었다.

신사에서 볼 때는 반드시 모자를 쓰고 있었다. 상당히 오래된 듯한 느낌의, 장식품 같은 부인용 모자들이었지만 모자가 치장의 일부였을 시대를 살아온 그녀에게는 별다른 위화감 없이 잘 어울렸다.

유행하는 패션과는 다르다 해도 그녀의 손때가 묻은, 유독 마음에 들어 하는 것이라는 정도는 잘 알 수 있었다.

"회람판 가지고 왔어요. 저기, 발은 괜찮으세요?"

슬리퍼를 신은 발에는 붕대가 감겨 있었지만 걸을 수 없는 정도는 아닌 듯했다.

짧게 자른 머리는 새하얬지만 산호 귀걸이가 눈에 금방 들어온다. 하얀 블라우스 옷깃과 어울려 밝은 오렌지색 스카프가 사랑스러워 보인다.

"이거? 살짝 넘어졌을 뿐이야. 찜질을 하느라 며칠 불편하긴 했지만 집 안에서 돌아다니는 데 불편함은 없어."

하루에 씨는 아카리에게 손짓으로 가게 안에 놓인 빨간 팔걸이의자를 권했다.

"옷장 위에서 옛날 옷을 꺼내려다가 이 모양이 됐지 뭐야."

"옛날 옷이요?"

"저거."

하루에 씨가 가리킨 마네킹에는 오렌지색 원피스가 입혀져 있었다. 흑백영화 시절 여배우가 입었음직한 그런 디자인이었지만 이제는 오히려 신선해 보인다. 쓸데없는 장식은 없지만 플레어 스커트의 꼼꼼한 마무리가 아름다운 주름을 만들어내고 있다.

"와, 예쁜 원피스네요."

"이제 곧 엔니치잖아? 마지막 엔니치일지도 모른다 싶어서."

"마지막이요?"

"가게 문 닫고 조카딸 집으로 들어가기로 했어."

시계방 씨도 그런 말을 했다.

아카리 입장에서 보면 안타까운 일이었지만 하루에 씨에게는 그게 제일 좋을 것이다.

"엔니치 때 저걸 입으시려고요?"

아카리의 물음에 하루에 씨는 입가에 손을 대고 호호, 하며 웃었다.

"열여덟 살에 입었던 거야. 억지로 입으려면 입겠지만 이제는 사이즈가 안 맞아. 마지막이라고 생각하니 그냥 좀 보고 싶어서."

먼 옛날을 떠올리는 듯 하루에 씨의 눈이 가늘어졌다.

"그 시절엔 엔니치 때 나들이옷을 입었어. 나는 기모노보다 서양식을 더 좋아해서 재봉 기술을 배운 후 직접 만든 거야."

가게 안에는 유리장이 있고, 그 안에는 양장용 옷감이 아직도 놓여 있었다. 지금은 더 이상 수선 일은 하지 않는다고 했지만 옆에는 오래된 재봉틀이 있다. 검은색의, 발로 밟는 재봉틀이었다. 오렌지색 원피스도 저 재봉틀로 만들었을 것이다.

"맞다, 아카리 쨩이라면 입을 수 있지 않을까? 키도 나보다 약간 더 큰 정도니까."

"앗, 하지만."

저걸 입었을 때의 하루에 씨보다, 아카리는 한참 더 나이가 많다. 하지만 지금의 열여덟 살들에게는 너무 어른스러워서 입힐수 없는 디자인일 것이다.

"엔니치 때, 안 갈 거야? 여기 와서 처음 열리는 엔니치잖아? 슈 짱더러 안내해달라고 하면 되겠네."

하루에 씨는 시계방 씨를 슈 짱이라고 부른다.

"시계방 씨는…… 바쁠 텐데요. 상점회 회장이라서."

"그러고 보니 그도 상가 사람 다 됐네. 아직 여기 온 지 5년밖에 안 됐는데."

"그런가요? 한참 된 거 아니었나요?"

아카리에게는 어려서부터 여기 살았던 것처럼 보였다.

"그래, 이다 시계방은 슈 짱의 할아버지가 하던 가게였어. 7, 8년쯤 전에 죽었지, 아마. 아들은 분명 도쿄에서 일하면서 여기는 이따금 들렀지만 손자가 시계사가 되고 싶어 하는 모양이라고 이다 씨가 자주 말했지. 가게를 물려받는데? 하고 물으면 설마, 하고 말했었는데. 스위스의 시계 학교를 나와 그쪽 유명한 회사에 취직했다고 자랑했어."

어느새 이야기는 시계방 씨한테로 옮겨가 있었다.

그리고 아카리는 처음 듣는 이야기였다. 시계방 씨와 그런 옛날이야기는 하지 않는다. 아카리가 별로 자신에 대해 이야기하고 싶지 않아서 그에게도 옛날 일을 묻지 않았고, 시계방 씨 쪽에서 물어온 적도 없었다.

"그럼 왜 스위스가 아닌 여기에 있는 거죠?"

"글쎄, 잘은 모르겠지만 어느 날 훌쩍 여기에 나타나서 그 시계방을 시작했어."

시계방 씨도 예전 일을 버리고 여기로 온 걸까.

친근감이라고 할 만한 것은 아니다. 다만 아카리에게는 그가 좌절이나 후회와는 인연이 없는 사람처럼 보였기 때문에 의외였다.

2

애당초 아카리가 시계방 씨 집에서 아침 식사를 하게 된 것은, 처음에는 우연이었지만 두 번째 이후로는 다이치의 강권이 있고 나서부터였다.

아침부터 불쑥 찾아와서 억지로 아카리를 데리고 나가더니 시계방 씨 집으로 밀어 넣었다. 그 후로 몇 번인가 그런 적이 있었지만 시계방 씨한테 직접 아침 식사에 초대받은 것은 처음이었다.

대체 그는 이른 아침부터 밥을 먹으러 오는 여자를 어떻게 생각하고 있을까. 다이치와 같은 부류로 인식하는 걸까.

그렇게 생각하면 아카리는 약간 한심해졌다.

다이치는 평소와 다름없이 사무에 복장에 온 액세서리를 주렁주렁 매달고 아카리를 부르러 왔다.

"저기, 다이치 군은 어떻게 시계방 씨 집에서 밥을 먹게 된 거야?"

"글쎄, 그냥 자연스럽게."

신발을 신으면서 묻는 아카리에게 다이치는 스스럼없이 대답했다.

"자연스럽게가 뭐야. 대체 왜 시계방 씨가 널 보살펴주는 건데?"

"바보 같은 소리 마. 내가 보살펴주고 있는 거라고. 내가 언제 먹으러 올지 모르니까 그 사람은 매일 꼬박꼬박 아침 준비를 하지. 여기로 막 왔을 때는 제때 식사도 하지 않았던 것 같았거든."

스위스에서 시계사를 했어야 하는 그에게 무슨 일이 있었던 것일까. 하지만 자신의 신변 정리도 못하는 아카리에게 다른 사람의 신상에 대해 물을 여유 같은 것은 없었다.

다이치의 재촉을 받으며 집을 나섰다. 다이치에 대해서도 아카리는 잘 모른다. 지나가는 말을 얼핏 들은 것에 따르면 쓰쿠모 신사 네기(禰宜, 신사의 우두머리인 신주의 아래 직위)의 친척인 모양이었다. 그렇지만 몇 군데 신사에 겸직하고 있는 네기는 쓰쿠모 신사에 상주하지는 않는다. 다이치의 집은 약간 떨어진 동네인 듯했지만 다이치는 신사 뒤편에 있는, 과거 사무실이었던 건물 2층에서 살고 있다고 한다.

제대로 다니고 있는지조차 알 수 없는 대학교 이름을 아카리는 들어본 적이 없었다.

"저기 말이야, 하지만 왜 나까지 아침 식사에 데리고 가려는 건데?"

"그 사람 요리, 마음에 안 들어?"

"그건 뭐."

"그리고 그거. 그 사람도 젊은 나이에 여자한테 마음이 없는 것 같거든. 너도 남자가 없는 것 같고, 그래서 마침 잘됐다 싶어서."

마침 잘됐다는 건 무슨 뜻인가.

"잠깐, 난 그럴 마음이……."

"걱정 마. 슈 역시 요만큼도 마음이 동하는 것 같지 않으니까."

그건 그것대로, 왠지 상처가 된다. 동시에 다이치에게 화가 났지만 아카리가 항의할 틈도 없이 그는 이다 시계방 현관으로 들어가버렸다.

"안녕."

시계방 씨의 웃는 얼굴과, 포를 굽는 맛있는 냄새에 불평을 늘어놓고 싶은 마음이 깨끗이 사라졌다.

기름진 밥에 된장국. 그것만으로도 힘이 생기므로 식사는 중요하다. 다이치가 아침에 들이닥침으로써 시계방 씨를 기운 차리도록 하고 있다면, 아카리에게도 똑같은 생각을 가지고 있을지 모른다, 라고 생각하는 건 지나칠까.

실내의 차분한 분위기 때문인지, 여기 오면 평소보다 시간이 느리게 흘러가는 것 같다. 벽에 걸린 옛날 시계, 그 시계추 소리만이 방 안을 가득 채워 조용하다는 생각을 갖게 한다.

여기로 오기 전까지 아카리의 일상에 이런 사치스러운 시간은 없었다. 하지만 만약 시계방 씨가 이 생활을 찾아 여기에 온 게 아니라면 아카리는 약간 쓸쓸할 것 같았다.

여기는 기분이 좋지만 너무나도 많은 과거의 물건으로 에워싸여 있다.

"맛있다."

그래도 이렇게 식사를 하는 시간은 과거가 아닌 지금이다. 다이치의 말이 사실이라면 시계방 씨는 과거에 무슨 일이 있었든, 지금은 앞만 보며 걸어가고 있을 것이다.

"다행이야."

"난 죽어도 이런 맛은 못 낼 거야. 레시피를 배우긴 했지만 과연 똑같이 만들 수 있을지."

"도구가 다르잖아. 여기 있는 건 냄비나 프라이팬까지 다 골동품이야."

다이치가 그렇게 말했다.

"오래된 만큼, 싼 것들이야. 조부모님이 줄곧 사용하던 물건이니까."

"오래된 냄비는 맛을 기억하고 있어. 아카리 씨, 그러니까 설거지할 때 함부로 다루지 마."

식사 대접을 받은 날은 아카리가 설거지를 돕고 있기 때문에 그렇게 말하는 것일 테지만 여전히 다이치는 건방지다. 물론 그는 아무것도 하지 않는다.

"네가 그런 말할 처지는 아닐 텐데."

식사 뒷정리를 하기 위해 시계방 씨는 손목시계를 풀었다.

왜건 위에 놓인 시계는 구석구석 모두 다 단순한 디자인이었다. 과도한 것은 무엇 하나 없다. 문자판도, 바늘도 섬세한 직선뿐이다. 하지만 싸구려 같지 않았던 것은 모든 요소가 절묘한 기품을 간직한 채 존재감을 가진 작은 세계를 만들어내고 있었기 때문이다.

자연스럽게 로고를 확인해봤지만 문자판에는 아무런 글자도 보이지 않았다.

"아아, 그거. 형 거였어."

"형?"

"헤에, 이게 죽은 형 시계였군."

다이치가 끼어들며 한 생각지도 못한 말에 아카리는 가슴이
철렁했다. 그렇다면 이 시계는 형의 유품인 셈이다. 게다가 시계
방 씨의 다음 말은 더욱 이해하기 어려웠다.

　　"도저히 고칠 수가 없어."

　　자세히 보니 초침은 움직이지 않았고, 시간도 맞지 않았다.

　　멈춰 있는 손목시계를 그는 왜 차고 있는 것일까. 고칠 수 없
다기보다 고치려고 하지 않는 것 같다.

　　"상당히 예쁜 시계인데. 비싸 보여."

　　"그렇지 않아."

　　눈을 내리뜬 시계방 씨의 표정은 머리칼에 가려 잘 보이지 않
았다.

　　"맞다. 엔니치 때 말인데, 니시나 씨는 괜찮아?"

　　시계방 씨가 서둘러 화제를 바꿨지만 아카리에게는 더욱 혼
란스러울 법한 화제였다.

　　"괜찮냐니, 뭐가?"

　　"하루에 씨한테 못 들었어? 전에 하루에 씨가 엔니치 날에 부
탁할 게 있다고 했었는데, 어젯밤에 전화로 데이트 좀 해줬으면
하시더라. 게다가 네가 하루에 씨 대신이 돼줄 거라며 같이 나가
줬으면 하시던데."

　　듣지 못했다. 아니, 엔니치 때 안내받으면 어떠냐는 말은 했지
만 그뿐이었다.

"헤에, 하루에 할머니, 슈한테 혼담이 들어오지 않는다고 신경 쓰던데 얘를 붙여줄 셈인가? 그건 좀 심한데, 슈."

다이치도 그런 생각을 했으면서, 이 무슨 실례의 말을.

"그렇지는 않을 거야. 하루에 씨는 옛날 추억을 우리가 재현해 줬으면 하는 것 같아."

시계방 씨는 아카리가 상처 입지 않도록, 그러나 이상한 기대 감도 품지 못하게 하려는 듯 단호하게 대답했다.

"뭐야, 그게. 무슨 말인지 모르겠어. 그 다리로는 재현 장면을 따라다니면서 볼 수도 없잖아."

"그렇긴 하지만 아무튼 그렇게 해줬으면 좋겠대. 나는 상관없 지만……."

의사를 묻듯 아카리를 본다.

"니시나 씨한테는 폐가 될지도 모른다고 말은 했는데."

아카리 역시 전혀 상관없다. 하지만 지금은 아직 누군가를 남자로 의식하고 싶지 않다는 경계심이 발동했다. 설령 그것이 연극이라 해도 아니, 연극이기 때문에 더욱 쓸데없이 의식하고 말 것 같았다. 특히 시계방 씨는 의식하고 싶지 않았다. 다이치와 같은 수준에서 식사 대접을 받는 정도만 허용하는 게 좋다.

무심코 입을 다물어버린 아카리를 시계방 씨가 어떻게 해석했 는지는 모른다. 다만 그는 특별히 어색하지 않은 말투로 말했다.

"하루에 씨한테는 내가 잘 말할게. 신경 쓰지 마."

"재현이라면 누가 됐든 상관없잖아. 꽃집 손녀딸은 어때?"

"고등학생이야."

"할머니 시대였다면 딱 그 나이 또래야. 아니면…… 그래, 내가 아는 사람 중에 부탁해볼까?"

"갈색 머리의 여자라면 하루에 씨가 자신을 투영할 수 없을 것 같은데."

"그런가? 검은 머리는…… 없는데."

역시, 하며 시계방 씨는 웃었다. 덕분에 딱딱한 분위기가 풀리긴 했지만 다이치는 역시 분위기 파악을 못한다. 생각지도 못한 소리를 했다.

"그나저나 죽기 전 소원이 추억의 재현인가. 잘 모르겠네."

"죽기 전?"

아카리가 큰 목소리로 반문하자 시계방 씨는 꾸짖듯 다이치를 노려보았다.

"뭐야, 아카리 씨는 몰랐어? 하루에 할머니, 병이 있으시대. 이젠 완치가 불가능하다고, 그런 시설에 들어가는 모양이던데."

정말이냐고, 말이 되어 나오지 못한 의문을 담아 시계방 씨를 바라보자 한숨을 내쉬며 그는 고개를 끄덕였다.

"나도 본인에게 직접·듣지는 못했지만."

그렇게 말하며 덧붙였다.

"그렇다고 니시나 씨가 무리할 필요는 없어."

결국 아카리는 하루에 씨의 소원을 들어주기 위해 협조하기로 했다. 시계방 씨와 엔니치 날에 외출하는 건 특별히 무리랄 것도 없었다. 이사 온 지 얼마 안 된 아카리가 하루에 씨를 위해 뭔가 해주고 싶다고 생각하는 것은 주제넘은 일이라는 기분도 들었지만 그녀가 옛날의 아카리를 알고 있다면 그 사소한 인연만으로도 힘이 돼주고 싶었다.

그렇게 하면 아카리의 기억 속에는 없는 헤어살롱 유이의 손녀딸이, 에이프런 드레스를 입고 웃던 소녀가 아카리 자신이었다고 생각할 수 있을까.

그뿐만 아니라 아카리는 하루에 씨의 추억에 흥미를 느꼈다.

하루에 씨가 회람판을 가지고 갔던 날로부터 사흘 후 지팡이를 짚고 아카리의 집을 찾아왔던 것이다. 세 채 떨어진 집을 방문하는 외출이었는데도 커다란 조화가 달린 모자를 반듯하게 쓰고 있었다. 발의 붓기는 거의 빠졌다며, 그런데 부탁이 있어, 하고 아카리에게 말했다.

"역시 아카리 씨가 엔니치 때 가줬으면 해."

그리고 기도하듯 두 손을 깍지 꼈다.

"그 원피스를 입고 나 대신 데이트를 해줬으면 해. 그게, 발이 이 모양이라서 인파 속을 뚫고 걷는 건 좀 어려울 것 같아. 하지만 이제 곧 이 동네를 떠나니까. 이 나이로는 다시 놀러오는 것도 쉽지 않고, 마지막으로 꼭 한 번 추억에 잠겨보고 싶어."

조카딸 집에서 살게 됐다는 말이 거짓말이라면 그녀는 이것이 마지막 엔니치임을 잘 알고 있을 것이다. 그렇게 생각하면서도 아카리는 애매하게 고개를 끄덕였다.

"하지만 제가 나가 있는 동안 하루에 씨는 볼 수 없잖아요."

"괜찮아. 어디를 가고, 어떤 이야기를 할지, 모두 내 기억 속에 있어."

잠시 눈을 감았던 하루에 씨는 소녀처럼 볼을 붉혔다.

"하지만 이대로는 그 원피스가 불쌍해. 이번에는 즐거운 엔니치를 보내게 해주고 싶어."

"불쌍하다니, 그게 무슨 말씀이세요?"

"그래. 내 눈물을 먹고……. 나들이옷인데 불쌍하게."

의외였다. 즐거운 추억이 아니었던가.

생각에 잠긴 듯 숨을 고르며 헤어살롱의 창문에 놓인 판다 모래시계를 그녀는 멍하니 바라보았다. 시간의 모래를 한 번 떨어뜨리고 난 뒤 두 번 다시 시간을 잴 수 없게 된 모래시계를.

"내 특별한 날은 한참 전에 끝나버렸어……. 하지만 입는 게 내가 아니라면 저 원피스는 다른 시간을 보낼 수 있을 거야."

그러고 나서 그녀는 주섬주섬 이야기하기 시작했다.

그 무렵 이 상가는 동네에서 제일 북적대는 중심가였다. 지금 현재 사람들로 북적이는 역은 아직 생기지 않았고, 한창 개발되고 있는 서쪽 지역은 논밭이나 숲뿐이었다.

전쟁이 끝나고 상가에 활기가 돌아온 그 무렵이 하루에 씨에게는 청춘 시절이었다.

하루 양장점은 아직 없었고 같은 장소에서 옷감을 파는 가게로 번창하던 시절, 하루에 씨는 상가에서도 유명한 미녀였다.

당사자가 그렇게 말하는 것도 좀 이상하다며 보여준 옛날 사진에 아카리는 곧바로 납득했다. 오래된 흑백사진이 그렇게 보이도록 만드는 것인지도 모르겠지만 이목구비가 또렷하여 마치 옛날 영화의 포스터 같았다.

그런 하루에 씨였으니까 당연히 인기도 많았을 것이다. 이 일대의 남자는 물론이고 손님들의 눈길도 사로잡아 꼭 며느리로 맞고 싶다는 제안이 끊이지 않았다. 하지만 하루에 씨는 한 남자가 신경 쓰였다.

신경 쓰이기는 했지만 그때 그녀는 자신이 그 사람을 사랑하고 있다고는 생각지도 못했던 모양이다. 오히려 그가 말을 붙여 오지 않아서 화가 났다고 한다.

"신통치 않은 사람이었어. 농담 한마디도 하지 않고, 굽은 등에 도수 강한 안경을 쓰고 있어서 도저히 미남이라고 할 수 없는, 책밖에 흥미가 없는 것 같은 사람이었지. 신사 맞은편에 작은 맨션 있잖아? 그 주변도 당시에는 상가였는데, 그는 다기집 둘째 아들이라, 두 살 위였지만 어려서부터 알고 지냈고 상가에서는 자주 보기도 했어. 그런데 내가 말을 걸어도 별 대꾸 없이 그냥 가버리는 사람이었어."

하루에 씨의 평가는 혹독했다.

"하지만 그는 나를 좋아했어. 어떻게 알았느냐고? 그건 여자의 육감이야. 젊어서는 난, 남자에 대해서는 무엇이든 다 안다고 생각했거든. 아무런 의심도 않고 말이야."

이야기를 들으면서 아카리도 그 말을 의심치 않았다. 지금도 하루에 씨는 거침없는 환한 분위기와 싹싹함으로 친구나 단골이 많다. 그녀가 사람들의 눈길을 잡아끄는 것은 화려한 모자 때문만이 아니라 품위 있는 분위기를 그녀 자신이 내뿜고 있기 때문이었다. 남자에 대해 무엇이든 다 안다고 서슴없이 잘라 말해도 그럴 수 있었으리라 납득할 수 있었다.

"그래서 엔니치 때 나는 그에게 기회를 주기로 했어. 나한테 마음을 고백할 기회를."

그게 어떤 하루가 될지 신경 쓰이지 않는 여자는 없을 것이다. 아카리는 하루에 씨 같은 자신만만한 타입은 아무리 원해도 될 수 없다. 그렇다면 딱 하루, 그렇게 되어보는 것도 나쁘지는 않다.

아카리 자신은 이미 열여덟 소녀도 아니었고, 그 무렵의 자신은 아득히 먼 존재가 돼버렸다고 생각했지만 하루에 씨의 추억을 빌려 발랄한 소녀 시절의 즐거운 하루를 보내면 된다. 그런 기분이 들었던 것이다.

3

예전에 시계방 씨는 상가가 잠들어 있을 뿐이라고 말했다. 때가 되면 잠에서 깨어날 것이라고.

그게 오늘이라고 아카리는 생각했다.

상가의 닫혀 있던 셔터 앞에는 수많은 노점상이 늘어서고, 색바랜 비닐 천막과 희미한 글씨의 간판조차 각양각색을 한 현수막의 일부처럼 보인다. 축제답게 먹을거리를 파는 좌대도 모여들고, 거리는 달콤한 냄새를 여기저기에 풍긴다. 플리마켓이 모인 공터 한쪽에서는 경쾌한 대중가요가 흘러 더욱 많은 사람들이 모여 있다.

보통은 역 앞에서 가게를 여는 젓갈 장수도, 주문품만 만드는 막과자 장수도, 오늘만큼은 하루에 씨의 추억 속에 있는 시절과 똑같이 이 상가에서 가게를 열고, 옛날과 다름없는 맛을 그리워하는 사람들이 멀리서도 찾아온다.

그런 엔니치 날, 외출하기 위해 아카리는 오랜만에 머리를 손질했다. 오렌지색 원피스에 어울리도록 쪽을 지고 머리띠로 정리해보았다.

평소 자신 같았으면 선택하지 않았을 복고풍 원피스를 입으니 자신은 그것만으로도 반쯤은 하루에 씨가 된 기분이었다.

"역시 미용사네."

시계방 씨는 그렇게 말하며 머리칼의 구조가 신경 쓰이는 듯 여러 각도에서 바라보려고 했다.

"이 정도는 누구나 해."

"하지만 평소와는 분위기가 달라. 약속하지 않았다면 몰라봤을지도 모르겠는걸."

　하루 양장점 앞에서 만나기로 했었다. 하루에 씨는 2층 창문으로 이쪽을 내려다보며 손을 흔들었다.

"나도 거울 보면 몰라볼지 몰라. 이런 색의 옷을 입는 건 처음이거든."

　쿡쿡, 하고 웃으면서 그럼 가볼까, 하며 시계방 씨는 걸음을 옮겼다.

　갔다 올게요, 하고 하루에 씨에게 손을 흔들어주고 아카리도 발걸음을 떼었다.

"저기, 시계방 씨는 왜 하루에 씨의 추억 속 사람과 같은 옷차림 안 했어?"

"응, 그런 요구는 없었거든."

"그럼 어떤 요구를 받았는데?"

　그 물음에 앗, 하고 생각났다는 듯 부끄러워하며 머리를 긁적였다.

"손을 잡으라고."

　그가 손을 내밀자 손목시계가 재킷 소매 아래로 흘깃 보였다.

지난번의 그 멈춘 시계였다. 그리고 시계방 씨의 손은 손목시계처럼 겉보기에 섬세한 인상이었지만 장인의 손이라고나 할까, 의외로 단단했다.

"하루에 씨의 상대 남자는 손잡을 것 같지 않은 남자였는데."

"그렇지만 잡고 싶었을 거야."

"아…… 그런가."

이건 추억을 수정한 데이트인 것이다. 슬펐던 추억을 즐거웠던 것으로 만들고 싶어 했으니까.

그에게 기회를 주려고 하루에 씨는 엔니치 날이 다가오자 말을 건넸다. 물론 아무런 내색도 하지 않고 말이다.

"찾는 책이 있다고 했어. 엔니치 날에는 고서 시장도 열리거든. 같이 찾아줄 수 없느냐고 부탁하자 그는 흔쾌히 받아들였어."

역시 대단하다고 아카리는 생각했다. 자신 있는 분야의 부탁이었으니 거절할 사람은 거의 없을 것이다.

"엔니치 날이 기다려졌어. 내가 제일 예쁘게 보이도록 오렌지색 옷을 만들었어. 그렇게 가슴이 떨렸는데 왜 사랑인 걸 눈치채지 못했는지."

원피스를 입은 하루에 씨는 자랑스럽게 거울 앞에 섰을 것이다. 그는 자신을 좋아한다고 아무런 의심도 없이 믿으며 밖으로 나갔다. 그런 자신감이 더욱 그녀를 매력적으로 보이게 만들었을 게 틀림없다. 그도 그런 하루에 씨를 보고 푹 빠져들었을 거라고 생각했기 때문에 몇 십 년 전의 그날과 지금이 서로 중첩되기를 바라며 아카리도 가슴을 펴고 걸었다.

상가를 장식하는 무지개 아치도 희한하게 오늘은 새것처럼 반짝반짝해 보였다.

신사로 연결되는 좁은 길까지 오자 하얀 텐트의 지붕을 옹기종기 맞대고 고서를 파는 노점들이 모여 있었다. 아카리는 시계방 씨와 나란히 걸음을 멈췄다.

"고서점도 많이 줄었어. 하지만 이쪽 지방에서는 고서들이 제법 많이 발굴되는 모양이야. 그래서 수집가들도 많이 온대."

"그러고 보니 하루에 씨는 무슨 책을 찾았을까. 물어볼걸. 그랬으면 우리도 그 책을 찾으면 되는데."

"그거, 기억 못하신대."

"앗, 그래?"

"그녀에게는 어느 책이든 상관없었을 테니까."

"시계방 씨는 책 좋아해?"

"음, 매년 엔니치 날의 즐거움은 오히려 저쪽이야."

앞을 가리키며 아카리의 손을 잡아끈다. 경내까지 골동품 좌판이 늘어서 있었지만 시계방 씨는 고서 앞을 지나고 도자기 앞도 지나, 더 이상 견딜 수 없는 아이처럼 유리 케이스를 진열한 저 앞의 골동품 좌판으로 갔다.

거기에 있는 것은 시계였다. 반짝반짝 잘 닦인 다양한 시계가

놓여 있었다. 탁상시계, 추시계, 회중시계와 손목시계도, 아카리
도 아는 유명한 브랜드도 있고, 본 적 없는 로고의 시계에 엄청
난 가격이 붙어 있기도 했다.

"여어, 슈 짱."

주인인 듯한 노인이 시계방 씨를 알아보고 친근하게 부른다.
동업자라고 하기에는 직종이 다른 것 같았지만 동호회쯤은 되
지 않을까.

"안녕하세요. 여전히 좋은 물건이 많은데요."

"그렇지도 않아. 요즘 잘 팔리는 건 비슷비슷한 시계들뿐이야."

"모두들 앤티크만 찾나요?"

아카리가 묻자 주인은 어깨를 으쓱해 보였다.

"아니, 그리 오래되지 않은 게 더 많은 것 같은데. 하지만 이것
들도 정성 들여 만든 기계식 시계야. 잘만 손질해주면 백 년이
든 2백 년이든 가는데 오버홀(Overhaul, 기계제품을 부품 단위까지 분해
하여 청소하고 재조립함으로써 출시 상태의 제품으로 되돌려놓는 것을 말한다)
이나 수리를 할 수 있는 시계사는 많지 않아. 그래서 슈 짱에게
자주 부탁하고 있지."

그렇구나, 하고 아카리는 생각했다. 개인의 수리 의뢰만으로 장
사가 될까 하고 실례되는 의문을 품고 있었는데 단숨에 풀렸다.

"예전에는 줄곧 할아버지가 하셨죠."

"그래, 이다 씨는 좋은 장인이었어."

진심으로 그렇게 생각한다는 듯 주인은 말했다. 그분이 자랑하던 손자는 원래라면 지금쯤 스위스에서 시계를 만들고 있어야 할 것이었다.

"맞다, 듀포Philippe Dufour가 있다고 들었는데요? 보여주세요."

"어이, 어이. 어디에서 그런 말을 들은 거야?"

"그런 말은 금방 퍼져요."

숨겨둔 것처럼 텐트 구석에 놓여 있던 자물쇠 달린 상자에서 보물처럼 살짝 그것을 꺼낸다. 마지못한 척하면서도 주인은 흔쾌히 보여주었다.

"와, 진품이네."

"당연하지."

"듀포가 뭐야?"

아카리는 처음 들어보는 말이었다.

"유명한 독립 시계사야. 제네바 근처에 공방이 있는데 혼자 거기에서 제작하고 있어."

"독립 시계사?"

"설계부터 제작까지 자신이 직접, 독자적인 시계를 만드는 사람. 아무튼 그가 만드는 건 대단한 시계인 데다가 희소가치가 엄청나."

시계를 혼자 만들 수도 있나 싶어서 아카리는 의외라고 생각했다. 기계라고 하면 자연스럽게 큰 공장 같은 곳에서 만들어진다는 이미지를 가지고 있었다.

"내부도 좀 만져보게 해주세요."

세부까지 꼼꼼히 관찰하던 시계방 씨였지만 그것만으로는 성에 차지 않는 듯했다.

"아직 멀었어, 넌 너무 젊어."

거절당하고 말았다. 시계방 씨는 진심으로 안타까운 듯 한숨을 쉬었다. 그래도 곧 다른 시계를 보며 눈을 반짝인다.

"아, 이것도 좋네요. 바쉐론 콘스탄틴(Vacheron Constantin, 스위스 제네바에 있는, 현존하는 가장 오래된 시계 회사)이랑 페르고(Girard-Perregaux, 스위스의 시계 제조 회사)도 있잖아요!"

옛날 하루에 씨 옆에서 그 사람도 고서가 있는 노점을 둘러보면서 이렇게 눈을 빛냈을까. 이날만큼은 수다스럽게 책에 대해 이야기했을까. 하루에 씨는 무슨 생각을 하면서 그 말을 들었을까. 알 수는 없었지만 즐거운 듯 웃는 하루에 씨가 눈에 선했다.

전문용어가 오가는 시계 이야기는 아카리로서는 전혀 알 수 없었지만 작은 기적이 가득 들어찬 기계라는 건 알 수 있었다. 몇 백 년분의 정확한 달력이 같이 딸려 있다, 인생보다 훨씬 더 오랜 시간을 재기 위해 태어난 것은 기계라기보다 시간 그 자체에 가깝지 않을까 등의 말에 현기증마저 일었다.

"미안, 이야기에 정신이 팔려서 그만. 지루하지 않았어?"

"으응, 재미있었어."

새로운 손님이 와서 비로소 두 사람은 그곳을 떠났지만 조금 더 이야기를 듣고 싶다고 생각했을 정도였다.

하지만 오늘은 하루에 씨의 추억을 재구성하기 위해 온 것이다. 노점만 돌아보지 말고 신사에 가서 제대로 참배해야만 한다.

돌 길을 따라 항아리나 족자, 비녀나 고가구 같은 여러 가게 앞을 천천히 걸어갔다.

"시계방 씨는 어려서부터 시계사가 되고 싶었어?"

아카리가 묻자 잠시 생각하다가 그는 대답했다.

"뭐, 대충."

"할아버지 영향으로?"

"니시나 씨는?"

반문해온 게 느닷없어서 아카리는 가슴이 철렁했다. 영향을 받기에 조부모와 지냈던 한 달 남짓한 시간은 너무 짧았다.

다만 어린 시절 가까이에서 보았던 일이라 구체적으로 이미지를 만들 수 없는 직종과는 달리 줄곧 흥미를 느껴왔다. 자신이 이 길을 걸어가게 만든 계기가 되었을지도 모른다.

또는 할머니가 머리를 땋아준 것, 그것만으로도 자신이 잡지에 나오는 어린이 모델처럼 보였던 것을 잊을 수 없었을까.

솔직히 어린 마음에 미용사를 동경했다. 하지만 아카리가 미용사가 된 것이 조부모의 영향 때문인지는 생각해보지 못했다.

손재주가 없다는 엄마의 잦은 타박에 당당히 홀로 서보이겠다고 생각하던 그 무렵의 자신은 이제 없다.

"난…… 그래, 보통 패션 같은 것에 관심을 가질 나이쯤 해서 텔레비전에 나올 법한 멋진 헤어살롱을 동경했던 게 아닐까 싶은데."

결국 무난한 대답으로 얼버무렸다.

"우리 할아버지는 아이를 가게 안에 못 들어오게 하는 사람이었어. 수리 공방은 특히 더 엄금."

"그랬겠지. 작은 부품이나 도구들이 많으니까."

"그래서 계기가 없었다면 시계사 일은 알 수 없었을 테고, 시계 자체에도 흥미를 느꼈을까 싶어."

"계기?"

"할아버지 공방에 처음 들어갈 수 있었던 건 사소한 일로 친구 시계를 망가뜨렸을 때였어."

신중하게 기억을 되살리려는 듯 시계방 씨는 천천히 이야기했다.

"어린이용 캐릭터가 문자판에 그려진 시계였어. 변상해주면 된다는 생각을 하지 못했던 건 할아버지라면 어떤 시계든 다 고칠 수 있을 거라고 믿고 있었기 때문이겠지."

"그래서, 고쳐주셨어?"

아니, 하고 시계방 씨는 고개를 저었다.

"네가 고쳐, 하고 말씀하셨어. 네가 망가뜨렸으니까, 하면서."

"고쳤어?"

시계방 씨는 고개를 끄덕이며 미소 지었다. 따라서 아카리도 미소 지었다.

다행이었네, 하고 중얼거리는데 그의 손이 아카리의 어깨를 잡고 끌어당겼다. 인파를 헤치고 지나가려는 아이에게 부딪치지 않도록 배려해준 것임을 곧 알아챘지만 살짝 가슴이 뛰었다.

그리고 그는 신사 쪽으로 눈길을 주었다.

"오미키(御神酒, 신전에 바치는 술) 마실래?"

참배소 옆에 놓인 테이블에서 오미키를 나눠주는 모양이었다. 하지만 그보다 더 눈길을 끈 것은 빨간 하카마(袴, 일본 옷의 겉에 입는 주름 잡힌 하의)를 입은 무녀와 함께 참배객들에게 오미키를 따라주는 다이치였다. 밝은색 머리와 피어스나 목걸이 차림에 하얀 하카마를 입고 있어 더욱 눈에 띄었다.

"어, 왔어."

이쪽을 보며 다이치가 한 손을 들었다.

"오, 역시 하루에 할머니 옷이구나. 옷이 날개라더니."

어린 주제에 어른들이나 쓰는 관용구를 입에 담으며 다이치는 한동안 아카리를 보다가 시계방 씨 쪽으로 눈길을 돌렸다.

"그래서 슈, 고백할 마음은 들었어?"

"다이치 군, 그런 걸 재현하는 게 아니거든. 그냥 엔니치 날에 오기만 하면 되는 거였어."

의미도 없이 아카리는 입을 삐죽이며 참견했다.

"흠, 힘들게 하루에 할머니가 기회를 만들어줬는데도 그럴 마음이 안 드는 건가."

아니라니까, 투덜대는 아카리에게 다이치는 오미키를 내밀었다.

"할 수 없지. 술의 힘을 빌려봐."

뭐라고 할 말이 없다.

"넌 아르바이트?"

"무보수 도우미야. 요즘 신사는 많이 가난하거든. 너희도 새전 좀 듬뿍 넣어."

작은 잔에 차 있는 술은 얼마 안 됐는데 목을 타고 들어가자 신기할 정도로 몸이 따뜻해지면서, 둥실 공중에 떠오르는 듯한 취기를 불러 일으켰다.

"오미키를 마시면 그 사람도 기분이 좀 좋아져서 진짜 속마음을 털어놓지 않을까, 그렇게 생각해서 줄을 섰어."

하루에 씨의 말이 떠올랐다.

하지만 그는 좀처럼 고백을 하지 않았고, 자신감에 넘치던 하루에 씨도 점점 더 불안해졌던 것이다.

충분히 짧아진 가을 해는 서쪽으로 기울어간다. 나무들이 무성한 경내는 벌써 어슴푸레해지고, 제등 불빛이 눈에 들어오기 시작했다. 불빛과 사람이 교차하며 현기증과도 비슷한 감각을 불러일으켰다.

"앉을래?"

시계방 씨가 이끄는 대로 나무 아래 벤치에 앉으면서 아카리는 문득 깨달았다. 축제라서 벤치가 놓여 있지만 아마 여기에는 벤치가 없었을 것이다. 올려다보자 나무는 황금색 작은 꽃이 달린 가지를 아래로 늘어뜨리고 있다. 만리향나무, 평소 하루에 씨가 바라보던 나무다. 매일 아침 깊은 생각에 잠긴 듯 그녀는 여기에 서 있었다.

"목마르지 않아? 뭐 좀 사올게."

시계방 씨는 다시 인파 속으로 들어갔다. 그 뒷모습을 바라보면서 하루에 씨도 이 벤치에 앉았을까 아카리는 생각했다.

이 달콤한 향기에 감싸여.

하지만 여기에서부터 하루에 씨의 추억은 즐겁지 않은 것으로 변하게 되었다.

애써 기회를 줬는데 그는 고백하지 않았다. 이대로 아무 말도 하지 않을지 모른다. 그렇다면 그 소문이 진짜였을까.

엔니치 직전 하루에 씨는 그가 맞선을 볼 거라는 말을 들었다.

"상대는 여학교에서 내 동급생이었던 아이. 게다가 아주 수수한 여자아이였어."

내 쪽이 훨씬 더 예쁘다. 그러니 그가 맞선 같은 걸 볼 리 없다. 확신하고 있었는데 그게 흔들린다.

하루에 씨는 무심코 그 아이에 대한 험담을 하고 있었다. 그러자 그가 나무랐다.

"왜 그런 말을 하는 거지? 하루 짱답지 않게."

하루에 씨 말은 무엇이든 고개를 끄덕이며 들어준 사람이었으니까 그런 일은 처음이었다.

하루에 씨는 동요했다.

싫은 거야? 왜 내가? 신통치 않은 그 아이가 더 좋다고? 내가 좋지 않아? 내가 한껏 예쁘게 하고 옆에 있는데 그 아이를 두둔해? 그래. 너한테는 험담 같은 거 안 하는 그 아이가 더 어울릴지도 모르지. 봐, 모두들 우리가 어울리지 않는다고 생각하고 있어.

오렌지색 원피스를 입은 하루에 씨는 기모노를 입은 사람이 적지 않은 속에서 그것만으로도 충분히 눈에 띄었다. 행인들이 돌아보았다. 그리고 옆에 있는, 낡은 윗도리에 푸석푸석한 머리의 청년을 이상하다는 듯 보며 간다. 어떤 사이일까 고개를 갸웃거리며.

그런 가운데 세 명의 젊은 남자가 다가왔다. 하루에 씨의 지인들이었다.

"여어, 하루 짱. 왔구나. 어라, 데이트 중? 뭐야, 다기집 둘째 아들이잖아."

저마다 그렇게 말하며 옆에 있는 그를 보다가, 다시 뭐라고 소곤거리며 웃었다.

"설마. 우연히 만났을 뿐이야."

그냥 심통이 난 하루에 씨는 자신이 그에게 상처를 주고 있다는 것을 깨닫지 못했다.

데이트가 아닌가, 하며 그들은 또다시 소곤거리며 웃다가 다들 카페에 모여 있으니까 하루에 씨도 같이 가자고 권했다.

거짓말을 한 터라 하루에 씨는 거절할 명분을 찾지 못했다. 게다가 더 이상 그와 같이 있어봤자 기분만 나빠질 뿐이다.

기회를 줬는데 고백도 하지 않는다. 그러기는커녕 나를 비난했다.

자신이 잘못한 줄 뻔히 알면서도 그의 탓으로 돌리지 않고서는 가슴을 펼 수가 없었다. 평소의 자신만만함만 아니었다면 맞선 같은 거 때려치우라고 말했을지 모른다. 계속 좋아했어. 나를 봐, 하고. 하지만 그랬다가 차이기라도 하면 모두의 웃음거리가 된다.

그제야 비로소 하루에 씨는 그에 대한 자신의 감정을 눈치챘다. 하지만 자존심이 더 소중했다.

하루에 씨가 일어섰을 때, 기다려, 하고 그가 말했다.

"찾고 있던 책, 아직 못 찾았어. 저쪽 고서 파는 곳에 있을지도 몰라."

떠나는 걸 말려서 하루에 씨는 놀랐다. 화나서 가버린다 해도 당연한 순간이었다. 그런데 아직도 책을 찾아주겠다는 것인가.

그렇다면 아직 사과할 수 있다. 그와 함께 가면 된다. 그렇게 생각했지만 하루에 씨는 꼼짝하지 않았다.

남자들 가운데 한 명이 그를 막아섰다.

"끈질기네, 저리 가."

강하게 어깨를 떠밀린 그는 돌 길에 엉덩방아를 찧었다. 놀란 하루에 씨는 그에게 달려갔다.

"괜찮아?"

손을 내밀려고 했는데.

"옷 더러워져."

하며 스스로 일어섰다.

주변 사람들이 작은 소동이 벌어진 것을 눈치채고 주목하기 시작한 가운데 그는 하루에 씨가 더 이상 사람들의 시선을 받지 않게 하려고 그랬던 게 아닐까. 하지만 하루에 씨는 이제 용서받지 못할 것이라고 느꼈던 모양이었다.

그는 그대로 몸을 돌려 가버렸다.

"쫓아가면 됐는데."

몇 십 년이나 지나 하루에 씨는 아카리에게 그렇게 말했다. 그날이 마지막이 되다니, 생각지도 못했어.

어색한 상황에서 헤어진 그대로 엔니치 날의 데이트는 끝났다. 그 후 두 사람은 서로 얼굴 볼 일이 없었다. 그리고 해가 바뀌었을 무렵 그는 도시로 일하러 나갔다.

맞선은 보지 않은 듯했다.

그로부터 고작 3년 뒤 그가 젊은 나이에 세상을 떴다는 사실을 하루에 씨는 알게 됐다. 사고였다.

만약 다시 한 번 더 만난다면 그때야말로 솔직해지고 싶다고 하루에 씨는 생각하고 있었다. 만약 서로의 마음이 통했으면 그가 멀리 일하러 가는 일은 없었을지도 모른다. 그런 생각이 허공을 맴돌아, 하루에 씨는 그 사랑을 끝낼 수도, 잊을 수도 없게 되었다.

결혼하여 상가를 떠났지만 여의치가 않아서 다시 돌아왔다. 그 후로 줄곧 혼자 살아왔다.

"사실 그는 나를 좋아하기는커녕 아무렇지도 않게 생각했을 거야. 오냐, 오냐 대꾸해주니까 제멋에 취해 있었지만 남자에 대해 전혀 모르는 작은 계집애였어."

으음, 그렇지 않은데.

하루에 씨의 추억을 되짚으며 엔니치 날을 보낸 아카리는 두 사람이 서로 사랑했다고 더욱 믿고 싶어졌다. 마치 자기 일 같았다.

제등의 불빛이 어둠 속에서 떠오른다. 오미키 때문인지 약간 흐릿해진 초점이 똑바로 잡히지 않는 가운데 아카리는 주위를 둘러보았다. 축제라고는 하지만 전통복 차림의 사람이 이렇게 많았던가.

만리향나무의 꽃향기가 난다. 그것은 신기하게도 기분 좋은 취기와 함께 아카리를 감쌌다.

어른도 아이도, 짚신을 신고 돌 길을 걷는다. 오렌지색 원피스를 입은 아카리를 힐끔힐끔 보며 간다.

정신을 차리고 보니 아카리는 벤치에서 일어나 있었다.

하루에 씨 대신 그를 쫓아가자고 생각했다. 그러면 늦지 않을 것 같은 기분이 들었다.

신사 옆에 한층 더 커다란 나무가 서 있다. 굵은 기둥 줄기에 금줄을 두르고 있다. 그 나무는 벼락을 맞아 부러지지 않았던가. 머릿속을 휙 하고 지나간 의문은 하지만 금방 잊혀졌다. 그의 모습을 발견했기 때문이다.

아카리는 한 번도 본 적이 없는 사람인데 그인 줄 바로 알았다. 노란색 등이 걸린 고서 노점에서 막 나오려는 참이었다. 손에 든 책을 소중히 윗도리 호주머니에 넣고, 종종걸음으로 그도 인파를 헤치며 지나가려 하고 있었다.

하루에 씨, 그도 다시 돌아오려 하고 있어요. 찾았나 봐요, 하루에 씨가 찾던 책을요. 그러니까.

아카리는 달렸다. 이쪽이에요, 봐주세요. 안 그러면 앞으로 두 번 다시 볼 수 없게 돼요.

인파에 섞여 금방이라도 놓칠 것 같은 모습을 필사적으로 쫓았지만 그에게는 아카리가 보이지 않는지 점점 멀어지고 만다.

겨우 그가 멈춰 선 곳은 아까의 만리향나무 옆이었다. 서둘러 주변을 둘러보았지만 하루에 씨의 모습이 보이지 않아 포기했는지 숨을 헐떡이며 그는 어깨를 축 늘어뜨렸다.

아카리는 천천히 다가갔다.

발소리를 듣고 그 사람이 돌아보았다. 보일 리가 없는 아카리를 가만히 바라본다. 아니, 그는 하루에 씨를 보고 있는 것이다. 오렌지색 원피스를 입은 하루에 씨가 자신을 쫓아온 걸 깨달았다.

안경 속 눈이 놀란 듯 휘둥그레지며, 하루 짱, 하고 입술이 중얼거린다. 그리고 환하고 부드러운 웃음을 짓는다.

보세요, 하루에 씨, 그도 당신을 좋아했어요. 마음을 알리고 싶어 했어요.

하루에 씨 대신 이날의 일을 다시 고쳤어요. 그렇게 생각한 아카리는 그의 품에 뛰어들려 했다.

4

모래가 사라락 하며 흘러내린다. 모래시계다. 흐릿한 아카리의 눈앞에서 도기 판다가 껴안고 있는 모래시계가 시간을 재고 있다. 꿈을 꾸는 걸까. 이 모래시계는 두 번 다시 시간을 잴 수 없었는데.

그런 생각을 하는 가운데 서서히 의식이 또렷해진다. 퍼뜩 눈을 떴을 때 아카리는 소파에 누워 있었다. 헤어살롱 유이의 대기용 소파였다. 어느새 돌아온 걸까 생각하면서 몸을 일으켰다. 몸 위에 덮여 있었던 것은 모포가 아닌 남자의 재킷이었다.

시계방 씨의 것이다. 서둘러 주위를 둘러보던 아카리의 눈에 들어온 것은 하얀 하카마 차림의 다이치였다.

"그래, 술은 좀 깼어?"

거울 앞 의자에 앉아 이쪽을 보고 있다.

"잠깐……. 왜 네가 여기에……."

"네가 취해서 비틀거리고 있었거든."

"취했다……고? 그럴 리가. 오미키 한 잔에 취하다니."

"다이치가 장난쳤어. 잔에 데킬라를 넣었대."

문소리와 함께 시계방 씨가 들어왔다. 사오는 길인지 생수병을 내민다.

그것을 받아들면서도 고맙다는 말마저 잊을 정도로 어이없어하는 아카리를 보며 다이치는 사과는커녕 헤실헤실 웃고 있었다.

"대개는 눈치채. 슈는 마시기 전에 눈치챘고. 그런데 넌 단숨에 다 마셨지."

시계방 씨는 아카리에게 동정의 눈길을 보내고 있었다.

"언뜻 보기에 아무렇지 않아 보였고, 그래서 괜찮을 줄 알았지만. 그래도 일단 알코올이 들어 있지 않은 것을 사와야겠다고 생각했어."

"그랬는데 글쎄, 갑자기 벤치에서 일어나 슈를 쫓아가잖아. 무슨 일인가 봤더니 갑자기 껴안으면서, 주정이 심하던데."

시계방 씨를 안았다고?

"그건 비틀거리다 그런 거야."

시계방 씨가 변명해주었지만 다시 한 번 쓰러지고 싶을 정도였다.

취해서 환각이라도 본 것일까. 아카리가, 아니면 하루에 씨가 쫓아갔을 때 그 사람은 맞아들이듯 팔을 벌렸다. 그래서 아카리도 팔을 뻗었고. 꼭 안긴, 부드러운 그 포옹도 망상이었나.

그것도, 시계방 씨?

설마. 환각일 거라고 머리를 흔들었다. 그렇다. 그때 그 사람이 귓가에 대고 말한 것도 분명 환청일 것이다.

'받아, 줄게.'

마음을 가라앉히려고 물을 마시며 한숨 돌렸다. 그때 아카리는 창문에 놓인 판다 모래시계를 보았다. 꿈에서 이게 작동하는 것을 보았다. 가느다란 실처럼 유리 안을 가로지르는 선이 있었다.

"뭔가 여러 꿈을 꿨어. 이 모래시계도 잘 작동했고."

"아아, 그거. 뭐, 쓸 수 없는 건 아니야. 약간 보기 흉하지만."

그렇게 말하며 시계방 씨는 판다와 함께 모래시계를 뒤집었다. 거꾸로 된 판다는 귀의 튀어나온 부분으로 자신을 지탱했다. 모래시계가 사라락 흘러내린다.

"아앗, 반칙이야!"

"반칙이라니. 모래시계는 원래 뒤집어 사용하는 거야. 판다라고 생각해서 불량품이라고 했지만 시계로는 전혀 불량하지 않아. 좀 꼴사나운 장식이 붙어 있을 뿐."

다이치가 묘하게 힘주어 말했다. 그도 그렇다 싶어 아카리는 고개를 끄덕였다. 3분 정도 만에 모든 모래가 다 흘러내려간 시계를 다시 뒤집자 모래시계는 아무런 위화감 없이 흘러내렸다.

"우리는 위아래를 결정하는 이 판다 같은 존재야. 과거와 미래가 결정되어 있어서 움직일 수 없다는 의식에서 도망치지 못해."

시계방 씨가 중얼거렸다.

의식을 바꾸면 움직일 수 있는 것일까?

모래시계는 꿈이 아니었다. 하지만 하루에 씨의 엔니치 뒷이야기는 어떻게 됐을까. 아카리에게는 꿈이었다 해도 이 모래시계처럼 오렌지색 원피스는 다시 한 번 하루에 씨와 그의 특별한 시간을 고쳐줄 수 있을까.

그리고 그때는 받아들이지 못했던 뭔가를 이제는 받아들일 수 있을까. 멍하니 그런 생각을 하던 아카리는 문득 치마 호주머니 속에 든 단단한 것을 느끼고 만져보았다.

뭔가 들어 있었다.

서둘러 호주머니에 손을 넣었다. 꺼내보니 반지였다. 작은 루비가 박힌, 오래된 것처럼 보이는 반지였다.

"이거……. 시계방 씨가 넣어둔 거야?"

"반지? 아니, 모르겠는데. 원래 호주머니 안에 들어 있던 거 아닐까?"

그러고 보니 어떻게 된 걸까. 하루에 씨가 넣어둔 채 잊어버린 걸까. 하지만 그녀가 이것을 입은 것은 추억의 엔니치 날뿐이었는데.

"잠깐 보여줘."

시계방 씨는 자신의 호주머니에서 루페를 꺼내 반지를 살펴보았다.

"뭔가 새겨져 있어. 어디 보자. to HALUE from K."

"이거, 프러포즈……?"

소리친 아카리와 시계방 씨가 서로의 얼굴을 쳐다보았다.

그로부터 한 달쯤 지나 다리도 다 나은 하루에 씨는 하루 양장점을 떠났다. 슬퍼하는 친구들에게 둘러싸여 그 오렌지색 원피스를 입은 그녀는 배웅하러 온 아카리에게 개운한 미소를 보여주었다.

"사이즈 고쳤어. 천을 더 댔더니 디자인이 변하긴 했지만."

원피스에 잘 맞는, 둥근 펠트 모자를 쓰고 있었다.

"잘 어울려요."

그리고 그녀는 왼손으로 시선을 떨어뜨렸다. 거기에는 그 반지가 끼워져 있었다. 신기하게도 지금의 하루에 씨 손가락에 딱 맞는 듯하다.

엔니치 다음 날 원피스를 돌려주러 간 아카리가 반지를 건네주자 하루에 씨는 몹시 놀란 목소리로 말했다.

"그 사람…… 이니셜이야. 설마…… 그럴 리가, 왜."

잠시 꼼짝도 않다가 비로소 얼굴을 들고 애원하듯 아카리에게 물었다.

"그 사람이 어느새 이런 걸."

이제는 알 수 있는 방법이 없지만 상상은 할 수 있다.

엔니치 날의 인파 속을 걸으면서 아카리는 시계방 씨와 몇 번인가 어깨가 부딪혔다. 그 정도로 가까이에 있었다면 호주머니에 슬쩍 넣을 시간쯤은 있었을지 모른다.

얼굴을 맞대고 고백할 수 없었던 그의 최대한의 행동이었던 걸까. 반지를 발견한 하루에 씨가 끼어주기를 바라며.

그 자리에 털썩 주저앉은 하루에 씨는 기도하듯 두 손으로 반지를 꽉 쥐었다.

그리고 오늘, 그녀는 개운한 표정으로 오랜 세월 계속해온 가게를 닫고 상가에서 떠나려 하고 있다.

"그 사람, 만나러 갈 수 있어."

엷게 립스틱을 바른 입술 사이에서 새어 나온 말은 순수한 기대로 가득했다.

"나, 내 생각대로 살아왔어. 하지만 언젠가, 그때가 오면 그를 만날 자격이 있을지 오직 그것만이 걱정이었어. 그래서 아카리 짱과 슈 짱 같은 젊은 두 사람이 즐거운 엔니치를 이 원피스를 입고 지내준다면 만날 용기가 생길지 모른다 싶어서."

첫사랑을 만나러 간다. 하지만 거기에 담긴 진짜 의미를 떠올리며 아카리는 입을 다물었다.

"잊을 수 없는 하루였어. 신기하지. 이젠 즐거운 추억으로만 남았어. 두 사람 덕분이야. 고마워."

어느새 아카리 옆에 와 있던 시계방 씨가 조용히 고개를 끄덕였다. 하루에 씨는 약지에 낀 반지를 슬쩍 쓰다듬었다.

"이렇게 만나러 가면 알아주겠지. 내 마음을. 한참 시간이 지났지만 잊지 않았겠지."

"잊지 않으셨을 거예요."

아카리는 겨우, 그렇게만 말했다.

그 사람은 약속한 고서를 들고 인파 속에서 필사적으로 하루에 씨를 찾고 있었으므로.

하루에 씨를 바래다주기로 한 술집 트럭이 양장점 앞에 정차했다. 트럭에 오른 하루에 씨는 손을 흔들었다. 아카리는 시계방 씨와 둘이서 낡은 트럭이 보이지 않게 될 때까지 지켜보았다.

"추억이란 거, 수리할 수도 있나."

그런 간판을 내걸고 있는 시계방 씨가 생각에 잠겨 중얼거렸다.

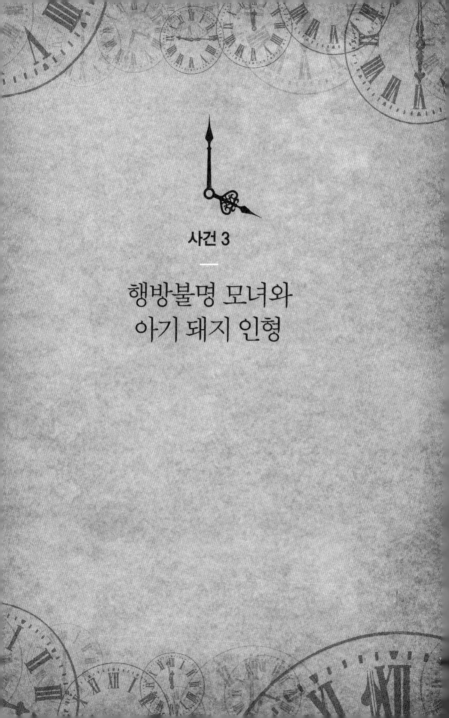

사건 3

—

행방불명 모녀와
아기 돼지 인형

1

"실례합니다. 말씀 좀 묻겠는데요."

아래쪽에서 목소리가 들렸다. 사다리 위에 선 채 아카리가 고개를 돌리자 물빛 양산을 손에 든 중년 여성이 이쪽을 올려다보고 있었다.

"아, 잠시만요."

현관 앞 전구를 교체하던 참이었다. 현관이라고는 하지만 점포 겸 주택인 이곳은 가게 입구이기도 했다. 스테인드글라스로 장식된 입구라고도, 양쪽이 유리블록으로 쌓인 벽이라고도 할 수 있어서 별로 주택의 출입구 같지 않다. 헤어살롱 유이라는 점포로서의 역할은 일찌감치 끝난 건물을, 아카리는 주택으로 빌리고 있었지만 개인적인 사정과는 관계없이 개방적인 입구의 구조가 행인을 끌어들이고 마는 듯하다.

여기로 이사 온 이래 갑자기 행인이 길을 물어오는 경우가 여러 번 있었다.

이번에도 그럴 것이라고 생각하면서 은방울꽃처럼 생긴 전등 갓에 전구를 끼워 넣고 아카리는 발밑을 주의하면서 사다리에서 내려왔다.

"저기, 저쪽 가게, 문 닫은 건가요?"

양산 쓴 여성이 가리킨 것은 길을 사이에 두고 비스듬히 맞은편에 있는 서양식 주택이었다. 이다 시계방이다. 시계방이라고는 하지만 이제는 시계 수리만 한다.

"오늘은 쉬는 날이 아닐까 싶은데요. 화요일은 상가 정기 휴일이라서요."

일 년 내내 휴업인 가게가 더 많은 상가였지만 어찌 됐든 정기 휴일은 정해져 있다.

"아……. 그렇군요."

말투나 뺨에 손을 대고 있는 몸짓이 품위 있어 보이는, 50대 정도 되어 보이는 여성이었다. 차분한 갈색으로 물들인 머리는 단정히 손질되어 있었고, 베이지색 윗도리에 붙어 있는 진주 브로치가 반짝였다. 적막한 상가에 뭔가를 사려고 온 듯한 분위기는 아니었다.

그보다 아카리가 신경 쓴 것은 그녀의 양산이었다. 날씨가 좋다고는 해도 이미 11월이다. 제법 쌀쌀해진 이른 아침에 양산을 쓰고 있는 것은 좀 드문 경우가 아닐까.

"추억을 수리해준다는 게 정말일까 모르겠네."

부인이 말한 것처럼 이다 시계방의 쇼윈도에는 기묘한 간판이 걸려 있다.

'추억의 시時 수리합니다'

아마 그녀는 시계방의 손님이라기보다 눈에 들어온 그 간판이 궁금한 듯했다.

하지만 그것에 대해서는 아카리가 대답해줄 말이 없었다. '시계時計'의 '계計' 자가 떨어져 없어졌을 것이라고는 상상했지만 그렇다면 시계방 씨가 왜 간판 글자를 고치지 않는지 알 수 없었기 때문이다.

뭐라고 대답하면 좋을지 몰라 하는데 그녀가 부끄러운 듯 웃었다.

"미안해요. 저 가게 분이 아니라면 잘 모르시겠죠."

"죄송합니다, 도움이 못 돼서."

"맞다, 그리고 한 가지 더 여쭤봐도 될까요?"

그렇게 말하며 그녀는 핸드백 속에서 사진을 한 장 꺼냈다.

"이 아이, 혹시 보신 적 없으세요?"

작은 여자아이가 찍힌 사진이었다. 복숭아색 돼지 인형을 꼭 부둥켜안고 환하게 웃고 있다.

귀 위로 두 갈래로 묶은 머리에는 빨간 물방울무늬의 리본이 달려 있었다. 색이 약간 바랜 것이 찍은 지 얼마 안 된 사진 같지는 않았다.

"이 근방에서 봤다는 말을 들었습니다만."

상가에는 주민도, 찾아오는 사람도 고령자가 대부분이고 어린 아이는 없다. 아이를 데리고 쇼핑을 하러 올 만한 가게도 없었으므로 어찌 됐든 어린아이와는 인연이 없는 곳이라고 생각한다.

모르겠는데요, 하며 아카리가 고개를 젓자, 그녀는 실망하여 어깨가 축 처진다.

"손녀인가요?"

"어, 아뇨. 이 아이는 딸이에요. 15년 전에 행방불명이 된."

"행방불명이요?"

"네, 지금까지 어디 있는지 모르고 있어요."

슬픈 표정으로 부인은 소중한 사진을 가슴께에 꼭 갖다 댔다. 그리고 정중하게 인사하고 헤어살롱 유이를 떠나갔다.

뒷모습을 지켜보다가 아카리는 자연히 의문 섞인 말을 중얼거렸다.

"15년 전 사진으로 아무리 찾아봤자……."

"지금은 스물 전후쯤 됐겠지."

갑자기 목소리가 들려와 깜짝 놀라며 아카리는 돌아보았다. 염색한 머리에 은 액세서리를 잔뜩 몸에 걸친 청년이 팔짱을 끼고 서 있었다.

"다이치 군."

"이른 아침부터 묘한 걸 상대하고 있네."

묘한 거라니 그게 사람한테 할 소리인가. 사무에와 소매 없는 짧은 겉옷을 걸친 다이치를 바라보며 생각했다.

"틀림없이 저 사람에게 행방불명된 딸은 그때 모습 그대로 마음에 남아 있을 거야."

"흐음, 그런가."

행방불명이라니 정확한 진상을 알지 못한 채 얼마나 괴로웠을까.

생각에 잠긴 아카리는 아랑곳하지 않고 다이치는 한쪽으로 치워놓은 사다리에 흥미를 보였다.

"그보다 아카리 씨는 뭐하던 참이었어? 이른 아침부터."

"아, 이거? 전구 갈아 끼우고 있었어."

"위험하지 않아? 슈한테 부탁하면 될 텐데."

"이런 성가신 일까지 부탁할 순 없어."

남자친구도 아닌데, 하는 말은 생각만 했을 뿐 말로 하지는 않았을 텐데,

"남자친구도 아닌데 성가시게 아침 식사를 차려주잖아."

"그건 네가 날 끌고 가니까."

"슈는 남 도와주는 걸 좋아하니까 신경 쓰지 마. 이웃집 할머니들 부탁으로 옷장을 옮기거나 텔레비전을 손봐주거나, 전구 갈아 끼우는 것도 늘 하고 있거든."

나는 할머니가 아닌데, 하고 반박하는 대신 아카리는 사다리

를 들고 현관문을 열었다.

"시계방 씨, 젊은 나이에 상점회 회장을 하고 있으니 힘들겠어."

"젊은이들이 적으니까. 노인들만 있는 상가에서 여기저기 돌아다닐 수 있는 건 그 사람 정도야. 그리고 여기 상가에는 의식儀式이 있는데 거기에서 선출된 거니까 어쩔 수도 없었고."

"의식이라니?"

"신사의 신탁을 받는 의식이야. 쓰쿠모 신사 거리 상가잖아. 여기는 쓰쿠모 씨 덕분에 성립됐거든."

다이치는 의미 없이 뻐기듯 단언했다. 증명할 길 없는 지어낸 이야기일 거라고 생각하여 아카리는 웃어넘기기로 했다. 게다가 지금 상태는 성립이라는 말을 붙이기가 어렵다.

"시계방 씨는 늘 바쁜 것 같으니까 다음에 전구 갈 일 있으면 다이치 군에게 부탁해볼까."

"어, 난, 전기 못 다루는데. 그러니까 말이야, 체질이란 게 있잖아. 모든 전자기기와 잘 어울리지 못하는 거."

"전구도?"

"잘 깨져."

"그럼 시계방 씨 집에 가지 마. 정밀한 기계들뿐인데."

"그 사람 집에 있는 건 대부분 기계식 시계잖아. 전기는 사용하지 않는다고."

그런가. 전기로 가는 게 아니었구나, 하고 생각할 정도로 아카리는 시계에 대해 알지 못했다.

깨닫고 보니 다이치는 당연한 듯 아카리 뒤를 따라 가게 안까지 들어왔다. 사다리를 놓고 아카리가 빙글 돌아섰다.

"그래서, 무슨 용무인데?"

"배고파. 아침 밥 있어?"

"왜 우리 집에서 밥을 찾아?"

"슈는 당분간 집에 없어."

"어, 그래?"

"스위스에 간 것 같아. 어쩌면 다시 거기에서 일할 생각인지도 모르지."

"스위스……."

즉 돌아오지 않을지도 모른다는 걸까. 이제 좀 알게 됐는데. 시계방 씨 덕분에 이 동네가 친숙하게 느껴졌는데. 충격을 받았는지 안 받았는지도 모른 채 여러 생각들이 머리를 맴돌았다.

하지만 시계방 씨에게는 정말 하고 싶은 일을 할 더할 나위 없이 좋은 기회일 것이다.

"……갑작스럽네."

"그렇지도 않을걸. 저쪽 회사에서는 이따금 연락이 왔었나 봐."

갑작스럽게 느낀 것은 아카리뿐이다. 그도 그렇다. 시계방 씨와는 이웃일 뿐 개인적인 일은 서로 이야기하지 않았다. 아카리가 자신에 대해 이야기하지 않으려고 피해왔기 때문이지만 다시 생각해보면 시계방 씨에 대해 아카리가 아는 것도 극히 적었다.

그의 입장에서도 몇 개월 전에 막 이사 온 아카리에게 자신의 장래 문제에 대해 이야기할 필요가 없는 건 당연한데, 갑자기 쓸쓸한 기분이 들었다.

지금의 아카리는 거짓말로 덧칠되어 있는 존재다. 하지만 시계방 씨에게라면 언젠가 사실대로 털어놓을 수 있을지 모른다고 마음 한구석으로 기대했을지도 모른다.

"뭐야, 이거. 식빵이잖아."

다이치의 목소리에 정신을 차렸다. 결국 부엌 식탁에 마치 자기 집처럼 자리 잡고 앉은 그는 접시에 덩그러니 놓인 식빵을 불만스럽게 바라보았다.

"하라 베이커리 식빵. 거기는 식빵밖에 만들지 않는 전문점이라 오전 중에 다 팔려버리는 인기 상품이거든."

"그냥 장사를 오전에만 하는 거겠지. 식빵밖에 만들지 않는 건 주문이 업소용뿐이라서고. 설마, 이게 아침밥이야?"

믿을 수 없다는 표정으로 다이치는 아카리를 보았다. 시계방 씨의 알찬 아침 식사와는 비교도 안 되었지만 아카리에게는 훌륭한 한 끼 식사다.

"충분한데."

"나는 신사의 비둘기가 아니야."

"비둘기는 잼을 발라 먹지 않아."

식탁 한가운데 잼 병을 놓고 아카리는 자신의 접시에 놓인 빵에 잼을 듬뿍 발랐다. 결국 다이치도 포기했다는 듯 하얀 식빵에 잼을 발랐다.

"아까 그 아줌마가 행방불명이라고 했던 말 어떻게 생각해?"

갑자기 다이치가 물었다.

"어떻게 생각하냐니?"

"정말일까?"

"정말 행방불명됐다고 생각하는지 묻는 거야?"

"그래. 그러니까 아줌마 딸을 진짜 귀신이 잡아간 건지, 그냥 단순한 행방불명인 건지, 어떻게 생각하느냐고."

진지한 눈빛으로 묻는 다이치는 신의 존재를 전혀 의심치 않는다. 그렇다고 신앙심이 깊다거나 도덕적인가 하면 그렇지도 않아서 그냥 단순히 머릿속이 어린아이 같은 것뿐인지도 모른다.

"휴우…… 글쎄, 나는 모르겠는데. 그런데 대체 귀신이 잡아간 것과 그냥 행방불명된 것의 차이는 뭔데?"

어느 쪽이든 남은 자는 진실을 알 수 있을 리가 없다.

"귀신이 잡아갔다면 기도하는 게 최고야. 쓰쿠모 씨는 내가 부탁하면 들어줄 텐데."

그는 쓰쿠모 신사를 쓰쿠모 씨라고 부른다. 사무실 2층을 보금자리로 쓰고 있다고는 하지만 아무런 직책도 없는 그냥 학생인데 마치 신을 동료나 되듯 말하는 것은 좀 그렇다.

"그런 소리 하고 또 새전을 쓱싹할 속셈이지?"

"……뭐, 그건 어쨌거나."

역시 목적은 새전이었나.

"그 사람, 추억을 수리하고 싶어 했어. 슈네 쇼윈도가 신경 쓰인 거겠지? 그러니까 그 사람에게 이곳 신사가 영험하다는 걸 알게끔 우리가 딸을 찾아주면 되잖아."

"쉽게 찾을 수 없을걸. 게다가 왜 내가 그래야만 하는데?"

"수리를 할 수 있는지 알고 싶지 않아?"

가슴이 두근거렸다. 확실히 아카리는 여기 온 이후 줄곧 시계 방 씨의 그 간판이 신경 쓰였다. 어떻게 하면 과거를 복구할 수 있을까 하고 문득 생각하고 만다.

"그리고 슈가 떠나면 다른 가게가 그 간판을 물려받아야만 해."

"에엣, 그렇게 결정되어 있는 거야?"

심각한 표정으로 다이치는 고개를 끄덕였다.

"상가의 전설에 따르면, 누군가가 가게에 그 간판을 걸지 않으면 좋지 않은 일이 생겨."

"저, 정말?"

"……그럼 재미있을 텐데."

"뭐어?"

"아무튼 이 상가에 와서 신사에 참배하고 그래서 추억을 수리할 수 있다는 소문이 나면 여기도 다시 번성하지 않겠어? 당장 아까 그 아줌마의 딸을 찾아주면 분명 여기저기에 말도 퍼뜨려 줄 거고."

"됐어."

어이없어 하며 식기 선반에 있는 디지털시계를 확인했다. 다이치 말에 귀를 기울이고 있을 때가 아니었다.

"어머, 벌써 시간이 이렇게 됐네. 아르바이트 때문에 서둘러야만 하겠어."

빵을 채 삼킬 새도 없이 들이붓듯 커피까지 마시고 부랴부랴 일어났다.

"어서, 다이치 군도. 미안하지만 그거 가지고 가."

"어, 천천히 먹게 해줄 수 없어?"

"다음에 올 땐 미리 말해줘."

빵을 입에 물고 있는 다이치를 쫓아내듯 하고는 아카리도 집에서 나왔다.

종종걸음으로 역을 향해 가면서 신사를 가로질러 가려고 모퉁이를 돌았을 때, 문득 눈에 들어온 것은 방황하듯 골목을 걷고 있는 아까의 그 여성이었다.

철 지난 물빛 양산이 힘없이 흔들리고 있다. 누군가가 봤다는 딸의 실마리를 찾아 돌아다니고 있는 걸까.

말을 건넬 시간도 없어서 아카리는 걸음을 멈출 수가 없었다. 길을 서두르며 자신도 그녀와 같은 신세일지 모른다고 문득 생각했다.

자신 안에는 정체를 알 수 없는 상실감이 있다. 그 간극을 메우고 싶어서, 거기에 채울 뭔가를 찾아서 이곳을 배회하고 있다.

애매모호한 과거는 사람이 앞을 향해 나아갈 힘을 빼앗는 것이다.

2

'휴업 중'

무정한 팻말이 이다 시계방 문에 걸려 있었다. 돌계단을 올라가 정원수 사이를 지나 문 앞까지 가야만 볼 수 있는 팻말은 가게에 용무가 있는 사람에게만 그 내용을 전하고 있었다.

다이치가 말한 것처럼 시계방 씨는 잠시 떠나 있는 듯했다.

"스위스라……."

회람판을 우편함에 넣는 것은 포기하고 무의식적으로 중얼거렸다. 발걸음을 돌려 돌계단을 내려왔을 때 시계방의 작은 쇼윈도 앞에 서 있는 젊은 여자와 눈이 마주쳤다.

"죄송합니다, 가게 분이신가요? 추억을 수리해준다는 게 정말인가요?"

허겁지겁 그녀가 물었다. 생각해보니 어제도 그런 말을 들었다. 이 가게는 과거에 상처를 가진 사람들을 끌어들이는 모양이다.

"아, 저도 방문객이라서요. 가게는 휴업 중인 것 같아요."

"그런가요."

그녀도 어제의 부인처럼 안타까운 듯 고개를 떨어뜨렸다.

스무 살 정도일까. 양 갈래로 묶은 머리와 소녀다움이 느껴지는 검은 옷은 고스로리(고딕Gothic과 롤리타Lolita의 합성어. 주로 검은색, 붉은색 계통의 드레스) 계열의 패션일까. 그보다는 장식이 더 적은 것 같기도 하다.

어딘가에서 본 것 같은데, 하고 생각하면서 아카리는 양 갈래로 묶은 물방울무늬 리본을 바라보았다.

그렇다. 어제 본, 아기 돼지 인형을 안은 여자아이 사진. 그 아이도 물방울무늬 리본을 하고 있었다.

"저기, 이 근방에 인형 파는 가게가 있나요?"

그녀는 기묘한 일치에 곤혹스러워하는 아카리를 더욱 기묘한 기분으로 만들었다.

"인형이요? 캐릭터 문구 같은 것을 팔 만한 가게를 말씀하시나요?"

그런 새로운 장르의 가게는 이 상가에는 없을 것이다.

"그럼 역 서쪽 출구 쪽에 있는 쇼핑몰로 가는 편이 좋을 것 같은데요."

"아뇨, 복숭아색의 아기 돼지 인형, 이 근방의 가게에서 봤다고 들었거든요. 혹시 모르세요?"

"복숭아색, 돼지 인형?"

이건 우연의 일치일까.

"그게 요즘 유행하는 건가요?"

묻지 않고는 배길 수 없었다.

"아뇨……. 아, 옛날 15년쯤 전에 유행했을지도 모르겠네요. 하지만 요즘은 더 이상 볼 수가 없어서. 아기 돼지 인형은 여러 가지가 있지만 제가 생각하는 게 아니더라고요."

과연, 오래된 장난감 가게 같으면 팔다 남은 게 있을지도 모른다는 것이다.

아니, 아무리 그래도 거기만 시간이 정지된 게 아닌 이상 15년 전에 유행한 아기 돼지 인형을 가지고 있을 장난감 가게는 없을 것이다. 시간의 흐름에 뒤처진 듯한 상가라 해도 번잡한 역 앞과 똑같이 시간은 흐르고 있다.

그래서 더욱 여기에는 이제 과거의 북적임은 사라지고 말았다.

아카리의 아득한 기억 속에 있는 상가의 장난감 가게도 문을 닫은 지 오랜 듯했다. 내려진 셔터에 녹이 슨, 옛 장난감 가게를 봤을 때는 이루 말할 수 없는 쓸쓸한 기분이 들었던 것이다.

"이 근방에 다른 장난감 가게는 없어요."

안타까운 표정을 지으면서도 그녀는 고개를 꾸벅 숙이고 떠나갔다.

양 갈래 머리의 뒷모습이 완만한 모퉁이 너머로 사라지는 것을 보면서 아카리는 더욱 신기한 기분에 휩싸여 있었다.

어제의 부인이 말했던 행방불명됐다던 여자아이가 15년 후의 모습으로 나타나 사진 속에서 꼭 안고 있던 인형을 찾으러 온 듯한.

우연이겠지.

스스로를 타이르듯 아카리는 중얼거렸다.

여덟 살 여름방학에 아카리는 이 상가에 왔다. 조부모가 사는 헤어살롱 유이에 맡겨져 한 달 넘게 살았다.

이런 셔터 내려진 거리가 아닌, 아직 한참 활기가 넘치던 상가는 화려한 장식과 요란스러운 목소리로 채색되어 아카리에게는 매일이 축제 같았다. 그전까지 아카리는 가게라고 하면 동네 구멍가게밖에 몰랐고, 거기서는 어린아이가 푹 빠져들 만한 물건은 팔지 않았다. 이따금 도시의 쇼핑센터에 따라간 적은 있었지만 그것은 어디까지나 비일상적인 일이었다.

하지만 이 상가는 달랐다. 아카리의 일상에 맞닿아 있었다. 가게 앞에는 익숙한 스낵 과자가 아닌 막 만든 케이크와 푸딩이 놓여 있었고, 소프트아이스크림이 기계에서 나왔다. 눈앞에서 튀긴 뜨거운 크로켓과 튀김, 막 구운 붕어빵, 어느 가게라 할 것 없이 상품이 눈길을 끌 수 있게 보다 잘 보이도록 경쟁하며 길 가까지 나와 있었다.

그중에서 어린 아카리에게 보물섬처럼 보인 곳은 장난감 가게였다. 거기에서 때때로 폭죽을 샀던 게 생생히 기억난다.

아카리에게 조부모와의 추억은 그 여름날들뿐이다. 그리고 그것은 원래 아카리에게는 불가능했을 추억이었다.

그런 체험이 기억으로 마음속에 찰싹 달라붙어 아카리는 자신에 대한 오해를 간직한 채 어른이 되었다. 아무래도 그런 기분이 든다.

과거의 헤어살롱 유이에 살기 시작한 것은 그때를 없었던 일로 만들기 위해서일까. 아니면 뭔가를 바꾸고 다시 시작하고 싶은, 그런 것일까.

좁은 가게 안에서 할머니와 먹었던 웨하스를 얹은 아이스크림도, 선명한 색깔의 막과자집도 이제 여기에는 없는데. 그런데도 의미를 알지 못한 채 아카리는 상가를 배회했다.

정신 차리고 보니 과거의 장난감 가게를 향해 가고 있었다. 가게 앞에 놓인 움직이는 장난감이 달려오는 어린아이들을 마중 나오듯 시끄러운 소리를 냈던 것은 옛날 일, 지금은 간판 같은 것도 없어서 거기가 장난감 가게였음을 기억해낸 것은 여기 온지 한 달이나 지나서였다.

색 바랜 간판에는 '쓰키야'라는 가게 이름만이 있어서 알기 어려웠다. 눈에 힘을 주고 보면 비로소 장난감이라는 글자를 알아볼 수 있는 것이다.

셔터 앞에 누군가가 있었다. 물빛 양산이 흔들흔들, 불안정하게 흔들리고 있다. 혹시, 하고 생각하며 아카리는 걸음을 빨리했다.

다가갈수록 확실했다. 어제도 만났던 '행방불명 부인'이었다. 발소리에 이쪽을 보던 그녀도 아는 체를 했다.

"안녕하세요."

"어제는 신세 많이 졌어요."

"오늘도 따님을 찾고 계신가요?"

그녀는 살짝 고개를 갸웃거리다가 결심한 듯 표정을 풀었다.

"아뇨, 제가 그땐 필사적이어서 잘 설명을 못 드렸네요. 찾고 있는 건 딸이 아니라 인형 쪽이에요."

그녀는 다시 또 핸드백에서 사진을 꺼냈다. 이 아이, 하며 소녀가 안고 있는 아기 돼지 인형을 가리킨다.

"아, 그런가, 그랬군요."

그래서 그녀는 15년 전 사진을 가지고 다닌 것이다. 딸이 살아 있다면 이미 오래전에 다 컸으리라는 것을 모르진 않을 것이다.

"그럼 이 근방에서 봤다는 건 인형을 말하는 거였나요?"

"네, 맞아요. 이 인형과 닮았다고 딸의 동급생이었던 사람이 가르쳐줬어요."

"하지만 이 장난감 가게는 한참 전에 문을 닫은 것 같아요."

건물 정면에 있는 셔터는 겉보기에도 오랜 세월 비바람을 맞아 낡았고 차양 위의 간판은 삐딱하게 걸려 있다. 가게 오른편, 전신주 그늘에 가려지는 미묘한 위치에 아치 모양의 창문이 있어서 전형적인 판타지풍의 연출을 단숨에 드러내고 있었지만, 안쪽에 걸려 있던 커튼도 일부 벗겨지고 해서 몇 년이나 손대지 않았다는 것은 분명해 보였다.

"하지만 저거, 아기 돼지 인형 아닐까 싶은데."

행방불명 부인은 지저분해진 판타지풍 창문의 안쪽을 가리켰다. 벌어져 있는 커튼의 바로 앞에 떨어져 있는 인형의 일부가 보인다.

복숭아색이라고 하기에는 색이 많이 바랬지만 삐죽 튀어 나온 부분은 돼지의 코 같기도 했다.

"코밖에 보이지 않으니 찾던 것과 같은 아기 돼지인지 아닌지는……."

"틀림없어요. 코에 하트 무늬가 있죠? 이젠 어디에서도 팔지 않지만 꼭 갖고 싶어서 찾고 있었어요. 가게 주인은 지금 어디에 계실까요. 연락처 혹시 모르세요?"

애원하듯 다그쳐 물어도 아카리는 아무것도 모른다.

"음, 맞다. 상점회 회장이라면 뭔가 알지도……."

하고 말하다가 아차 싶었다. 시계방 씨는 지금 없는 것이다.

"일단 근처 가게에 물어보죠."

아카리는 부인이 추억의 물건을 찾는 것을 돕고 싶었다. 자신이 다시 여기에 온 의미가 있었다고 생각하고 싶었기 때문인지도 모른다.

망가진 추억을 수리하는 게 자신도 가능할까. 다이치에게 말을 들을 것까지도 없이 시계방 씨의 간판 글귀가 신경이 쓰였고, 그것에 매달리듯 물건을 찾는 이 부인도 신경이 쓰였다.

"죄송해요."

깊이 사과를 하는 행방불명 부인의 양산에 해가 비쳐 반짝반짝 빛났다. 물방울이었다. 오늘도 활짝 갠 하늘에는 얇은 구름만 끼어 있을 뿐이다. 땅바닥도 메말라 비가 온 듯한 모습은 없는데 왜 젖어 있는 것일까.

나무에 물이라도 주고 온 길일까.

3

쓰키야에 대해 조사하는 것은 생각보다 어려웠다. 몇 안 되는 열려 있는 가게를 찾아가보았지만 쓰키야의 주인이 지금 어디에 있는지 아는 사람은 없었다.

알 수 있었던 것은 쓰키야 건물이 있는 토지는 빌린 땅이며,

땅 주인은 아카리의 집주인이기도 한 부동산업자라는 것이었다. 빈 점포는 대개 거기에서 관리하는 모양이었다.

부동산 중개업소에 가면 쓰키야 가게 안에 남은 상품을 구할수 있는지 알 수 있을지도 모른다.

살짝 기대했지만 부동산 중개업소와 전화 연결이 되지 않았다. 가게는 신사 뒤편에 있었지만 좀처럼 문을 열지 않는 듯했다. 자택은 약간 떨어져 있고, 개인적인 연락처는 모른다. 가게로 일단 찾아가보았지만 역시 닫혀 있었다.

신사 안의 나무 그늘에 있는 벤치에 행방불명 부인과 나란히 앉으며 아카리는 한숨을 내쉬었다.

"죄송해요. 헛걸음만 하게 해서."

"아뇨, 아뇨. 친절하게 같이 가주셔서 제가 고맙죠."

접은 양산을 그녀는 무릎 위에 올려두었다. 굽은 등에서 피로가 보인다. 인형을 지금 당장 손에 넣을 수는 없었지만 어쨌든 찾아낸 것이다. 그래도 순수하게 기뻐할 수만은 없는 그녀의 고뇌는 사라진 딸을 그리워하던 시간만큼이나 무거울 것이다.

"여기, 신사죠? 모처럼 왔으니까 참배라도 해볼까 싶은데."

신사 쪽을 보며 그녀는 말했다.

"어디를 가든 눈에 보이면 기도하고 있어요. 신사든 절이든."

양산을 벤치에 놓은 채 일어선 그녀는 신사 쪽으로 걸어가 새전을 넣었다.

아카리는 벤치에 앉아서 그 모습을 지켜보고 있었는데 그때 등 뒤에서 목소리가 들렸다.

"그런 새전으로는 쓰쿠모 씨에게 들리지 않을 거라고 가르쳐 줘."

깜짝 놀라 돌아본 아카리는 고마이누(狛犬, 사심 있는 사람들을 감시한다는 상상 속 괴수. 신사나 절 앞에 한 쌍을 조각하여 마주 놓는다)에 기대어 서 있는 다이치를 보고 초조해졌다.

"어이, 딸에 대해 알고 싶으면 좀 더 분발해."

역시나 부인을 향해 소리쳤다. 아카리는 서둘러 말렸다.

"잠깐, 무슨 소리를 하는 거야."

"어차피 마음의 위안으로 하는 기도 같은 건 의미 없잖아? 진심으로 하라는 뜻이지."

뭐야, 이게 무슨 스포츠 드라마도 아니고. 서둘러 아카리는 놀라고 있는 행방불명 부인으로부터 보여서는 안 될 것을 숨기듯 다이치를 나무 그늘 속으로 밀어 넣었다.

"이상한 소리 하지 마. 아무튼 넌 저쪽으로 가."

"쫓아내는 거야? 모처럼 나도 딸 찾는 일에 협조할까 생각했는데."

"이제 됐어. 저 사람이 찾던 건 발견했으니까."

"딸이 있었어? 어른이 돼서?"

문득 아까 본 물방울무늬 리본을 한 여자가 떠올랐지만 말도 안 된다며 애써 머리에서 지웠다.

"아무튼 나중에 이야기해줄 테니까."

등을 떠밀자 떨떠름한 표정을 지으며 다이치는 나무 저편으로 사라졌다.

안도하는 아카리에게 돌아온 부인이 아무렇지 않게 물었다.

"방금 남자는 누구예요?"

"아뇨, 신경 쓰지 마세요. 동네 학생이에요."

"그렇군요……, 쓰쿠모 뭐라고 했던 것 같은데."

"네, 여기가 쓰쿠모 신사거든요."

그녀는 놀란 듯 눈을 휘둥그레 떴다.

"쓰쿠모 강과 같은 한자를 쓰는 쓰쿠모인가요?"

그러고 보니 신사 뒤쪽으로 가면 강둑이 나온다. 강이 흐르고 있는 것인데 그 강의 이름도 쓰쿠모였다. 위치상으로 쓰쿠모 신사의 신이 그 강의 신이라 해도 이상할 건 없을 듯하다.

"정말, 같네요. 모르고 있었는데……."

"맙소사. 아이를 데려간 것은 여기 신인지도 모르겠어요!"

아카리의 말을 끊고 흥분한 듯 말하던 부인은 안절부절 못한 채 이리저리 서성였다.

"저기, 혹시 여기에서 그 아이를 보지 못했나요? 아아, 하지만 이미 다 컸을지도 모르고……. 사진도 없는데, 어떻게 찾으면 좋을지."

"저기, 진정하세요. 신이 왜 그런 짓을 했겠어요?"

아카리의 목소리가 들리지 않는지 그 말에는 대답도 않고 신사 앞에 선 그녀는 나무로 된 창살 안쪽을 들여다보려 했지만 이윽고 정신을 차린 듯 숨을 고르며 어깨를 축 늘어뜨렸다. 힘없이 아카리가 서 있는 벤치로 다시 돌아왔다.

"미안해요, 왠지 마음이 심란해서."

"괜찮아요."

"행방불명이니 뭐니 이상한 소리를 하는 여자라고 생각하셨죠?"

부인은 벤치에 앉으며 괴로운 듯 이마를 찡그렸다.

"그 무렵 우리 가족은 제방 근처의 사택에서 살았어요. 이 동네와는 두 정거장 떨어진 곳에 있는 주택가죠. 딸은 어린아이다운 상상력으로 가공의 친구를 만들어, 혼자 놀 때면 늘 그 친구와 함께였어요."

가슴속에 담아두었던 것이 아까의 흥분으로 쏟아져 나왔는지 그녀의 말은 멈추지 않았다. 아카리는 귀를 기울였다.

"없어진 것은 제가 아주 잠깐 한눈을 판 사이에요. 마당에서 그 눈에 보이지 않는 친구와 소꿉놀이를 하다가 밖으로 나갔다는 걸 깨달았을 때는 이미 어디에도 보이지 않았어요."

무의식적으로 아카리는 자세를 바르게 했다.

"여기저기 찾아 돌아다녔지만 동네 사람들도 보지 못했다고 하고, 마침내 해가 떨어졌는데도 돌아오지 않아서, 집에 온 남편을 데리고 경찰서에 간 것은 딸이 정말 좋아하던 만화영화가 끝난 시간이었어요."

그게 벌써 15년 전 일이라는 것을 알았기 때문에 듣고 있는 것만으로도 괴로워서 몸에 힘이 들어갔다.

"경찰도, 동네 사람들도 다 같이 찾아줬어요. 하지만 결국 찾지 못한 채 수색도 마무리됐죠. 천변을 달려가는 여자아이를 보았다는 사람이나 인형이 강물에 흘러가는 것을 보았다는 이야기도 들려와, 갖고 있던 인형을 강물에 떨어뜨린 딸이 그걸 주우려다가 물살에 휩쓸린 게 아닐까 하고 결론을 내렸죠."

"신이 데려갔다고 말씀하셨던 건 그 말을 믿지 않았기 때문인가요?"

"모르겠어요……. 다만 그렇게 생각하면 딸이 덜 무섭지 않을까 생각해서였겠죠. 강에 빠져 떠내려간 게 아니라 딸은 우리에게는 보이지 않는 친구……, 늘 '쓰쿠모 짱'이라고 딸은 불렀는데, 그 아이네 집에 초대받아 간 것인지도 모른다고. 그때 처음으로 알았어요, 강의 이름이 쓰쿠모라는 것을요."

아카리는 신사 쪽으로 눈길을 주었다. 금줄이 바람에 흔들리고 있다. 이 신사 바로 옆을 지나 역으로 두 정거장 떨어진 마을에도 같은 이름의 강이 흐르고 있는 것이다. 그렇게 그녀의 딸은 강과 함께 떠나갔다.

"반년쯤 지나 강 하류에서 신발 한 짝이 발견됐어요. 장례도 치르지 않았는데 마음 한구석에서는 딸이 혹시나 살아 있지 않을까 하는 미련을 버릴 수가 없었거든요. 쓰쿠모 짱이 강의 신이라면 딸의 목숨을 빼앗지는 않았을 것 같아서요……."

행방불명 부인은 자조적으로 웃어 보였다.

"하지만 이젠 알아요. 그런 옛날이야기 같은 일은 생기지 않아요. 다만 어떻게 된 일인지 요즘 딸의 꿈을 꿔요."

"꿈이요?"

"어린 시절 그 모습 그대로 울고 있어요. 아기 돼지 인형이 없어졌다며, 그래서 꿈속에서 저는 집 안을 뒤지지만 결국 찾지 못하고, 인형은 딸과 함께 사라졌구나 생각하다가 눈을 뜨죠. 인형을 강물에 빠뜨렸다면 딸은 아직도 그것을 찾지 못한 걸까. 그런 생각이 들어 도저히 가만히 있을 수가 없었어요."

"그래서 같은 것을 살 수 없을까 찾고 있었군요."

네, 하고 대답하며 부인은 무릎 위의 양산을 꼭 쥐었다.

"그 인형은 당시에 유행하던 것인가요?"

"유행했는지 어떤지는 모르겠지만 그 무렵 상영된 영화에 나오는 인형이었던 것 같아요. 작은 여자아이와 아기 돼지 인형이 주인공인……. 틀림없이 봄방학 때 극장이 여자아이들로 가득했던 기억이 나요. 원작이 되었던 외국 책이 있어요. 여기 오기 전에 천변의 고서점에서 발견하고……, 어머, 어떻게 된 거지.

없네. 종이봉투를 어디에 놓고 잊어버렸나."

"돌아다니시다가 떨어뜨린 게 아닐까요. 제가 찾아보고 올게요."

일어서려는 아카리를 말리며 행방불명 부인은 살짝 고개를 저었다.

"아뇨, 됐어요. 딸이 찾고 있는 건 책이 아니라 인형이에요. 너무 욕심 부리면 안 되죠."

책을 구했다고 해서 인형이 도망치는 건 아니다. 그렇게 생각했지만 그녀에게는 기도하는 심정일 것이다.

"이제 그만 돌아가야겠네요."

부인이 일어서자 아카리도 함께 일어섰다.

"인형에 대해 부동산에 전화 걸어볼게요. 괜찮으시면 연락처를 가르쳐주세요."

"또 올게요. 헤어살롱으로요."

그녀는 그렇게 대답하며 천천히 양산을 펼쳐 들고 걸어갔다. 커트워크(cutwork, 도안의 모양에 따라 오려내는 서양 자수의 한 수법) 레이스를 뚫고 숲에 스며든 햇살처럼 양산에서 땅바닥으로 떨어진 빛이 돌 길을 반짝반짝 물들인다.

도움이 되지 못했다. 빛이 눈부실수록 아카리는 안타까운 기분이 되었다. 아득한 여름날이 두 번 다시 돌아오지 않듯 자신은 양지로부터 외면당하고 있다.

첫 겨울의 햇살인데 너무 눈부시다고 행방불명 부인도 느끼는 것일까. 그래서 양산을 가지고 다니는 것일지도 모른다.

시계방 씨가 있었으면 좋았을 텐데.

저 부인도 원래는 시계방 씨의 쇼윈도가 신경 쓰였다. 시계방 씨라면 그녀의 추억을 되돌려줄 수 있을지도 모른다.

그가 정말 누군가의 과거에 관여할 수 있으리라고는 생각하지 않지만 시간이라는 무형의 것을 인간과 친근한 무엇으로 만들려 애써온 시계사들은 기적을 거듭해왔다. 시계방 씨의 일에는 그런 힘이 들어 있을 것 같다.

시계방 씨가 있었다면…….

멍하니 그렇게 생각하면서 신사를 떠났다.

상가로 돌아와 집으로 가는 완만한 모퉁이를 돌면서 자연스럽게 아카리는 이다 시계방 서양식 주택으로 시선을 보냈다. 하얀 외벽, 짙은 초록색의 슬레이트 지붕, 안으로 들어간 현관 앞에는 빨간 벽돌 계단이 보인다.

저 가게는 아카리에게 시계방 씨 자체였다. 그래서인지 쇼윈도 간판도 그의 말처럼 느껴져 혹시 언젠가 아카리의 추억을 수리해주지 않을까 생각했었다.

이웃일 뿐인데 정말 뻔뻔스럽다. 그렇게 마음을 고쳐먹으며 서양식 주택에서 시선을 떼려던 그때, 현관 앞에 있는 누군가를 깨닫고 아카리는 걸음을 멈췄다.

현관 열쇠를 꺼내려는지 호주머니를 뒤지고 있는, 긴 앞머리에 거의 다 가려진 듯한 옆얼굴이었다.

"시계방 씨!"

아카리는 재빨리 달려갔다. 너무 힘껏 달려서, 저택 앞에 도착했을 때는 숨을 헐떡였다.

"오, 니시나 씨. 오늘은 아르바이트 쉬어?"

평소와 다름없는 웃음을 이쪽으로 보낸다. 필사적으로 달려온 부끄러움을 깨닫기도 전에 아카리는 단숨에 물었다.

"어, 어떻게 여기 있는 거야? 스위스는? 벌써 돌아온 거야? 또 금방 가?"

"스위스?"

"다시 스위스에서 일할지 모른다고 다이치 군이."

"앗, 그 녀석, 제멋대로."

"……아니야?"

"잠깐 시골에 다녀왔어. 이제 곧 형 7주기라서."

"그랬……구나."

시계방 씨의 형이 죽었다는 것은 전에 얼핏 들었던 적이 있다. 의외로 그는 7주기라는 말을 거리낌 없이 입에 담았지만 아카리는 반사적으로 그의 손목을 확인했다.

재킷 소매 사이로 흘낏 손목시계가 보인다. 형의 유품이라는 그 시계는 늘 멈춘 채였다. 지금은 바늘이 움직이는지 거기까지는 확인할 수 없었지만 역시 멈춰 있지 않을까 생각한다.

"아……. 그게, 여러모로 신세를 져서 시계방 씨가 돌아오지 않을지도 모른다고 생각하니, 좀 놀랐었거든."

이제야 강아지처럼 신나서 달려온 자신이 창피해졌다. 서둘러 변명을 하면서 화제를 돌리려고 말을 찾고 있는데,

"맞다, 마침 잘됐어."

갑자기 그렇게 말하며 시계방 씨는 종이봉투를 아카리에게 내밀었다.

"네가 왔다 간 후 떨어져 있었다고 술집 아주머니가 나한테 맡겼어."

역 뒤편의 고서점 종이봉투였다. 아까 행방불명 부인이 어딘가에서 잃어버렸다고 했던 책임에 틀림없다.

"와, 고마워. 이제부터 찾아야지 하고 생각하던 참이었어."

"장난감 가게 쓰키야 씨의 연락처를 알고 싶어 했다며? 조사해봐?"

그것도 술집에서 들었을 것이다. 역시 상점회 회장이다. 힘들게 잡은 실마리를 놓치지 않으려고 아카리가 몸을 내밀었다.

"괜찮아?"

"괜찮아. 무슨 일 있어?"

"얘기 좀 들어줄래?"

시계방 씨라면 해결해줄 것이다. 아카리는 이제 무조건 이야기하고 싶어서 견딜 수가 없었다.

시계방 씨를 따라 가게 안으로 들어갔다. 손님용 소파에서 기다리는 동안 아카리는 책을 꺼내보았다.

『폴리의 가출』이라는 제목으로, 여자아이가 아기 돼지 인형을 안고 우두커니 서 있는 그림이 표지로 장식된, 아동용 이야기책인 듯했다.

귀엽다기보다는 기분 나쁜 표정을 한, 되바라진 느낌의 여자아이였는데 어린아이다운 변덕과 짜증이 금방이라도 터져 나올 듯했다. 이해력 좋은 아이가 어른들 형편에 따라 행동하거나 하는, 교훈을 얻을 수 있는 이야기는 아닐 것이다.

아카리는 계속 표지를 들여다보았다. 주인공 폴리 짱인 듯한 소녀는 두 갈래로 묶은 머리에 빨간 물방울무늬의 리본을 하고 있었다. 그리고 새까만 원피스를 입고 있다. 대여섯 살 정도 되는 아이인데 검은 옷을 입은 게 그녀의 개성과 강한 자아를 느끼게 한다. 그림에서 풍기는 강력한 자유분방함에 틀림없이 아이들은 무의식적으로 빠져들었을 것이다. 그렇게 느끼면서 아카리의 머릿속에서 떠오른 것은 오늘 이 가게 앞에서 본 젊은 여자였다.

폴리 짱과 흡사한 패션이었다.

사진에 찍힌 부인의 행방불명된 딸은 분명 이 소녀를 흉내 내고 있었다. 그렇다면 양 갈래 머리 여자가 이 근방에 있다고 들었다던 인형도 쓰키야의 그것이 아닐까.

두 사람 다 같은 인형을 찾아 이 상가를 찾아온 것이다.

"상당히 많이 본 것 같은 책이네."

돌아온 시계방 씨가 들여다보며 그렇게 말했다. 헌책이라는 점을 감안하더라도 정도가 심했다. 책의 전 소유자는 몇 번이고 읽었던 게 틀림없다.

"작은 여자아이들이 완전히 빠져들 만큼 재미있을 것 같아."

"어떤 이야기인데?"

"난 읽어보지 않았는데."

"그럼 왜 그 책을?"

그렇다. 이야기를 들어줬으면 했다. 아카리는 책을 테이블 위에 내려놓고 행방불명 부인에 대해 단숨에 이야기했다.

그녀가 이 책에 나오는 아기 돼지와 같은 인형을 찾고 있다는 것, 그것이 쓰키야의 시간이 멈춘 듯한 가게에 있을지도 모른다는 것, 행방불명 부인은 꼭 그것을 사고 싶다고 했다는 것. 거기까지 말하자 시계방 씨는 고개를 끄덕이면서 파일을 하나 테이블 위에 놓았다.

"쓰키야 씨 연락처, 안타깝게도 상가 명부는 옛날 것이라 전화가 연결되지 않았어. 하지만 사노 씨라면 알 것 같아."

"부동산 아저씨, 외출 중인 것 같던데."

"응, 월요일하고 목요일밖에 일하지 않거든. 자택 연락처도 알지만 밤에만 연락이 될 거야."

땅 부자답게 유유자적한 부동산 중개업자다.

"정말 이것과 같은 아기 돼지일까. 맞으면 좋을 텐데."

표지의 아기 돼지도 코에 하트 모양의 아플리케(appliqué, 바탕 천 위에 다른 천이나 레이스, 가죽 따위를 여러 가지 모양으로 오려 붙이고 그 둘레를 실로 꿰매는 수예) 같은 것이 붙어 있다. 코 부분은 확실히 비슷했다.

"저기, 가게 안에 옛날 인형이 남아 있다면 같은 게 두 개 정도는 될까?"

갑자기 생각을 바꾼 아카리에게 시계방 씨는 고개를 갸웃거려 보였다.

"니시나 씨도 갖고 싶어졌어?"

"어머, 아니야. 또 한 사람, 아기 돼지 인형을 찾고 있는 사람이 있었어. 폴리 짱 같은 패션이었던 그 '양 갈래 머리 씨'가 말한 아기 돼지도 틀림없이 이 책의 인형일 거야."

"양 갈래 머리 씨?"

"아, 응, 그런 머리 모양이었거든."

이 아이와 같다며 표지를 가리켜 보였지만 시계방 씨는 아카리를 바라본 채 이상하다는 듯 눈을 가늘게 떴다.

"재미있네. 금방 호칭을 붙여. 행방불명 부인이라거나."

그게 희한하다는 것을 방금 전까지는 몰랐다.

"평소에도 그런데. 그게, 특징이 있었으니까."

"아무튼 쓰키야 씨 가게 안을 확인해봐야만 하겠어."

아직도 쿡쿡 하고 웃으면서 시계방 씨는 말했다. 신기하게 아카리는 웃는데도 싫은 기분은 들지 않았고 오히려 따스한 느낌을 받았다.

시계방 씨와 이야기하고 있으면 전혀 침울해지지 않는다. 한없이 착한 인품 때문일까. 아니면 정말 그는 망가진 과거를 수리할 수 있는 것일까.

"시계방 씨는 유령 같은 거 믿어?"

재미있다는 듯 아카리를 바라본 채 그는 고개를 갸웃거렸다.

"왠지 양 갈래 머리 씨는 행방불명 부인의 딸이 성장하여 나타난 것 같은데. 소중한 인형을 잃어버리고 딸이 그것을 찾는 꿈을 꾸었다고 부인은 말했지만 양 갈래 머리 씨도 인형을 찾고 있었거든."

"그 사람, 유령 같았어?"

이번에는 아카리가 고개를 갸웃거린다.

"유령 같은 게 어떤 건데?"

"본 적이 없어서, 나도. 투명하다거나 온몸이 젖어 있다거나."

그렇다면 아무리 아카리가 흐리멍덩하다 해도 이상하게 보였을 것이다.

"평범했어."

젖어 있었던 건 오히려……. 행방불명 부인의 양산이 문득 떠올랐다. 그리고 스스로 생각해도 이상해진다.

유령이라니, 바보 같다. 하지만 아카리는 이곳에 오고 나서부터 아무리 터무니없는 일이라 해도 다 받아들일 수 있을 거 같은 기분을 줄곧 느껴왔다.

"……저기, 어떻게 상점회 회장이 됐어? 신사의 신탁으로 선출됐다는 게 정말이야?"

"어? 그 말도 다이치가?"

아카리가 고개를 끄덕이자 시계방 씨는 어이없다는 듯 팔짱을 끼었다.

"그 녀석, 정말 신사를 좋아해."

"아니야? ……하긴, 있을 수 없는 일이겠지."

"그냥 제비뽑기로 된 거야. 옛날부터 이 상가는 그랬어. 신사에 전해 내려오는 제비를 사용하긴 하지만."

대길大吉이나 중길中吉이라는 글자가 적힌 막대기가 통 안에 들어 있는 것인 듯하다.

뭐야, 하고 말하면서도 신사의 소도구에는 신통력 같은 게 남아 있지 않을까 하고 머리 한구석으로 생각했다. 제비뽑기에 신의 뜻이 작용한 것이라면 다이치의 말에도 일리는 있다.

그런 식으로 이상한 것도 이상하지 않은 것도 느끼는 사람에 따라 수수께끼가 된다. '귀신에게 잡혀갔다'는 말도 사실보다 훨씬 더 분명하게 그 부인에게 절실한 것이다.

그리고 아카리도 기적을 믿고 싶어 한다. 시계방 씨의 추억의 시간을 수리한다는 간판 안에서.

4

"이봐, 아카리 씨, 드디어 찾았어. 어른이 된 행방불명 딸."

아르바이트를 하고 돌아오던 아카리가 신사를 지날 때 다이치가 갑자기 어린아이처럼 팔을 벌려 길을 막으며 눈앞에 나타났다. 대나무 빗자루를 손에 들고 있었으므로 아마 경내 청소를 하던 중이었을 게다.

"빨간 물방울무늬 리본을 하고 있었어. 어제 아줌마가 갖고 있던 사진과 같아. 딸이 틀림없어."

그것은 어쩌면 아카리가 보았던 양 갈래 머리 씨가 아닐까.

"카페 라임에 있었어. 아카리 씨, 빨리 가서 사정을 이야기해 줘. 어머니가 만나고 싶어 한다고."

"그 사람, 행방불명된 적이 있었대?"

"이야기는 안 해봤어. 그냥 봤을 뿐이지. 내가 갑자기 말을 걸어 행방불명이니 뭐니 하는 소리를 하면 자칫 작업 건다고 생각할 수도 있잖아."

그런 자각은 있는 모양이다. 하지만 그는 아카리에게 처음 본

날 갑자기 신사의 영험함이니 새전이니 하고 주장했잖은가.

그건 그렇고 또다시 이 상가에 나타난 양 갈래 머리 씨는 오늘도 복숭아색 아기 돼지 인형을 찾으러 온 것일까. 그녀가 정말 행방불명 부인의 딸이라는 게 있을 수 있는 일일까.

"그나저나 그거, 유령 맞지? 나, 처음 봤어, 유령이란 거."

다이치는 갑자기 그런 말을 했다. 다이치의 이야기는 늘 갑자기 비약한다. 그럴 때 아카리는 난폭하게 현실에서 어딘가 먼 곳으로 끌려가 발밑이 휘청거리는 듯한 묘한 기분에 사로잡힌다.

"유령······이라니, 왜?"

"그러니까 그 아줌마 딸은 죽었잖아? 15년도 더 된 오래전부터 돌아오지 않고 있으니까."

"죽었는지 어떤지는 몰라. 갑자기 없어졌을 뿐이지."

"쓰쿠모 씨에게 물어봤는데 대답이 없었어. 그 말은 즉 귀신이 데려갔다는 거잖아."

아니, 보통 신은 어떤 말에도 대답하지 않는다. 하지만 다이치는 자신만만하게 단언했다.

"귀신이 데려간 게 아니라면 죽은 거잖아?"

"행방불명이 아니라 살아 있다는 뜻도 되지 않니?"

"작은 아이가? 요즘 세상에 평범하게 성장할 수 있을 만한 환경에서 살다가 집으로 돌아오지 않는다는 게 말이 돼?"

그건 뭐, 확실히 그렇다. 대여섯 살이라면 나름대로 이해력도 있고, 유괴라도 당해 특수한 상황에서 살고 있었다면 아직도 자유롭게 활보하지 못할 것이다. 사실 아카리도, 그리고 모친인 행방불명 부인도 아이가 살아 있다고는 진심으로 생각하지 않는다.

"게다가 라임에 있던 여자는 사진과 같은 옷을 입고 있었어. 살아 있는 인간은 15년 동안이나 계속 같은 옷을 입지 않아."

……같은 옷이 아니다. 적어도 사이즈가 다르다.

애당초 양 갈래 머리 씨가 유령이라는 건 지나친 억측이다. 옷은 코스프레 같은 것이고, '폴리 짱'이 유행하던 시기를 체험한 나이라면 우연의 일치라 해도 아주 있을 수 없는 일은 아니다.

"하지만 다이치 군은 라임에 있는 그녀를 봤잖아? 유령도 커피를 마시나? 어디를 봐서 유령이라는 건데?"

다이치는 살짝 고개를 갸웃거렸다.

"별다른 위화감은 전혀 없었지만 죽었어야 할 인간이니까 유령 맞잖아?"

너무 난폭하다.

"그럼 애당초 라임에 있는 여자가 그 사진 속 여자라는 증거는 있어? 비슷한 복장을 하고 있는 것뿐이잖아."

"증거? 아카리 씨가 확인해보면 되잖아. 그 사람이 뭐 하러 왔는지 말이야."

"……인형을 찾으러 온 거야. 사진 속 여자아이가 안고 있던 그 아기 돼지 인형."

"흠, 그럼 유령이 아니네."

의외로 유령이라고 단언했던 것과 거의 비슷한 정도로 갑작스럽게 다이치는 자신의 그 말을 부정했다.

"왜?"

"추억이 필요한 건 살아 있는 인간뿐이잖아?"

겉보기와 달리 뭔가 심오한 말을 해서 아카리는 무심코 물어보고 싶어진다. 이해할 수 있는 일인지 아닌지, 아카리로서는 알 수 없었던 그것에 대한 해답을 다이치는 알고 있지 않을까.

"저기, 부인의 딸은 쓰쿠모 짱이라는 가공의 친구가 있었대. 그게 이 신사의 쓰쿠모 씨 아닐까?"

"어, 쓰쿠모 씨는 그 딸을 모르니까 아닐걸? 아, 그래, 옛날 유행했던 소녀 취향의 만화영화에 그런 캐릭터가 있었잖아."

동의를 구해와도 세대 차이가 나기 때문에 알 수 없었다.

아무튼 아카리는 신사를 떠나 혼자 카페 라임으로 걸어갔다.

혼자 멍하니 생각할수록 다이치의 말이 귀에 남았다. 추억은 확실히 살기 위해 필요한 것이다. 좋은 일이든 좋지 않은 일이든, 자신 내부에서 하나의 결말을 맞이한 사건은 결정체처럼 형태를 갖추고 마음 어딘가에 반드시 들어 있다. 그것을 받침대로 삼아 미래로 향하는 계단을 하나 오르는 것일 게다.

하지만 결말을 짓지 못한 기억, 정리가 되지 않은 추억은 안개처럼 뿌옇게 눈앞을 흐리게 만들 뿐이다. 그래서 어디로 가면 좋을지 알 수 없게 된다.

안개를 걷어내고 싶어서 아카리는 몸부림을 쳤다. 행방불명 부인도, 양 갈래 머리 씨도 똑같이 버둥대고 있는 것일까.

아니면 양 갈래 머리 씨는 자신이나 행방불명 부인과는 다른 무엇일까.

다이치가 양 갈래 머리 씨 같다는 여성을 라임에서 본 것은 30분 전이었다고 했다. 아직 거기 있을지는 몰랐지만 국도와 교차로 옆에 라임 간판이 보였을 때 맞은편에서 걸어오는 사람을 깨닫고 아카리는 떨리는 가슴으로 걸음을 멈췄다.

어제처럼 물방울무늬 리본에 새까만 복장을 한, 양 갈래 머리 씨였다. 그녀 역시 아카리를 보더니 멈춰 섰다.

"어머……? 또 만났네요."

그렇게 말하며 약간 부끄러운 듯 인사했다.

"인형, 찾았어요?"

그렇게 묻자 살짝 한숨을 쉬며 그녀는 고개를 저었다. 양 갈래로 정리된 머리가 흔들린다. 찬찬히 관찰하는데도 그녀는 유령처럼 보이지 않았다.

살아 있는 인간이라면 그녀도 추억을 복구하고 싶은 것이다. 그 계기가 될지도 모르는 것이 아기 돼지 인형일 것이다.

"이 근방에서 보았다는 게 거짓말이었을까요."

"그 말, 누구한테 들었는데요?"

"인터넷의 질문 코너에서요. 옥션에서 봤는데 결국 못 찾았어요."

"그럼 이 동네 사람이 쓴 것 같은데."

"다이치라는 아이디였어요. 정말인지 아닌지 근거는 없지만 달리 실마리가 없어서 와본 거예요."

다이치? 아카리는 자신도 모르게 고개를 갸웃거렸다. 한가한 대학생처럼 보이는 그 녀석은 매일같이 고양이처럼 상가를 구석구석 싸돌아다닌다. 사람들 눈에 띄기 어려운 창문 사이로 슬쩍 드러난 인형의 코를 본 것인지도 모른다.

하지만 아까는 인형에 대해 아무 말도 하지 않았다. 하기야 애당초 신사 외에는 별로 흥미가 없어서 뭐든 금방 잊어버리는 다이치였다.

정보원이 누구든 간에 양 갈래 머리 씨에게 쓰키야의 그것을 이야기해야 할지 말지 아카리는 망설여졌다. 하나밖에 없다면 행방불명 부인과 타협해야 한다.

하지만 그녀도 필사적으로 찾고 있었다. 척 보기에도 그렇게 보였다. 먼저 찾은 사람이 있다고 말하면 이해해줄 것이다.

"복숭아색 아기 돼지라고 했죠? 그 비슷한 걸 찾긴 했는데."

마음을 굳히고 그렇게 말하자 양 갈래 머리 씨는 갑자기 아카리의 손을 잡았다.

"어디에서요? 가르쳐주세요!"

5분쯤 걸어가면 장난감 가게 쓰키야에 도착한다. 저기라고 아카리가 가리킨 방향으로 양 갈래 머리 씨는 달려갔다. 물방울무늬 리본으로 장식된 머리가 토끼 귀처럼 튕겨 오른다.

"가게 문 닫힌 것 같은데요."

가게 앞에 선 그녀는 곧바로 곤혹스러운 듯 아카리 쪽을 돌아보았다.

"네, 그런데 저쪽 쇼윈도로 봤어요."

손짓하여 그녀와 둘이서 전신주 그늘로 들어갔다. 거기에 있는 쇼윈도로 눈길을 보낸 아카리는 어제 왔을 때와는 달라진 모습을 깨닫고 소리쳤다.

유리가 깨져 있었다. 서둘러 안을 들여다봤지만 커튼 너머에 떨어져 있어야 할 인형이 없었다.

"대체 누가 이런 짓을……."

"도둑인가요? 아기 돼지 인형도 훔쳐갔나요?"

깨진 창문을 통해 손을 넣어 닿을 범위에는 다른 인형들도 떨어져 있었다. 적어도 범인은 의도적으로 선택한 인형을 가지고 간 것이다. 그중에 아기 돼지 인형이 포함된 것은 틀림없었다. 혹은 아기 돼지 인형만을 가지고 갔을지도 모른다.

행방불명 부인이…… 그런 짓을 했을 것 같지는 않았다. 또 그 인형을 갖고 싶은 사람이 있었던 것일까.

"아앗, ……저질렀군, 그 녀석."

시계방 씨 목소리였다. 아카리가 돌아보자 그는 어이없다는 표정을 하고 천천히 허리에 손을 댔다.

"아까 다이치가 인형 두고 간다고 해서 혹시나 하고 와봤어."

"다이치 군이 인형을?"

"니시나 씨가 곤란해하니까 이걸로 도와주라고 말했는데…….
정말 곤란한 놈이야. 붙잡아 와서 일단 깨진 곳을 판자 같은 것으로 막을 수밖에 없겠네. 골치 아프군."

보호자 같은 말투였지만 여전히 친근함이 담겨 있어서 시계방 씨가 화나지 않았다는 것은 아카리도 알 수 있었다.

"니시나 씨, 혹시 그 녀석 보면 알려줘."

"응."

"아, 인형 가지러 올래?"

"그건 그렇고, 지금 잠깐 이야기 좀 들어줄 수 있어?"

그때 그는 비로소 눈치챈 듯 아카리 옆의 여자를 보았다.

"혹시 이분이 양 갈래 머리 씨?"

아카리가 멋대로 붙인 이름을 또렷하게 불러줘서, 얼굴을 붉히며 쓴웃음을 겨우 참을 수밖에 없었다.

세 사람은 결국 이다 시계방에서 이야기하기로 했다. 시계방 씨가 끓인 커피 냄새가 고시계가 있는 가게 안에 번진다. 소파도 테이블도 벽에 걸린 램프도 모든 게 다 골동품이다. 이 집이 생긴 당시부터 있었을 것이다. 그래서인지 수집가의 앤티크 취미와는 다른, 슬쩍 과거로 한 발 들어선 듯한 착각을 불러일으키는 것이다.

공방으로 이어지는 유리문에는 블라인드를 쳐놓아서 양 갈래 머리 씨는 여기가 진짜 어떤 가게인지 잘 모르는 상태였을 것이다. 쇼윈도에 추억을 수리한다는 간판이 놓인 가게 내부가 단순히 소파와 테이블만 있는 응접실뿐이라는 게 이상했는지 끊임없이 주변을 둘러보고 있었다.

"부동산을 하는 사노 씨와 이야기했는데, 쓰키야 주인한테서 가게 매매를 일임받았기 때문에 연락처는 알고 있다며 대신 연락을 해주셨어. 인형을 사고 싶은 사람이 있다고 하니까 어차피 처분할 생각이었던 터라 그냥 드리라고 쓰키야 씨가 말했나 봐. 사노 씨는 오늘은 바빠서 안 되고 내일 열쇠를 가지고 오겠다고 했는데……."

시계방 씨는 팔짱을 끼며 깊이 한숨을 내쉬었다. 그 아기 돼지 인형은 이미 손님용 응접 테이블 위에 놓여 있었다.

"당신이 찾던 게 이 인형인가요?"

네, 하고 양 갈래 머리 씨는 고개를 끄덕였다.

"실은 이거, 먼저 찾고 계시던 분이 있어요. 그래서 양보할 수

175

는 없을 것 같은데요."

쓰키야의 부서진 유리창으로 안을 확인해본 바로는 아기 돼지 인형이 또 있는 것 같지는 않았다. 하지만 양 갈래 머리 씨는 물러서지 않았다.

"그 사람과 직접 협상해볼 수는 없을까요? 틀림없이 더 찾을 수는 없을 것 같아요."

"그건……, 그분에게도 정말 소중한 물건인 것 같아서 어렵지 않을까 싶은데요. 사라진 따님이 꿈에 나와 그 인형을 찾고 있었기 때문에 꼭 구하고 싶다고 말씀했거든요."

생각지도 못했다는 듯이 양 갈래 머리 씨가 눈을 휘둥그레 떴다.

"사라진……?"

"여섯 살 때 강 근처에서 행방불명된 모양이에요."

"강에서……. 그 사람, 어떤 사람이었나요?"

의외의 질문에 아카리는 당황했지만 양 갈래 머리 씨의 기세에 눌리고 말았다.

"그게, 50대쯤 되셨고 호리호리한 데다가 기품 있어 보이는 분이었어요. 여름도 아닌데 물빛 양산을 쓰고."

"제 어머니일지도 몰라요!"

자신도 모르게 얼굴을 마주친 시계방 씨도 역시 놀란 표정을 짓고 있었다.

"앗, 하지만 그럼, 당신이 사라진 따님……? 살아 있었던 건가요?"

그녀가 고개를 저었기 때문에 아카리는 더욱더 알 수 없었다.

"죽은 건 어머니예요. 제가 여섯 살 때, 강에 빠져서……. 계절을 가리지 않고 양산을 가지고 다니던 분이었죠."

그러고 나서 양 갈래 머리 씨는 봇물 터진 듯 이야기하기 시작했다.

그녀가 여섯 살 때, 부모가 이혼했다. 그 한 달 전 그녀는 생일이었다고 한다.

그 무렵 폴리의 아기 돼지 인형이 갖고 싶어 견딜 수 없었던 양 갈래 머리 씨는 열심히 어머니 일을 도왔고 그래서 겨우 어머니에게서 인형을 선물 받았던 모양이다.

물론 그녀는 더할 나위 없이 기뻤다. 하지만 그때는 이미 부모의 이혼이 결정되어 불과 한 달 후 어머니는 집을 나갔던 것이다.

양 갈래 머리 씨는 배신당한 심정이었다. 그렇게 좋아하던 아기 돼지 인형을 더는 귀여워할 수가 없었다.

그러던 어느 날 자신의 방 창문으로 밖을 보던 그녀는 물빛 양산이 가로수 옆에서 흔들리는 것을 발견했다. 서둘러 밖으로 나가자 어머니가 서 있었다.

"저기, 놀러가지 않을래?"

어머니는 그렇게 말했다. 안 가, 하고 양 갈래 머리 씨는 대답했다.

실망한 듯 한숨을 쉬며 어머니는 다시 말했다.

"폴리 짱의 아기 돼지, 잘 있지? 그걸 엄마라고 생각하렴. 늘 옆에 있으니까. 엄마 잊지 말고."

"흥, 엄마 같은 거 필요 없어."

집 안으로 뛰어 들어간 양 갈래 머리 씨는 인형을 안고 다시 뛰쳐나왔다. 그렇게 한참 달리다 보니 강가였다. 어머니와 자주 놀러 온 강가였다.

"이런 거, 필요 없어."

인형이 어머니 대신이라면 갖고 싶지 않았다. 이것만 없으면 어머니는 다시 집으로 돌아올 것이다. 그렇게 생각했기 때문이었다.

잠시 입을 다문 양 갈래 머리 씨는 테이블 위의 인형을 가만히 노려보았다. 어린 시절, 인형을 앞에 두고 똑같이 마음속으로 중얼거렸을까.

너 같은 거 필요 없어. 그러니까 엄마를 돌려줘, 하고.

어렸던 그녀는 힘껏 인형을 강으로 내던졌다. 아기 돼지 인형은 코를 위로 하고 천천히 흘러갔다. 그때 양 갈래 머리 씨는 갑자기 후회되기 시작했다.

머리로는 알고 있었다. 인형이 없어져도 어머니는 돌아오지 않는다는 것을. 그리고 인형이 없어지면 어머니와의 추억도 잃어버리는 것임을.

다시 건지려고 재빨리 그녀는 강물로 들어갔다.

그 후의 일은 단편적으로만 기억난다고 한다.

얕아 보였던 강에는 갑자기 푹 빠지는 곳이 있어서 작은 여자 아이를 어이없을 정도로 쉽게 삼켜버렸다.

이름을 부르는 소리가 들렸고, 다리 위에 어머니의 모습이 얼핏 보였다. 거품이 올라오는 강물 저편에 내팽개쳐진 물빛 양산과 파란 하늘이 보인 것 같기도 했다.

시계방 씨의 가게 안에는 몇 개의 시계가 희미한 소리를 내며 움직이고 있었다. 여기는 조용해서 아무 일도 생기지 않지만 시간만은 확실히 흘러간다.

양 갈래 머리 씨와 어머니 사이에도 오랜 시간이 흘렀다. 그렇게 양 갈래 머리 씨는 비로소 그때의 일과 마주하려 하고 있었다.

"정신을 차린 곳은 병원 침대 위였어요. 그동안 꿈을 꿨구나 생각했어요. 어머니가 내게 인형을 내미는 꿈이요."

―이제 떨어뜨리면 안 돼.

아기 돼지 인형을 잡고 양 갈래 머리 씨는 고개를 끄덕였다.

―만나지 못하더라도 늘 함께 있으니까.

"하지만 눈을 뜬 내 옆에는 인형도 엄마도 없었어요."

어머니는 양 갈래 머리 씨를 도와 인형을 건지려고 애썼다.

"나 때문에 엄마는……. 그래서 줄곧 그때의 일을 외면하려고 했어요. 하지만 이대로는 더 이상 안 되겠다 싶어서……. 인형을 찾아 그때의 시간을 다시 회복하고 싶었죠."

눈물 글썽이는 눈을 내리뜨며 그래도 그녀는 열심히 이야기
했다.

"최근에 또 꿈을 꿨어요. 저는 작은 여자아이였고 울면서 엄마
에게 호소하고 있었죠. 인형이 없다며. 엄마는 나를 위로하려고
찾아주겠다고 했어요."

안 돼, 인형을 찾으러 가면 엄마는 죽고 말아. 필사적으로 말
리려다가 눈을 떴다고 한다.

"그래서 인형을 살 수 없는지 찾고 있었던 건가요?"

"인형은 틀림없이 잘 있다고, 소중히 간직하고 있다고 꿈속의
엄마에게 말해주고 싶어서요. 그러면 엄마가 찾아준 인형과 늘
함께 있어 왔다고 생각할 수 있지 않을까 싶어서……."

복숭아색 인형의 매끈한 검은 눈에 양 갈래 머리 씨의 눈물이
떨어진다.

"꿈속에서 말한 대로 어머님도 이걸 찾으러 왔나 보네요……."

시계방 씨는 그렇게 말했다. 만약 그렇다면 행방불명 부인 쪽
이 유령이었던 셈이 되나.

하지만 부인의 이야기와 양 갈래 머리 씨의 이야기는 똑같지
않다. 공통점도 있지만 행방불명 부인이 양 갈래 머리 씨의 죽은
어머니라고 생각하는 건 역시 어렵다.

아카리가 어떻게 대답하면 좋을지 몰라 하는데 눈이 젖은 양

갈래 머리 씨가 제정신이 돌아온 듯 얼굴을 들었다.

"죄송합니다, 제가…… 이상한 소리를 했네요. 양산이라는 말을 듣고 바로 엄마가 연상돼서."

연상되는 것은 그뿐이다. 우연일 게 틀림없다. 하지만.

"으음, 틀림없이 어머니일 거예요."

힘주어 그렇게 말했기 때문에 아카리 자신도 놀랐다. 그럴 리가 없다고 머리로는 알고 있는데, 이대로 양 갈래 머리 씨를 빈손으로 돌려보낼 수는 없다고 생각했다.

"저, 영감이라고나 할까, 그런 게 있어요! 그래서 당신 어머니가 제 앞에 나타난 게 아닐까요……."

애를 쓰면 쓸수록 거짓말 같다고 스스로도 생각했다. 하지만 물러설 데가 없었다. 도움을 요청하듯 시계방 씨를 흘긋 보았다. 살짝 어이없다는 표정을 짓는 것처럼 보였지만 필사적인 아카리의 시선에 지고 말았는지 고개를 끄덕여주었다.

시계방 씨가 동조해준 것을 기회로 아카리는 인형을 그녀의 손에 쥐어주었다.

양 갈래 머리 씨는 그 감촉을 확인하며 천천히 눈을 깜박였다.

"괜찮을……까요."

"괜찮아요. 그녀가 하자는 대로 하세요."

시계방 씨가 점잖게 말하자 전혀 농담 같지가 않다.

"어머니의 선물이니까, 이젠 잃어버리지 마세요."

시계방 씨의 목소리는 조용하면서도 또렷해서 물에 녹는 잉크처럼 슬며시 의식 속으로 번져간다. 그것을 그녀도 느꼈는지 어린아이처럼 솔직하게 고개를 끄덕였다.

"인형을 주면서 엄마가 했던 말을 기억해요."

─이젠 울지 말렴.

"예전에 전 이게 갖고 싶다고 떼를 쓰며 울었거든요."

─앞으로 울고 싶은 일이 산더미 같을 테니까 그럴 때는 아기 돼지를 꼭 안고 웃으렴.

그녀는 아기 돼지 인형을 슬쩍 들어 올리며 애써 웃으려 했다.

"고마워, 엄마."

입술 모양이 그렇게 중얼거리고 있었다.

"이제 울지 않을게."

"어떡하지……."

양 갈래 머리 씨를 눈으로 배웅하며 한숨 돌린 것도 잠깐, 제정신이 돌아온 아카리에게 현실적인 문제가 들이닥쳤다.

이다 시계방 앞에 서서 막 돌아가려던 아카리였지만 또다시 시계방 씨에게 도움을 청하고 싶어져서 돌아보았다.

"행방불명 부인이 인형을 가지러 오면 어떡하지?"

"앗, 그녀는 유령이잖아?"

"아얏, 그 말을 믿은 거야?"

"농담이지."

즐거운 듯 그는 웃었다.

"니시나 씨는 그걸로 됐다고 생각하잖아? 나도 그렇게 생각해."

그녀에게 인형을 준 것은 전혀 후회하지 않았지만,

"양 갈래 머리 씨, 나중에 속았다고 생각하지 않을까."

"그녀가 어머니의 망령을 믿지 않는다 해도, 네 거짓말을 깨달았다 해도 유령은 살아 있는 사람을 도울 수 없어. 네 말이나 행동이 도움이 된 건 틀림없는 사실이야."

"……그러면 다행이겠는데."

만약 추억이, 살아 있는 사람에게 필요한 것이라면 그것을 복구하는 것도 기적이나 초현실적인 힘이 아닌 인간만이 할 수 있는 것일까.

"행방불명 부인에게는 솔직히 이야기할 수밖에 없겠네."

하고 막 결심하다가 아카리는 동요했다. 물빛 양산의 부인이 상가를 향해 걸어오는 게 보였던 것이다.

"어머, 안녕하세요."

숨을 틈도 없이 부인은 아카리를 보며 인사했다. 물론 숨을 생각이었던 건 아니지만.

"……안녕하세요. 아, 인형 때문에 오셨군요."

혼자 사과하는 게 괴로워서 시계방 씨가 가지 말아주기를 기도했다.

"실은 그거……."

눈앞에 선 부인에게 아카리가 막 입을 열려던 때였다. 갑자기 그녀가 환한 웃음을 지었다.

"그거, 이제 됐어요."

"앗, 필요 없나요?"

"아까, 인형을 손에 든 여자아이를 봤어요. 여자아이라고 해야 하나, 이젠 완전히 어른이 다 됐을 테지만 저쪽 교차로에서 신호가 바뀌기를 기다리고 있을 때, 맞은편 인도에서 얼핏 봤어요. 우리 아이가 제일 좋아하던, 물방울무늬 리본과 검은 옷을 입은 여자였죠."

양 갈래 머리 씨다.

"딸한테 간 거예요. 그 인형. 이제 그걸 찾아 우는 일은 없게 된 거죠."

아카리는 어떻게 말해야 할지 고민스러웠지만 결국 입을 다물고 있었다.

만족한 듯 미소 지으며 잘됐어, 하고 부인은 중얼거렸다.

"내 생각만 하고 부탁해서 미안했어요. 여러모로 고마웠습니다."

"아뇨, 전 아무것도……."

양산이 햇살을 반짝반짝 반사한다. 작은 물방울에 젖어 있다. 그것을 바라보며 아카리는 양산을 쓴 두 명의 여자가 어렴풋이 겹쳐지는 것을 느끼고 있었다.

행방불명 부인과 그 딸, 양 갈래 머리 씨와 그 어머니, 전혀 다른 두 쌍일 텐데 신기하게 하나로 변해간다. 햇살을 등지고 양산을 쓴 여성이 미소 짓자 현기증과도 비슷한 감각이 몰려들었다.

개인적인 입장을 뛰어넘어, 어머니와 딸이라는 관계가 하나로 녹아들고, 서로 부둥켜안으며, 모든 어머니와 딸을 부드럽게 치유하는 듯한.

행방불명 부인도, 이런 기분일까. 그래서 얼핏 본 낯선 여자를 딸의 메시지처럼 느낀 것일까.

"신기하네."

행방불명 부인은 다시 역 쪽으로 자신이 온 길을 되돌아갔다. 짐을 다 내려놓았는지 그동안 볼 수 없었던 가벼운 발걸음으로.

"응?"

아카리의 중얼거림에 시계방 씨가 고개를 갸웃거린다.

"강의 신이 중재해준 건가."

딸을 잃은 어머니와, 어머니를 잃은 딸. 그 둘의 소원도, 다 같이 강을 향해, 물에 녹아.

"그럴걸, 틀림없이."

"시계방 씨도 그렇게 생각해?"

"저 부인, 양산이 젖어 있었잖아?"

퍼뜩 아카리가 그에게 돌아섰다.

"그, 그거, 나도 이상하게 생각했는데…… 설마 강물에 빠져서……."

또 진지한 표정으로 몸을 앞으로 내밀고 만 아카리를 보며 시계방 씨는 이상하다는 듯 웃음을 터뜨리며 허공을 가리켰다.

"요즘 소나기가 잦은 것 같아."

올려다보자 파란 하늘에 무지개가 걸려 있었다. 상가의 낡은 아치가 더욱 낡아 보일 만큼 훌륭한 무지개였다.

"하지만 진실을 아는 건 강의 신뿐이겠지."

진짜 무지개 아치 아래, 이다 시계방의 쇼윈도에 빛이 들이치자 낡은 동판의 간판이 반짝였다.

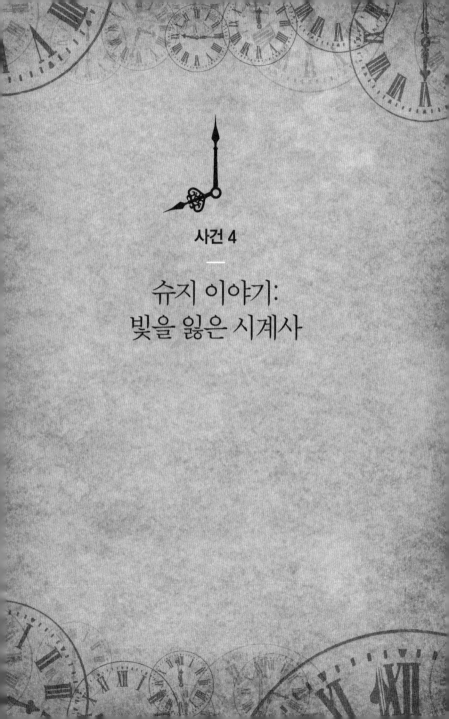

사건 4

—

슈지 이야기:
빛을 잃은 시계사

1

"저기, 쇼윈도에 있는 간판, 왜 그대로 두는 거야?"

아카리가 처음으로 그것에 대해 물은 것은 시계방 씨 집에서 하는 아침 식사도 자연스럽게 느껴질 무렵이었다. 상가에서의 새로운 생활도 이제는 충분히 안정이 되었고, 이웃과도 얼굴이 익었다. 해가 바뀌어 슬슬 2월도 다 지나가려 한다. 추위는 아직 다 가시지 않았지만 햇살은 나날이 따뜻해지고 있었다.

한 달에 몇 차례, 아침 식탁에 아카리가 앉는 것을 시계방 씨는 아무렇지 않게 맞아주었다. 또 한 명의 동석자, 다이치도 당연한 듯 아카리를 데리러 온다. 다이치 말로는 자신들처럼 가난한 식생활을 하는 사람들이 있어야 남들 보살피는 재미로 사는 시계방 씨도 보람을 느낄 수 있기 때문에 더욱 정상적인 생활을 할 수 있다는 것이다.

아카리는 결코 식생활이 가난한 사람은 아니라고 스스로 생각했지만 다이치는 반론을 허용치 않았다. 그건 그렇다 치더라도 시계방 씨가 사는 보람이 결코 주변의 한심한 사람들을 보살 피는 건 아닐 터였다.

그래도 시계방 씨가 기꺼이 불러주었기 때문에 아카리도 아침 식사를 즐기게 되었다.

하지만 오늘은 평소와 약간 달랐다.

다이치가 없었던 것이다. 시계방 씨와 둘만 있는 경우는 드물다.

좋은 포를 구했다고 말했던 시계방 씨는 다이치가 오지 않은 것을 상당히 안타까워했기 때문에 그가 진심으로 아침 손님들을 환영하고 있었음을 알 수 있었다.

아무튼 아카리는 다이치가 없는 식탁에서 시계방 씨와 마주앉아 예전부터 신경이 쓰였지만 좀처럼 질문할 기회가 없었던 의문을 입 밖으로 꺼냈다.

"아아, 그거? 할아버지 가게였을 때부터 그랬어. 내가 그걸 알았을 때는 이미 글자가 빠져 있었지."

'추억의 시時 수리합니다'

간판은 그렇게 읽혔다. 시계 수리를 전문으로 하는 가게였지만 오해를 살 만하다. 그렇게 생각하는 아카리였지만 보통은 추억을 수리해주는 건가 하고 생각하지 않을지 모른다.

"그럼 한 글자가 없어진 게 아니라, 일부러?"

"아니, 원래는 '계' 자가 있었을 거야. 하지만 할아버지는 그냥 이대로도 좋다고 생각하셨던 모양이야. 시계는 오래 사용할수록 단순한 도구가 아니라 시간 그 자체가 된다, 그렇게 말씀하셨던 분이니까."

"시간 그 자체라……."

밝은 주방에는 아침 해가 흠뻑 들이쳐 테라스로 가지를 뻗고 있는 밤나무 그림자가 하얀 테이블보를 레이스처럼 장식하고 있었다. 시시각각 움직이는 그림자를 의식하는 것은 어려웠지만 괘종시계의 커다란 추가 규칙적으로 리듬을 타는 소리는 확실히 알 수 있었다. 여기에 있으면 틀림없이 그게 바로 시간 자체라는 생각이 든다.

"옛날엔 시계란 평생을 함께하는 것이었으니까. 지금보다 훨씬 더 사람의 생애와 밀착되어 있었을 거야."

그것은 그의 시계에 대한 애착과도 중복될 것이다. 그래서 간판의 글자를 고치려고 하지 않는 것이다.

젓가락을 놓은 아카리는 포, 정말 맛있었어, 하고 만족하며 인사했다.

"잘 먹었습니다."

"별것도 없었는데."

하고 말하는 시계방 씨는 이 서양식 주택처럼 약간 고풍스러운 데가 있는 사람이다. 아카리와는 같은 나이인데도 차분하다고나 할까, 노인네 같은 구석이 있다. 물론 겉모습은 고풍스럽지 않다.

그래서 아카리는 이다 시계방의 젊은 주인과 낡은 간판을 중첩시켜, 그는 '시간'을 수리할 수 있지 않을까 어렴풋이 상상한다.

하지만 어쩌면 시계방 씨도 추억의 수리를 바라는 한 사람일지도 모른다.

식기를 정리하려고 일어서는 아카리에게 한 말인지, 아니면 혼잣말이었는지 시계방 씨는 마당 쪽을 보면서 중얼거렸다.

"여기 온 건 그 간판을 떠올렸기 때문인지도 몰라."

그가 스위스에서 귀국하여 이 적막한 상가에서 이다 시계방 간판을 다시 걸게 된 것은 5년쯤 전인 듯했다. 이미 할아버지는 돌아가셔서 시계방은 폐점했지만 손자인 그가 이어받은 것이다.

아카리가 시계방 씨에 대해 아는 건 그뿐이었지만 살짝 신경이 쓰이는 것은 다이치가 한 말이었다. 여기 막 왔을 무렵의 시계방 씨는 식사도 제대로 하지 않는 것처럼 보일 만큼 엉망이었던 듯하다.

빈틈이 없을 정도로 꼼꼼해 보이는 지금의 그한테서는 상상할 수도 없는 모습이다.

망가진 과거를 극복할 수 있다면 좋겠다고 아카리는 생각했다. 지금의 시계방 씨는 조용히 일상을 보내고 있다.

평온한 아침에 생각지도 못한 초인종이 울린 것은 그때였는데, 아직까지 아카리에게는 이런 것도 일상의 한 부분이었다.

"손님인가? 아직 문도 안 열었는데."

"아, 내가 나가볼까?"

가벼운 마음으로 아카리가 말하자 설거지하느라 손에 거품이 잔뜩 묻은 시계방 씨도 선뜻 그러라고 했다.

"응, 미안."

시계방 단골이 아니라면 상가 이웃의 사소한 용건일 것이다. 그렇게 생각하며 가게 출입문으로 나갔다.

문을 열기 전에는 쳐두는 커튼을 젖히고 유리가 끼워진 박달나무 문을 열자, 동네에서는 본 적 없는 여자가 서 있었다. 구불거리는 머리칼이 어깨까지 닿는, 회색 정장은 결코 화려하지 않았지만 화사한 분위기였다. 아카리와 그리 나이 차가 나지 않을 것이다. 그녀는 아카리를 보며 놀란 표정을 지었다.

"여기, 이다 시계방 맞죠?"

"네. 어서 오세요. 시계 수리하러 오셨나요?"

일단 손님을 맞이하는 일은 익숙하다. 아카리는 생긋 미소를 보내며 그녀를 손님용 공간으로 안내하려 했지만,

"슈…… 아니, 이다 씨는요?"

시계방 씨의 개인적인 손님이었다. 그것도 꽤 친밀한. 그런 생각이 짧은 동안 머리에 떠올랐다.

시계방 씨를 부르러 가려고 허겁지겁 발걸음을 돌리려는 참에 그가 가게로 모습을 드러냈다.

"마유코."

그렇게 중얼거린 시계방 씨도 놀라고 있었다. 이 자리에 계속 있을 수 없는 분위기를 따갑게 느끼며 아카리는 서둘러 안으로 들어갔다.

"점원 아가씨?"

마유코 씨라는 여자의 목소리가 아카리의 정체를 묻는 게 등 뒤로 들렸다.

"무슨 볼일이지?"

퉁명스러운 말투의 시계방 씨는 아카리가 모르는 그였다. 오 래된 집이라서 그런지 가게 입구에서 나누는 대화가 깨끗하리만 치 선명하게 들려온다. 텔레비전이라도 켜두면 그 소리에 섞일 테지만 적어도 아카리가 드나드는 1층 방에는 텔레비전이 없다.

사람도, 차도 드문 바깥은 더욱 조용해서 지금은 빨리 자리를 비켜줘야겠다고 생각한 아카리는 코트를 집어 들었다.

"오랜만이네. 여기에서 가게를 하는 줄 몰랐어."

"알려주지 않았으니까."

"……7주기, 오지 않을 거라고 들었어."

"성묘는 다녀왔어."

그러는 동안에도 이야기 소리는 귀에 들어온다. 나가려면 다 시 가게를 통해야 하지만 어쩔 수 없다.

"너도 참 대단하네, 아직도 기일을 기억하고 있다니."

"나를 용서 못하는구나."

잔뜩 긴장하여 가게로 나간 것은 그녀가 막 그렇게 말한 순간. 최악의 타이밍이었다.

"저기, 방해해서 죄송합니다."

시계방 씨의 대답도 듣지 않고, 그가 뭐라고 대답했는지는 잘 알 수 없었지만 아무튼 아카리는 서양식 주택에서 뛰쳐나오듯 떠나왔다.

헤어살롱 유이로 돌아오자 심장이 격렬하게 뛰었다. 달려왔기 때문은 아닐 것이다. 상가를 비스듬히 가로질렀을 뿐이다. 심각한 분위기에 긴장했기 때문이다.

용서 못하는구나, 하고 그 여자는 말했다. 시계방 씨에게는 그녀를 용서할 수 없을 만한 사건이 있었던 것일까. 그것은 죽은 형과 관계가 있는 것일까.

아카리가 신경 써봤자 의미 없는 일이다. 예상하고 있었지만 가슴이 진정되지 않았다.

아침저녁으로 아카리가 지나다니는 교차로는 상가에서 역으로 가려면 반드시 통과해야만 하는 장소였다. 신사 뒤쪽을 통해 강변길을 지나더라도, 상가를 나와 주택가를 통과하더라도 그 교차로와 만난다. 길이 여섯 개나 합류하고 있어서인지 신호가 있지만 사고가 잦은 듯, 가드레일은 찌그러져 있고 표지판도 구겨져 있다.

그 정도로 위험한 곳이 통학로이기도 해서 아이를 둔 부모는 걱정스러울 것이다. 하지만 사고가 많은 것치고는 크게 다친 사람이 없었다는 게 부근 사람들의 한결같은 이야기였다.

그 교차로 한구석에 오이지 등의 절임 그릇 뚜껑을 누르는 데 사용할 것 같은 매끈한 돌이 놓여 있다. 단순한 돌이 아닌 지장보살이 아닐까 생각한 것은 돌에 빨간 천이 덮여 있었기 때문이다. 과자 같은 공양물도 자주 보았다.

보통은 거의 눈에 들어오지 않지만 그날 돌아오는 길, 아카리는 신호를 기다리는 동안 멍하니 그것을 바라보다가 충동적으로 역 앞 슈퍼마켓에서 산 빵을 돌 앞에 놓았다.

자신을 인도해줄 신호가 언제 바뀔지 모른다. 법칙이 있을 테지만 상당히 오래 기다렸을 때와 기다리지 않고 바로 건널 때, 차이가 있는 것 같았다. 오늘은 기다려야 할 차례인 듯 눈앞의 신호는 여전히 빨간색이었다.

저녁이 서서히 밤으로 바뀌려는 때였다. 바람이 차가워서 오래 서 있는 건 좀 힘들었다. 아르바이트를 마치고 나왔을 때는 아직 노란색 석양에 존재감이 있었지만 이제 주변은 어슴푸레해지고 있었다.

추위를 생각하면 지름길로 가고 싶은 마음도 있었지만 강변길은 그냥 포기하자고 아카리는 생각했다. 그곳에는 가로등이 얼마 없었던 것이다. 주택가를 지나 상가로 올라가는 길을 선택해야 한다.

드디어 파란불로 바뀐 신호를 확인하며 교차로로 막 발을 내딛었다. 사람과 차가 마구 지나가기 시작한다. 아카리는 그 흐름에 반쯤 몸을 맡기고 있었다.

자신은 늘 주의가 산만한 채 걷는다고 생각했다. 그 생각을 다시 할 수밖에 없었던 것은 교차로에서 길을 잘못 들어섰다고 깨달았을 때였다. 어느새 강변길로 들어서고 말았다.

다시 돌아갈 엄두가 나지 않아 결국 그냥 가기로 했다. 어두운 강변길을 서둘러 지나고 신사 쪽으로 돌아 들어와서야 겨우 아카리는 속도를 늦췄다.

나무들이 무성한 경내는 강가보다 더 어둡다. 올려다보니 묵직한 나뭇가지 저편으로 밤하늘이 있다. 나무들을 흔드는 바람 소리가 심했지만 여기까지 오면 밤길에 대한 불안감은 줄어든다.

신사를 빠져나오면 곧바로 상가의 가로등이 길을 환히 밝혀줄 것이다. 셔터가 내려진 거리지만 가로등만은 많다.

금방 나무들이 사라지고 간소한 신사가 보인다. 금줄을 쳐놓은 그루터기 옆을 지나는데 등 뒤에서 발소리가 들린다. 그리고 바로 누군가가 아카리의 어깨를 잡는다.

치한?

재빨리 가방을 휘둘렀다. 얼굴에 명중했음이 틀림없는 반응과 함께 어깨에서 손이 떨어진다. 다시 아카리가 공격하려고 자세를 갖추는데.

　"그, 그만…… 나야, 아카리 씨!"

　서둘러 말하는 낮은 목소리. 자세히 보니 회중전등을 손에 든 남자가 그것을 자기 자신으로 향한다. 노란 불빛 속에 나타난 것은 염색한 머리와 은 피어스였다.

　"다이치 군?"

　"쉿. 새전 도둑이야."

　집게손가락을 입에 대며 그는 신사 쪽으로 시선을 주었다. 석등롱石燈籠의 희미한 불빛에 의지해 자세히 보니 에마(繪馬, 말 그림과 함께 소원을 적어 기원하며, 신사에 걸어놓는 마굿간 모양의 나무판) 걸이 앞에 불그스름한 누군가가 있었다.

　가만히 서 있을 뿐 꼼짝도 않는다. 도둑 같지는 않다고 생각하는데 살짝 치켜든 얼굴이 등롱의 불빛에 비쳤다.

　긴 앞머리가 코에 닿을 것 같다. 그 윤곽은 아카리가 잘 아는 사람임에 틀림없었다.

　"시계방 씨……?"

　일부러 새전 도둑이라고 말했던 건지, 다이치는 휴우 하고 한숨을 내뱉었다.

　"아는 체하면 어색해하겠지."

해도 저물어 완전히 어두워진 신사에서 멍하니 혼자 서 있는 사람을 아는 사람이라고 생각하기 어려웠을지도 모른다.

"어떻게 된 거야. 참배는…… 아닌 것 같은데."

"벌써 30분이나 됐어. 경내를 배회하다가 갑자기 멈춰 서서 생각에 잠기기도 하고……."

"계속 지켜보고 있었어?"

"난 우연히 여기에 있고 싶어서 있는 것뿐이야."

추운데 굳이 경내 어둠 속에 몰래 숨어 있고 싶었다니, 위험한 사람 같다. 아카리의 냉담한 눈빛을 깨달았는지 그는 덧붙였다.

"에마에 적힌 소원들, 읽어보면 재미있거든. 사실 여기는 소원이 이루어진다는 소문도 없기 때문에 에마에 뭔가 적으려는 사람은 거의 없어. 굳이 있다면 허약하거나 병든 사람들의, 여러모로 이뤄지기 힘든 소원들이 많아. 하지만 슈가 어슬렁거리고 있으면 좀처럼 에마를 보러 갈 수가 없어서 말이지."

그래서 회중전등을 들고 있는 것인가. 말도 안 되는 짓이다.

"개인적인 소원을 몰래 엿보는 짓 같은 건 그만둬."

"쓰쿠모 씨는 보고 싶어 하는데."

그런 문제가 아니다. 하지만 그보다 아카리는 시계방 씨가 신경 쓰였다.

"시계방 씨, 고민이라도 있는 건가. 오늘 아침, 아는 여자가 찾아왔었거든. 왠지 심각해 보이는 이야기를 하던데."

"헤에, 전 여친인가."

다이치의 말에 아카리는 왠지 가슴이 두근거렸다.

"왜 그렇게 생각하는데?"

"심각한 관계라면 전 여친 아니겠어?"

심각한 관계라고는 말하지 않았는데, 하고 마음속으로 반박했다. 그와 동시에 시계방 씨가 움직였다. 천천히 몸의 방향을 바꿔 상가 쪽으로 되돌아간다.

"심각한 것도 여러 가지가 있어."

이젠 나무 그늘에 몸을 숨기고 있을 필요가 없다. 신사의 어둠에서 빠져나오자 아카리는 앞서 걸어갔다.

"저기, 슈가 신경 쓰이지?"

아카리가 의식하지 않고 싶어 해도 다이치는 가차 없이 말을 던져온다.

"도와줄 수 없을까."

그리고 그는 누구보다 시계방 씨를 걱정하고 있다.

"도와줄 일이 있을까?"

"있을 거야. 슈네 가게에는 부모님도, 예전에 알던 사람도 온 적이 없어. 본인이 멀리하는지, 종기 취급을 받는 건지 모르겠지만 흔한 상황은 아니잖아?"

아카리도 같은 상태다. 누구에게도 자신이 있는 곳을 말하지 않았다. 친구와는 예전에 살던 동네까지 가서 만난다.

"오늘 아침에 왔다는 전 여친만 해도 신경이 쓰이잖아."

그녀는 시계방 씨가 있는 곳을 어떻게든 조사해 찾아온 것이다. 그만 한 열정을 시계방 씨가 어떻게 받아들이는지는 모르겠지만 고민되는 듯 30분 동안이나 신사를 배회했다.

"아카리 씨라면 도와줄 수도 있지 않을까?"

걸음을 멈추려 하지 않는 아카리를 쫓아오듯 따라오는 다이치는 왠지 그녀에게 기대감을 보낸다.

"왜?"

"헤어살롱 유이의 손녀니까."

그러니까 왜 시계방 씨를 도와줘야 하는지 단순한 의문을 느꼈지만 그것을 말로 할 수는 없었다.

헤어살롱 유이의 손녀가 아니라면 시계방 씨를 도와줄 수 없는 것일까. 아카리는 입술을 꼭 다물었다.

"아카리 씨라면 그에게 다시 한 번 시계에 대한 정열을 일깨워줄 수 있을 것 같은데?"

시계에 대한 정열?

"그게 시계방 씨를 돕는 데 필요한 거야?"

"그래. 적막한 상가에서 수리만 한다는 건 좌절한 채 남은 생을 보내는 것이나 다름없어. 새로운 시계를, 자신의 이름을 붙인 시계를 만들고 싶을 텐데 말이야."

독립 시계사. 예전에 시계방 씨한테 들은 이야기가 떠올랐다.

자신의 공방을 가지고 자신의 기술만으로 시계를 제작한다는 장인이다. 그 사람의 이름을 붙인 시계는 유명한 메이커나 고급 브랜드와 견주어도 절대 뒤지지 않는다. 시계방 씨는 그런 사람이 되려 했다는 말일까.

멍하니 그런 생각을 하면서 지나가려던 도리이 바로 아래에서 다이치는 갑자기 아카리의 팔을 잡았다. 아니, 아카리가 찬 평범한 가격의 평범한 손목시계를 잡았다.

"멈춰 있네. 슈한테 고쳐달라고 해."

그렇게만 말하고 손을 놓더니 그는 다시 신사 안으로 걸어갔다. 살고 있다는 사무실 2층으로 돌아가는 것일 게다.

아카리도 상가를 향해 걸어갔다.

손목시계를 확인하자 초침이 5를 가리킨 채 움직이지 않고 있었다.

2

시계방 씨한테는 스위스의 유명 브랜드 일을 그만두고 상가에서 할아버지의 가게를 다시 연 것이 좌절이었을까. 그래도 그는 시계에 애정을 쏟아붓고 있었고, 아카리에게는 정열을 잃은 것처럼은 보이지 않았다.

하지만 다이치가 말했듯이 새로운 시계를 만들고 싶은데 만들지 못한다면 뭔가가 시계방 씨의 꿈에 장애가 되고 있다는 뜻이다. 추억을 수리한다는 쇼윈도의 간판에 매료되었다던 그 역시 망가진 과거를 품고 여기에 있는 것이다.

그런 그에게 아카리가 뭘 해줄 수 있을까. 그를 괴롭게 만드는 것이 무엇인지도 모른다. 오히려 마유코라는 여자 쪽이 시계방 씨를 더 잘 알고 있을 것이다.

시계방 씨에게 필요한 것은 그와 과거를 공유하고 있는 마유코 씨 같은 사람일지도 모른다.

아카리의 그런 생각이 더 굳어진 것은 그날 밤, 그녀의 모습을 보았기 때문이다. 눈이 흩날리기 시작한 바깥을 2층 창문으로 바라보고 있는데 이다 시계방 문으로 이어지는 짧은 계단을 올라가는 여자가 보였다. 가로등에 비친 뒷모습은 오늘 아침에 보았던 여자임에 틀림없었다.

정원수에 가려 아카리가 있는 창문으로는 문 앞의 모습이 보이지 않았지만 마유코 씨는 가게 안으로 들어갔을 것이다. 열린 문이 얼마 안 있어 닫히는 소리가 들렸지만 그녀는 길가로 나오지 않았다.

아카리는 곧바로 창가에서 떠났다. 이대로 시간이 흘러도 그녀가 나오지 않는다면 심하게 동요할 것 같았다. 차가운 눈 속에 서서 이야기할 수는 없었을 것이다. 하지만 전차가 끊기는 시간이 몇 시였더라.

그런 게 신경 쓰이다니 어떻게 된 걸까. 시계방 씨에게 애인이 있는지 확인해보고 싶다고 생각한 적도 없었으면서.

지금까지 그를 잘 알아보려고도 하지 않았다. 자신을 알아달라는 노력도 하지 않았다. 그저 이웃으로만 대해왔다. 그게 제일 기분 좋은 거리였는데, 사실은 그것에 만족하지 못할지도 모르는 자신을 아카리는 똑바로 마주할 수 없었다.

그래서 아카리는 다음 날이 되어서도 망가진 손목시계 때문에 이다 시계방으로 가는 것을 망설이고 있었다. 가게를 갔는데 만약 마유코 씨가 있으면 얼마나 당황스러울지 상상하는 그런 자신이 싫었다.

느릿느릿 무거운 몸을 일으킨 것은 저녁 무렵이 되고 나서였다. 손목시계를 들고 긴장한 채 시계방 문을 지나자 평소와 같은 모습으로 공방의 유리문을 열고 시계방 씨가 가게로 나왔다.

"아, 안녕. 시계가 망가졌는데……."

"그래, 어서 와."

손님용 소파에 앉으며 시계를 테이블 위에 놓았다. 그것을 손에 든 시계방 씨는 평소와 다름없어 보였다.

"어제는 눈이 내렸어."

아카리는 그렇게 말했다가 살짝 후회했다. 마치 눈치를 보는 것 같았다.

"응, 하지만 금방 그쳤지."

"그래? 추워서 커튼을 다 쳐놨었거든."

이건 마치 아무것도 보지 못했다고 말하는 것처럼 부자연스러워서 더욱 후회했다. 점점 후회가 된다.

"계속 오지 않아서 다행이야."

시계방 씨는 눈이 싫은 걸까. 그리고 당연한 것이었지만, 마유코 씨에 대해서는 아무런 말도 하지 않았다.

"아, 이 시계, 약간 오래됐는데."

마유코 씨를 봤어, 하고 무심코 말하지 않도록 아카리는 시계로 화제를 돌렸다.

"산 지 몇 년 됐는데?"

미용사를 하던 시절엔 거의 손목시계를 차지 않았기 때문에 이것은 학생 시절에 쓰던 것이었다.

"10년 이상일걸……."

요즘은 상당한 고급품이 아닌 한 수리 비용으로 새 제품을 살 수 있다는 걸 알고 있었지만 평범한 시계라도 고쳐서 다시 쓰겠다는 마음이 들었던 것은 시계방 씨를 알았기 때문일 것이다.

"아주 오래된 건 아니네. 괜찮아, 고칠 수 있으니까."

밝게 미소 짓는 시계방 씨는 축 늘어진 햄스터를 거의 울상이 되어 가져갔을 때 만난 수의사처럼 믿음직스러웠다. 어제 뭔가 고민거리가 있는 듯 신사에 서 있던 분위기는 어디에도 없었다.

마유코 씨가 나타남으로써 생긴 문제는 완전히 해결된 것일까. 혹시 어젯밤에. 그런 상상을 아카리는 서둘러 지워냈다.

"건전지는 언제 갈았어?"

"반년쯤 된 것 같아. 여기 오기 전이었으니까."

"그럼 건전지가 다 된 건 아닌데. 일단 조사해보자."

당연한 듯 손짓을 해서 조심스럽게 아카리는 수리 공방 안으로 발을 들였다. 유리문을 통해 안의 모습을 얼핏 보기는 했지만 들어가보는 것은 처음이었다.

갑자기 공기가 상쾌해진 것 같은 기분이 들었다. 한쪽 구석에서 공기청정기가 작동하고 있다. 작은 먼지도 무서운 적이 될 것이다. 복잡해 보이는 기계도 있고, 단순한 도구도 있다. 모두 무엇에 사용되는지는 전혀 모른다.

섬세한 도구나 부품이 놓여 있는 책상 옆에 앉자, 아카리의 시계 뒤 뚜껑을 연 시계방 씨는 건전지를 확인하며 아카리 쪽을 돌아보았다.

"역시 건전지가 다 됐네. 아마 아주 작은 먼지나 이물질 같은 것이 들어가서 톱니바퀴의 마찰을 크게 만든 바람에 건전지가 금방 닳았을 거야. 분해해서 깨끗이 청소하면 원래대로 갈 거야."

"정말? 다행이다."

"깨끗하게 썼네. 별다른 흠집이나 뒤틀림도 없고."

"이거, 고등학교에 입학했을 때 이모가 사준 거야."

어른스러운, 은색의 시곗줄이 눈부셨다. 특별히 마음을 담아 사용한 기억도 없는데 다시 생각해보니 신기하게도 소중한 시계 같았다.

"그럼 잘 수리해야만 하겠네."

시계방 씨는 그렇게 말하고 보관증을 써주었다.

그러고 보니 다이치가 여기 있는 건 기계식밖에 없다고 했다. 아카리의 손목시계에는 전지가 들어가지만 이곳의 다른 시계들은 그렇지 않은 것이다.

"저기, 건전지 없는 시계는 태엽을 돌려서 작동시키는 거야? 지금도 그런 걸 좋아하는 사람이 많아?"

레코드 같은, 보통은 가게 앞에 내놓지 않는 복고 취향의 물건들이라는 인식밖에 없었으므로 장사가 될까 걱정스러웠던 것이다.

"물론이지. 기계식 시계는 쿼츠(quartz clock, 전지를 통해 수정 진자를 진동시켜 시간을 재는 시계. 일반적으로 건전지를 이용해 가는 시계는, 쿼츠 방식으로 작동한다)보다 훨씬 더 비싼데 잘 팔려. 이런 것도 전부 기계식이야."

유리 덮개가 딸린 상자를 보여준다. 안에 있는 시계는 아카리도 잘 알고 있는, 아니, 모두들 다 차고 싶어 하는 메이커의 손목시계였다. 게다가 앤티크 같은 게 아닌 올해 모델이라고 한다. 그 세련된, 보석보다 훨씬 고가의 가격표를 붙이고 장식장에 들어가 있는 시계들이 옛날 장난감처럼 태엽을 감아야만 작동한다니.

기계와 친하지 않다는 걸 잘 알고 있었지만 그래도 자신의 무지가 충격적이었다.

"왜 기계식인데? 불편하지 않아?"

"불편하지. 계속 사용하기에도 수고스럽고. 자동 태엽 같은 건 충분히 편리하지만 그것들도 유지, 보수가 필요하니까."

"그런데도 기계식을 선호해?"

"장인의 고집이 담긴 결정체랄까, 인간의 손으로 물건에 생명을 불어넣는 것에 대한 도전이랄까. 그런 것에 가치를 느껴 돈을 지불하는 사람들이 아직 많다는 거겠지."

근처에 있던 손목시계를 집어 시계방 씨는 그 내부를 보여주었다.

"이게 템프. 시계가 시계로 작동하기 위한 심장이야. 이걸 1초에 여러 번, 정확히 진동하게 만드는 기술이 장인의 실력을 판가름하는 잣대야. 이게 움직였을 때, 맞물린 모든 톱니바퀴에 시계로서의 생명이 주어지고, 시간을 기록하기 시작하지."

너무나도 작고, 가느다란 부품이 무수히 꽉 차 있어서 아카리는 어느 게 심장인지 잘 알 수 없었지만, 그 섬세함에 기계 이상의 무언가가 숨 쉬고 있다 해도 이상할 건 없다고 생각했다.

"수정, 즉 쿼츠는 사람이 손을 대지 않아도 시간을 정확히 기록해. 분자가 발하는 리듬을 이용해서 시간을 재는 구조니까, 태양이나 달이 떴다가 기우는 것처럼, 자연의 현상이겠지? 하지만 내가 기계식 시계에 빠진 건 내 능력으로, 태양과 달의 움직임을, 흐르는 시간을 재현해보고 싶어서인지도 몰라."

시계방 씨의 시계에 대한 정열은, 확고한 신념인 듯했다. 그것이 사라졌다고는 도저히 생각할 수 없었다.

하지만 그는 작동하지 않는 시계를 손목에 차고 있다. 죽은 형의 유품이라는, 심장이 멈춘 손목시계에 생명을 불어넣으려 하지 않는다.

역시 아카리는 시계방 씨에 대해 아무것도 모른다.

신경 쓰이는 거지? 하는 다이치의 물음은 아마도 정확하겠지만 그에게 느끼는 호의도, 마유코 씨에 대한 질투도, 분명 자기 멋대로 환상을 품은 결과인 것이다.

시계방 씨가 아카리의 추억을 수리해주지 않을까 하는 환상을.

생각해보면 예전 연인과도 그랬다. 아카리가 멋대로 선배와는 일에 있어서도 소중한 파트너가 될 수 있을 것이라고 생각했을 뿐이다. 자신이 원하는 대로만 밀어붙이는 유치한 사랑이었다.

벽에 걸린 추시계가 일제히 시간을 알린다. 시계방 씨는 천천히 주변을 둘러보며 모든 시계가 올바른 시간을 표시하고 있는지 확인한다.

듣기 좋은 소리라서 시끄럽다는 생각은 들지 않는다. 온기가 있는 소리는 이미 공기 속에 섞여 있는 추나 톱니바퀴의 움직임과 일체화되었기 때문인지도 모른다.

"니시나 씨, 부탁이 있어."

시계방 씨는 갑자기 심각한 모습으로 말했다.

"이거, 나 대신 전해줄 수 없을까. 5시 반에 카페 라임에서 만나기로 약속했거든."

시계방 씨는 여성용 손목시계를 서랍에서 꺼냈다. 약속시간 30분 전이었다.

"그래도 괜찮아? 바빠서?"

"아니, 그녀와 만나고 싶지 않아서."

단호한 말투였다.

"어제 아침, 여기 온 여자야. 알지?"

아카리가 필연적으로 머릿속으로 떠올린 여자였다. 만나고 싶지 않다는 것은 어젯밤에 모두 해결된 게 아니란 뜻이다. 안도라기보다 아카리는 복잡한 심정이 되었다. 그녀는 시계방 씨에게는 지금도 강한 감정을 끌어내는 존재인 것이다.

"수리를 부탁했는데?"

"……거절할 수가 없었어. 시계가 불쌍하니까."

분한 듯 한숨을 내쉰다. 망가진 시계를 들이밀면 거절할 수 없다. 그런 사람일 것이다. 그래서 그 여자는 시계방 씨와의 접점을 유지하기 위해 수리를 부탁했던 거다. 그만큼 그를 잘 알고 있다는 뜻이었다. 그런데 왜 시계방 씨는 이토록 피하는 것일까.

"그 사람을 싫어해?"

물어볼 생각은 없었는데 의문이 입을 통해 나왔다. 곤란한 듯 이쪽을 보는 시계방 씨에게 물어봐서는 안 된다는 걸 깨달은 아카리는 서둘러 질문을 철회했다.

"어, 그래, 뭐. 30년 가까이 살다 보면 여러 가지 일이 있지. 그 사람이라면 알고 있으니까 잘 전해줄게."

"고마워. 사례로 수리비 받지 않을게."

안도한 듯 시계방 씨는 웃었다. 아카리도 그래서 가슴을 쓸어내렸다.

하지만 사실은 여전히 찜찜한 상태였다. 싫어하는 사람이 없는 듯 보이던 그가 거절 의사를 내비친 그녀는 어떤 사람일까. 두 사람 사이에 무슨 일이 있었을까.

신경이 쓰여 견딜 수 없었지만 아카리로서는 그것을 물어볼 용기가 없었다. 그래서 머리를 비우고 심부름에만 충실하자 생각하며 카페 라임으로 향했다.

국도 옆까지 10분 정도 걸어 라임의 문을 들어선 것은 정확한 약속 시간이었다.

어제의 들뜬 웨이브 머리의 여자는 먼저 와서 손질 받은 손톱이 눈에 확 띄는 손으로 커피 잔을 들고 있었다.

다가온 아카리를 보고 의외라는 듯 얼굴을 들었다.

"시계방 씨 대신 왔어요."

"이렇게 나오다니."

재빨리 중얼거린 마유코 씨는 당했다는 표정을 지었다. 빨리 용건을 마치고 가려고 아카리는 손목시계를 테이블 위에 놓았다.

"건전지가 다 됐을 뿐 고장은 아닌가 봐요."

시계 쪽은 보지도 않고 그녀는 아카리를 관찰하고 있었다.

"슈지 여자친구, 인가요?"

슈지라고 불렀다. 무의식적으로 아카리는 생각했다.

"그냥 이웃이에요."

"그럼 물어보고 싶은 게 있는데. 잠깐 시간 괜찮으세요? 커피는 제가 살 테니까."

도망치지 말라는 듯이 몸을 앞으로 내민다. 시계방 씨는 마유코 씨와는 만나고 싶지 않은 듯했지만 아카리까지 그녀에게 쌀쌀맞게 굴 이유는 없다고 생각했다. 게다가 아카리 자신도 마유코 씨에게 흥미가 없다고 하면 거짓말일 것이다.

어젯밤에 보았던 마유코 씨 때문에 혼란스러웠던 자신을 어떻게든 정리하고 싶었다. 심란한 게 마유코 씨 때문이 아니라고 생각하려 애썼지만, 어젯밤의 마유코 씨와 시계방 씨의 만남을 떠올리지 않으려고 애쓰고 있는 것도 사실이었기 때문이다.

"아뇨, 커피 정도는 제가 사 마실 수 있어요."

아카리는 맞은편 자리에 앉았다.

"왜 그는 당신을 대신 보냈을까요? 나에 대해 뭐라고 하던가요?"

마유코 씨가 단도직입적으로 물었다.

"만나고 싶지 않다더군요."

사정을 모르는 아카리가 에둘러 말해봤자 무의미할 것이다 싶어 사실대로 말하기로 했다. 마유코 씨는 충격을 받은 듯한 모습도 없이 그랬군요, 하며 커피 잔을 입으로 가져갔다.

"왜 만나고 싶지 않은지 들었어요?"

"아뇨."

"정말 단순한 이웃이군요."

"그렇긴 하지만."

살짝 뜨끔했다. 시계방 씨가 마유코 씨가 누구인지 아카리에게 이야기할 정도로 허물없는 사이인지 확인하는 것일 게다.

"전 슈지와 사귀었어요."

"네에."

"여러 사정이 있어서 헤어졌지만 그 후 그가 일을 그만둔 것 같아서 늘 마음에 걸렸어요."

그러고 나서 잠시 입을 다물었다가 그녀는 당돌한 말을 했다.

"슈지, 눈이 보이나요?"

"에에?"

조심스럽고 냉정하게 대처하자고 생각했던 아카리도 어쩔 수 없이 엉뚱한 소리를 내고 말았다.

"저를 알아보았지만…… 목소리로 사람을 알아본다거나, 보이지 않아도 익숙한 장소라면 평소처럼 생활할 수 있다는 말을 듣지 못했나요?"

"하지만 눈이 보이지 않는다고는 생각지 못했는데."

"그럼 실명한 건 한쪽 눈뿐인지도 모르겠네요."

"실명……."

시계방 씨의 눈이 보이지 않는다고? 이를테면 다이치가 실은 여자였다는 말을 들은 것처럼 납득이 안 되어 아카리의 머릿속은 혼란스러웠다. 보이지 않는 눈으로 밀리미터 단위 이하의 톱니바퀴를 조립하고 작동시키는 게 가능할까. 손끝의 감각만으로 아주 작은 실수도 없이 극히 작은 나사 머리에 드라이버 끝을 정확히 맞추는 게 가능할까.

"하지만 시계도 잘 고치고 있는데요."

아카리와 눈이 마주치자 마유코 씨는 크게 고개를 끄덕였다.

"그렇군요……. 그럼 다 나았나 봐요. 볼 수 있다면 다행이죠."

다행이라고 말하면서도 그녀는 괴로운 듯 이맛살을 찌푸렸다.

"하지만 스위스에서의 꿈을 포기한 건 역시 나 때문일 거예요.

그래서 용서해주지 않는 거겠죠."

실명이라는 충격적인 말을 들은 이상 아카리는 이제 가만히 있을 수 없었다.

"시계방 씨에게 무슨 짓을 한 거죠?"

마유코 씨가 이야기하고 싶어 하는 것 같다고 생각했기 때문에 끌려가듯 묻고 말았다.

"시계방 씨……라니, 평소 그렇게 부르나요?"

"네, 뭐."

이상했던 것일까. 마유코 씨는 살짝 웃나 싶었지만 그 후 이어진 말은 자신을 책망하듯 단호한 말투였다.

"전 그를 배신하고 그의 형과 사귀기 시작했어요. 슈지와 형은 사이좋은 형제였는데 그 때문에 사이가 험악해지고 말았죠."

그녀는 시계방 씨와는 고등학교 동창이라고 했다. 그 무렵부터 사귀었으므로 당연히 마유코 씨는 시계방 씨의 가족과도 친했다. 그가 스위스로 유학을 떠나고 나서도 장거리 교제는 계속됐지만, 그녀는 서서히 시계방 씨의 형과 마음이 통하게 되었던 것이다.

"슈지와는 오래 사귀었던 만큼 가족 같은 기분이었고 대신 연애 감정은 희미해졌어요. 그래서 내 마음이 변했다는 것을 깨닫고 헤어지자는 말을 꺼냈을 때도 자연스러웠죠. 하지만 그러고 나서 얼마 안 되어 그가 형을 피한다는 사실을 알았어요. 그래도 형은 슈지를 걱정해서 우리가 약혼했을 때도 슈지가 이해해줄 때까지 결혼식은 올리지 말자고 둘이 약속했죠."

"형은 시계방 씨와 다시 관계를 회복하지 못한 채 죽었나요?"

마유코 씨는 고개를 끄덕였다.

"슈지를 만나기 위해 그는 스위스로 갔어요. 둘이서 어떤 대화를 나눴는지 알 수 없지만 둘이 탄 차가 사고가 나서⋯⋯."

형은 죽고 만 것이다. 마유코 씨는 입을 다물었지만 커피 잔을 쥔 손이 희미하게 떨리고 있었다.

"시계방 씨는 그때 눈을⋯⋯?"

"네. 그렇게 들어서 걱정이 됐어요. 사고 때문에 시계사의 꿈을 포기한 거라면 나 때문인 것도 같아서. 내가 그의 형을 사랑하지 않았다면 그 사고는 틀림없이 일어나지 않았을 거예요. 형은 죽지 않았을 테고 슈지도 스위스에서 시계사의 꿈을 계속 좇고 있겠죠."

그 사고를 계기로 시계방 씨는 이 적막한 상가에 왔다. 할아버지의 가게였던 이다 시계방의 '추억의 시時 수리합니다'라는 문장에 홀려 여기에서 생활을 시작한 것이다.

되돌리고 싶었던 것은 사이좋았다는 형과의 추억일까. 아니면 마유코 씨일까. 어쩌면 시계사로서의 꿈일지도 모르지만 그 모두 언제 어디에서 뒤틀렸고 잃어버렸는지는 모른다. 살짝 어긋난 톱니바퀴가 미묘한 상태 그대로 헛돌며 그로부터 모든 것을 빼앗아갔다.

지금 그는 미약하나마 시계와 관계를 이어나가려 하고 있었지만 분명 만족하지 못한 채 과거의 상처도 치유하지 못하고 있는 것이다.

멍하니 있던 아카리는 마유코 씨의 커피 잔이 놓이는 소리에 정신을 차렸다.

"미안해요. 당신이 처음 보는 사람이라 말할 수 있었나 봐요. 슈지가 어디 사는지, 상황은 어떤지 가족들이 말해주지 않아서 지금까지 몰랐지만 어느 동창에게서 듣고 정신없이 만나러 오고 말았어요. 만난다고 해서 제가 할 수 있는 일은 아무것도 없고 용서해주지 않을 것도 당연했는데 말이에요. 하지만 눈에 대해 안 것만으로도 안심했어요."

손목시계를 가방 안에 넣으며 일어선다.

"고마워요. 그럼 또 봐요."

그렇게 말하고 카페 라임에서 나갔다.

그녀는 또 이 동네를 찾아올 생각인 것일까. 시계방 씨와 이야기하는 걸 포기하지 않았다는 의미일까.

그는 지금 무엇을 바라고 있을까. 죽은 사람은 돌아오지 않는다. 마유코 씨를 미워하며 과거에 얽매어 살고 싶지는 않을 것이다. 그도 역시 과거를 복구하고 싶어 여기에 있는 것이다.

당사자이기도 한 마유코 씨라면 그게 가능할지도 모른다.

차갑게 식은 커피를 물끄러미 바라보던 아카리는 카페 벨 소리를 들으려고도 하지 않았는데 들었다. 맞은편 자리에 누군가가 앉았을 때 마유코 씨가 뭔가 잊고 간 물건이라도 있어서 돌아왔나 생각하며 고개를 들었다가 깜짝 놀랐다.

"시계방 씨!"

"신경이 쓰여서 보러 왔어. 마유코가 나갔는데도 네가 계속 자리에 앉아 고개를 숙이고 있는 게 보였거든."

"커피…… 식었지만 마셔야 할지 말지 생각하고 있었어. 아, 시계는 잘 전해줬어."

"고마워, 무리한 부탁을 해서 미안."

테이블 위에 두 손을 깍지 끼고 시계방 씨는 아카리를 가만히 바라보았다.

밖은 이미 어두워져 있었다. 벽에 걸린 램프는 흐릿했지만 시계방 씨의 긴 앞머리 안쪽에서 눈동자가 똑바로 이쪽을 향하고 있다는 건 확실히 알 수 있었다.

"마유코가 뭐라고 했어?"

"어, 왜?"

"지금 내 눈을 걱정하는 것 같아서."

아카리는 당황하여 눈을 피했지만 이미 늦었다.

시계방 씨의 갈색 눈에 상처를 입은 듯한 흔적은 전혀 없지만 마치 눈을 가리듯 부자연스럽게 앞머리를 기른 것은 어쩌면 그

때문인지도 모른다.

"눈이 보이느냐고 물었어."

얼굴을 숙인 그는 작게 한숨을 쉬었다. 긴 속눈썹이 희미하게 떨렸다.

시계방 씨는 기적을 일으키는 신비한 사람도 그 무엇도 아니었다. 극히 평범한, 상처 입고 고민하면서 어떻게든 하루하루를 살아가는 사람이었다.

아카리와 전혀 다르지 않다. 아카리를 구해줄 수 있을 리도 없다.

그렇게 깨달은 아카리는 그동안과 달리 그에 대해 좀 더 알고 싶다고 생각했다.

"보여."

시계를 사랑하는 이웃을, 남을 잘 보살피는 섬세한 이 사람을 좀 더 알고 싶다. 마유코 씨보다 더 가까워지면 아카리는 그의 과거도 알 수 있지 않을까.

"그래. 다행이네."

"상처는 별거 아니었어."

그렇다면 왜 스위스에서 일을 그만둔 것일까. 정교한 기술이 집약된 새로운 시계를 만들지 않고 어째서 적막한 상가에서 수리만 하고 있는 것일까.

"왜, 그 시계를 고치지 않는 거야?"

아카리가 묻자 그는 처음으로 손목에 찬 손목시계를 깨달은 듯한 표정을 지었다.

"어떤 시계든 고칠 수 있잖아? 시계가 불쌍하다며 어떤 수리든 다 받아주잖아. 그런 사람인데 고치지 않는다는 건 이상해."

그는 대답도 없이 시계를 감추듯 거기에 손을 얹으며 그만 돌아갈까, 하고 말하고는 일어섰다.

이것만은 시계방 씨가 누구에게도 말하고 싶지 않은 것이다. 가벼운 기분으로 다가설 수는 없다. 그래도 아카리는 가까워지고 싶고 알고 싶냐고 스스로에게 물었지만 대답은 알 수 없었다.

카페를 나와 둘 다 침묵한 채 상가를 향해 걸었다. 지붕 저편으로 야트막한 언덕 위에 있는 신사의 숲이 검은 모자처럼 보인다. 밤하늘의 어둠보다 숲은 훨씬 더 어두운 색이었다.

"아카리 짱."

갑자기, 그리고 처음으로 이름을 불러 가슴이 뛰었다.

"마유코는 아무것도 몰라. 그러니 그녀가 한 말을 신경 쓸 필요는 없어."

아무것도 모른다. 그렇다면 시계방 씨를 괴롭히고 있는 사정은 마유코 씨가 한 말 속에는 없다는 뜻이다.

그러고 나서 다시 시계방 씨는 침묵했고 아카리도 달리 물을 수가 없었다. 공터 옆길은 가로등이 부족해 약간 불안하다. 길 끝에 상가의 가로등이 보일 때까지 아주 짧은 시간이었지만 아카리는 시계방 씨가 와주어서 다행이라고 생각했다.

그를 위해 할 수 있는 일이 있다면 좋을 텐데. 하지만 그러려면 거절당하더라도 가까워지고 싶다는 강한 마음이 필요할 것이다. 그리고 아카리가 주저하고 있는 것은 자신이 그렇게 마음먹지 않았기 때문만은 아니었다.

헤어살롱 유이의 손녀니까. 다이치가 그렇게 했던 말이 떠오른다. 만약 그렇지 않다면 시계방 씨와 가까워질 자격이 없는 게 아닐까.

"난 이쪽에 볼일이 좀 있어서."

상가로 들어왔을 때 시계방 씨가 말했다.

"아, 응."

"그럼 니시나 씨, 시계 고치면 연락할게."

다시 '니시나 씨'로 돌아왔다.

이름을 부른 건 특별한 의미가 없었을지 모른다. 그렇다, 의식할 만한 일이 아니다. 하지만 아카리는 왠지 시계방 씨가 이름을 부른 게 처음이 아닌 듯한 기묘한 기분에 휩싸였다.

3

아르바이트 시간이 오후인 날은 느긋하게 늦잠을 잔다. 뒹굴

뒹굴 시간을 보내던 아카리가 비로소 보기 흉하지 않게 머리를 정리하고 밖으로 나왔을 때 가게 앞에서 하얀 바탕에 빨강과 파랑 막대가 붙은 헤어살롱 유이의 간판을 올려다보던 사람이 천천히 아카리 쪽으로 몸을 돌렸다.

마유코 씨였다. 아카리를 보고 놀란 표정을 지었다.

"당신……, 이 가게 사람이었나요?"

"가게를 하고 있지는 않아요. 살기만 할 뿐이죠. 오늘도 시계방 씨 만나러?"

비스듬히 길 건너에 있는 이다 시계방 쪽으로 고개를 돌리며 그녀는 어깨를 으쓱였다.

"역시 이젠 막무가내로 들이닥칠 수는 없겠죠? 그래서 주변을 어슬렁거려보는 거예요."

우연히 시계방 씨가 밖에 나오기를 기대하고 있었을 것이다.

"내일이면 돌아가요. 더 이상 휴가를 받을 수가 없어서요. 그 전에 당신과 만나서 다행이네요."

"저를요?"

"당신이었어요? 헤어살롱의 손녀가."

곤혹스러워하는 아카리에게 마유코 씨는 왠지 그리운 눈빛을 보냈다.

"예전에 슈지한테 들은 적이 있어요. 시계사 일에 흥미를 갖게 된 계기라면서."

"……제가요?"

"네, 어렸을 적 봄방학에 할아버지 집에 놀러 왔다가 근처 헤어살롱의 손녀와 만났다고요."

봄방학 때 만났다. 그건 아카리가 아니다. 아카리가 여기 온 것은 여름방학 때 딱 한 번뿐이다. 조부모에게는 다른 손주도 있었을 테니 시계방 씨와 만난 것은 다른 소녀임에 틀림없다.

"그 아이의 시계를 고치다가 할아버지에게서 시계에 대해 여러 가지를 배웠던 모양이에요."

들은 적이 있다. 시계방 씨는 그 아이가 헤어살롱 유이의 손녀였다고 말하지 않았지만 아마 같은 사건일 것이다.

그래서 다이치도 아카리에게 도움을 요청했던 것이구나.

갑자기 다 이해됐지만 아카리에게 그것은 고마울 것 없는 오해였다.

그 아이는 아카리가 아니다.

"저기, 전 그만 가봐야 돼서요."

마유코 씨의 이야기를 더 듣고 싶지 않았던 것이지만 그녀 역시 역으로 가야 한다고 해서 결국 나란히 걷게 되었다.

"저기, 슈지 가게의 쇼윈도 말인데요. 그게 어떤 의미일까요?"

걸으면서 마유코 씨가 말했다. 일단 헤어살롱의 손녀라는 화제에서는 벗어난 것 같아서 안심했다.

"추억의 시時 수리합니다, 그거요?"

"그래요. 슈지가 수리하는 건가요?"

"글쎄요? 할아버지 가게였을 때부터 그랬던 것 같다던데요."

"다음엔 내 추억을 수리해달라고 말해볼까 해서요. 그러면 가게 안으로 들어오게 해주겠죠?"

아카리는 고개를 갸웃거렸다. 지난번 밤에 가게 안으로 들어 갔을 텐데.

"처음엔 쫓겨났거든요. 그래서 두 번째엔 망가진 시계를 가져 갔더니 마지못해 가게 안으로 들여보내주더군요. 손님은 쫓아 내지 않는다, 그거잖아요? 하지만 전 다른 시계가 없어서요."

마유코 씨가 차고 있는 손목시계는 어제 아카리가 카페 라임에서 돌려준 것이었다.

"고치고 싶다는 추억이란 거…… 시계방 씨와 형에 대한 건가요?"

아카리의 물음에 마유코 씨는 한숨을 깊이 내쉬었다.

"그것을 슈지더러 고쳐달라고 하는 건, 너무하죠."

신사가 보였다. 지금의 대화 때문인지, 아니면 신사가 계기가 됐는지 마유코 씨는 또다시 이다 형제의 옛날 일을 떠올린 모양이었다.

"상가 외곽에 신사가 있다고 했는데. 저기를 말한 거군요. 형이 자주 이야기했죠."

할아버지의 이다 시계방에는 당연히 형제가 함께 왔을 것이다. 사이좋은 형제였다고 마유코 씨는 말했다.

"에마에 소원을 쓰면 이루어진다는, 알 만한 사람은 다 아는 곳이라던데요?"

"그래요?"

다이치는 반대로 말했었는데.

"하지만 이루어지기 전에 다음 소원을 쓰면 전의 것은 무효가 된대요."

그렇다면 역시 이루어지지 않는 거잖아.

"어렸을 적 형은 장래희망을 썼는데 슈지는 좀 달랐다고, 그런 이야기를 들은 적이 있어요."

"뭘 썼는데요?"

호기심은 이길 수 없다.

"헤어살롱에 온 아이를 또 만나게 해달라고."

아카리는 자신의 호기심을 후회했다.

마유코 씨는 에마 걸이 앞에서 멈춰 섰다. 따라서 아카리도 멈춰 섰지만 20년 전의 에마가 아직도 있으리라고는 생각할 수 없다. 에마에 적힌 글씨로 자연스럽게 눈길을 주다가 오래된 듯 색이 바랜 한 장에 시선이 멈췄지만 그래도 날짜는 6년쯤 전 것이었다.

다이치처럼 훔쳐보는 것은 좋지 않다고 생각하여 곧바로 시선을 돌린 아카리는 먼저 가야겠다고 하며 마유코 씨가 거기에 남아주기를 기대했지만 그렇게 되지 않았다.

먼저 가려는 아카리를 금방 쫓아와서 마유코 씨 역시 강변길을 아카리와 나란히 걸었다.

"형은 그것을 아무것도 모르는 어린아이다운 소원이라며 웃었지만 슈지는 고친 시계를 돌려줘야 한다고 생각했나 봐요."

결국 돌려줄 기회가 있었을까. 시계방 씨 자신은 그게 아카리라고 생각하고 있는 것일까.

"저기, 당신은 슈지에 대해 어떻게 생각해요?"

알고 싶고 힘이 되고 싶다고 생각한다. 마유코 씨와 만날수록 아카리는 그렇게 생각하게끔 되었다. 하지만 그런 한편으로 그럴 자격이 없다는 것을 마유코 씨와의 대화를 통해 알게 되었다.

"혹시 마유코 씨는 시계방 씨를 아직도 좋아하세요? 아니면 형 때문에 시계방 씨를 신경 쓰고 계신 건가요."

그 물음에 순간 그녀는 계면쩍은 표정을 지었다.

"모르겠어요. 그래서 확인하러 온 건지도 모르죠."

그녀는 잠시 생각하다가 대답했다.

"슈지가 스위스로 가서 만나지 못하게 된 게 힘들었어요. 그래서 형에게 빠져들었고, 프러포즈를 받았을 때는 기뻤죠. 하지만 그가 죽고 그래서 저는 다시 슈지를 만나고 싶다고 생각하게 됐어요."

"그건……"

"물론 제멋대로인 건 알아요. 하지만 정말 그날 이후 알 수 없게 됐어요. 두 사람이 사고 난 날 이후로요. 잃어버리고 나서, 더 할 나위 없이 고통스러운 건 둘 중 누구를 더 그리워하는지 알 수 없게 됐다는 거예요."

갑자기 멈춰 서며 마유코 씨는 아카리의 팔을 세게 움켜잡았다.

"저기, 당신이라면 그에게 다시 한 번, 희망을 불어넣어줄 수 있지 않을까요? 부탁이에요, 예전의 그로……."

"마유코."

그 목소리는 시계방 씨였다. 출장 수리를 갔다가 돌아오는 듯 커다란 가방을 어깨에 멘 시계방 씨가 굳은 표정으로 서 있었다.

"니시나 씨를 끌어들이지 말아줘."

아카리에게서 손을 떼며 마유코 씨는 시계방 씨를 향해 돌아섰다.

"당신과는 이야기가 안 돼서 이야기한 것뿐이야."

"이야기라고? 그게 목적이 아닐 텐데?"

그의 말투에는 여전히 가시가 돋아 있었다.

"내 목적이 뭔지 알아?"

마유코 씨의 반격에, 시계방 씨는 당황한 듯 보였다.

"그럼 확인시켜줘."

시계방 씨 앞으로 걸어간다. 확인시켜달라는 것인지 두 손을 시계방 씨 쪽으로 내민다. 경직된 듯 그는 가만히 있다.

하얗게 칠된 손톱이 눈 조각처럼 시계방 씨의 볼에 머문다. 연인을 바라보듯 얼굴을 갖다 대고 마유코 씨는 시계방 씨의 눈동자를 바라본다.

보이는지, 무엇보다 그녀가 신경 쓰던 그 눈을.

"……그만둬."

갑자기 시계방 씨는 마유코 씨를 밀쳐냈다. 시선에서 도망치듯 얼굴을 숙이며 손을 뿌리친다.

"가자, 니시나 씨."

"슈지."

시계방 씨는 무시하고 걸음을 옮겼다.

"나, 슈지가 여기 온 이유를 알았어. 할아버지 가게에서 살기 시작한 건 처음 고쳤던 시계, 그 여자아이를 만나고 싶어서지?"

깜짝 놀란 듯 이쪽을 보는 시계방 씨와 아카리는 눈이 마주쳤다. 그러고 나서 그는 이제 변명하기 글렀다는 표정을 지었다.

아아, 슈지 역시 그 아이를 아카리라고 생각하고 있다.

"마유코, 그런 옛날 일……."

그래도 아니다, 그건 아카리가 아니다.

하지만 차마 말하지 못하고 아카리는 뒷걸음질 쳤다.

"저기, 난 급해서 이만. 그런 건 둘이서 이야기해."

빙글 걸음을 돌려 달려갔다.

"니시나 씨."

시계방 씨가 쫓아오리라고는 생각하지 못했다. 그래서 아카리는 멈춰 설 수가 없었다. 달리면서 차가운 것이 볼에 닿는 걸 느꼈다.

눈이다. 어디서랄 것도 없이 바람에 실려온 눈이 둥실 떠다닌다. 강한 바람이 불어오는가 싶더니 눈발은 순식간에 심해져 시야를 가려버린다.

눈 속을 아카리는 달렸다.

교차로가 보였다. 여섯 갈래의 길이 교차하는, 복잡한 신호가 깜박이고 있다. 건너가기만 하면 시계방 씨는 쫓아오지 못할 것이다.

순간적으로 그렇게 생각한 아카리는 걸음을 더욱 빨리했다.

"어이, 아카리 씨, 그렇게 허둥지둥 어디 가는 거야?"

다이치의 목소리가 들렸다. 눈이, 아카리의 머리와 코트에 달라붙는다. 쌓일 정도의 눈은 아니었는데 끊임없이 떨어지는 하얀 것이 주변 풍경에서 색깔을 지워버린다. 흑백영화 같은 시야 속에서 교차로는 더 이상 보이지 않았다. 잘 건너온 듯했다. 시계방 씨도 더 이상은 쫓아오지 않을 것이다. 아카리는 걸음을 멈추고 소리 나는 쪽으로 돌아섰다.

눈 속을 똑같이 하얀 낯선 것이 달려온다. 아니, 다이치다. 그걸 깨닫는 데 시간이 걸렸다.

"슈가 불러."

달려와서 그가 말했다. 평소 입던 사무에가 아니라 후드가 달린 하얀 코트를 입고 있어서 왠지 다이치가 아닌 듯 보였던 것이다.

"다이치 군, 나, 시계방 씨를 도와줄 수가 없어."

"하지만 그 사람은 널 찾고 있어."

그게 아카리일까. 그가 기다리고 있는 사람은 시계를 고쳐준 어릴 적 친구가 아닐까.

"시계방 씨에 대해 아무것도 모르는 내가 뭘 할 수 있다는 거야?"

"알 수 있어. 그 사람이 혼자 가슴에 품고 있는 것을."

새하얀 다이치가 말했다. 눈이 흩날린다.

"어떻게?"

"그건 물어볼 수밖에 없겠지. 아는 건 당사자뿐이니까."

시계방 씨에게 물어보라는 것인가. 무슨 일이 있었느냐고 물어보라고? 왜냐고, 그는 물을 것이다. 아무런 관계도 없는 아카리에게 꼭 말해야 하느냐면서. 하지만 뜻밖에 아카리 안에서 대답해야 할 말은 정해져 있었다.

알고 싶어. 그러면 내가 할 수 있는 일이 뭔지 알 수 있을지도 모르니까.

시계방 씨는 성가시게 생각할지도 모른다. 하지만 그에게 묻는 것 말고 아카리가 알 수 있는 방법은 없다.

알고 싶은데, 도망치는 거야?

지금까지 아카리는 진실과 마주하지 못하고 계속 도망만 쳤던 것 같다. 헤어진 연인도, 일도, 헤어살롱 유이의 조부모도, 자신의 마음속은 온통 불분명한데, 왜 잃었는지 모르는데 그냥 포기하고 말았다. 도망치면 일단 상처 입지는 않는다. 하지만 점점 자신이 싫어진다.

"그래……. 다이치 군, 나 다시 돌아갈게."

돌아가야만 한다.

"그래, 힘내. 전 여친한테 지지 마!"

눈 속에서, 아카리는 발길을 돌렸다. 여섯 갈래 길이 교차하는 신호가 보인다. 맞은편에 감색 더플코트를 입은 시계방 씨가 있다. 흩날리는 눈이 더욱 늘었기 때문인지 그는 아카리를 못 본 채 다른 길을 건너려는 듯 보였다.

아카리는 초조했다. 시계방 씨를 놓치면 어떡하지. 지금 묻지 못하면 분명 다시 물어볼 수 없게 된다.

눈이 심해져 신호가 잘 보이지 않았다. 허둥대던 아카리는 파란 불이 희미하게 깜박이는 듯한 기분이 들자 더 기다리지 못하고 교차로로 뛰쳐나갔다.

그때 생각지도 못한 방향에서 차가 접근하는 것을 깨달음과 동시에 주위에 격렬한 브레이크 소리가 울려 퍼졌다.

4

하얀 곳이었다. 온통 하얗기만 한 곳에 누워 있다고 느꼈다. 눈 속인 걸까. 하지만 눈꺼풀이 무거워 뜰 수가 없다. 이 하얀 공간은 눈으로 보는 풍경이 아니다. 그때 아카리는 흐릿한 머릿속으로 자신이 죽었는지도 모른다고 생각했다.

애써 결심했는데 시계방 씨를 알 수 없게 됐다.

아니, 차라리 죽어서 형한테 이야기를 들으면 되지 않을까.

시계방 씨를 괴롭히고 있는 것, 마유코 씨도 모르는 것을 형이라면 본인이 아니더라도 알고 있을 것이다.

그때 아카리는 누군가가 옆에 있는 걸 느꼈다. 시계방 씨의 형이 틀림없다고 근거도 없이 생각했다. 그래서 얼굴도 모르는 죽은 형에게 필사적으로 물어보려 했다.

가르쳐주세요. 난 알고 싶어요. 시계방 씨에 대해. 난 아무것도 할 수 없고 관계도 없는 사람이지만 알고 싶다고 생각하는 게 이상한 걸까요.

그러자 그 사람이 입을 열었다.

뭘 이야기하면 되지?

과거의 어떤 사건이 그를 괴롭히고 있나요? 형은 알고 있죠?

……흐음, 괴로워하고 있구나. 옛날부터 그 녀석은 늘 만족만 할 줄 알아서 고민 따위는 하지 않을 줄 알았는데……. 장남은

손해야. 시시한 일만 있어.

아카리는 눈을 감은 채 형의 이야기에 열심히 귀를 기울이려 애썼다.

시계방 씨보다 세 살 연상인 형은 장남이라는 이유로 부모의 기대를 한 몸에 받은 모양이었다. 형제의 아버지는 그의 아버지의 직업이었던 시계방 가업을 잇지 않고 은행원이 됐다. 장인 기질의 할아버지와 학력을 중시하던 아버지는 서로 맞지 않아 형제가 할아버지 집을 찾는 일은 많지 않았지만 형은 시계에 흥미갖게 되어서 망가진 아버지의 시계를 받았을 때는 보물처럼 소중히 여겼다.

하지만 어린 시절부터 좋은 대학에 들어가 일류 기업에 취직하라는 말을 들었던 형은 시계에 흥미가 있다고는 차마 말할 수 없는 상황이었다.

할머니가 살아 계신 동안에는 손자를 만나고 싶어 하는 할머니 때문에 형제가 이다 시계방을 찾는 것을 아버지도 특별히 막지 못했다. 조부모의 집에서 둘이 자는 게 형에게는 즐거운 일이었지만 아무리 부탁해도 할아버지는 공방을 보여주지 않았고, 시계에 대해서도 가르쳐주지 않았다.

아직 어려서 어쩔 수 없다. 그렇게 생각했지만 언젠가 동생이 할아버지 공방으로 들어가 시계를 수리하는 법을 배웠다는 것을 알게 된 형은 큰 실망을 맛보았다.

그래도 그런 감정은 가슴속에 숨긴 채 사이좋은 형제로 지내왔다. 하지만 동생이 시계사의 길을 걷겠다고 했을 때 아버지가 특별히 반대하지 않는 것에 놀랐다. 그 후 동생이 차근차근 기술을 익혀 여러 칭찬의 말을 들을수록 응어리 같은 것이 가슴에 쌓여가는 것을 꾹 참고 견뎌야만 했다.

먼저 태어나 먼저 시계사를 동경했다. 어린 시절, 할아버지의 시계방 근처에 있는 신사의 에마에 소원을 적을 때도 초등학교 5학년인 형은 '시계사가 되고 싶다'고 적었지만, 동생은 '헤어살롱 아이를 또 만나고 싶다'고 적었다. 그 아이의 시계를 고쳤다고 했지만 동생에게는 할아버지의 공방에 첫발을 내딛었다는 감동 같은 것은 없었다.

할아버지에게 부탁한 적이 있었다. 아버지를 설득해줄 수 없느냐고. 시계 학교에 가고 싶다고. 그랬더니 할아버지는 안 된다고 단호히 말했다.

넌 시계를 사랑하는 쪽 인간이다. 거기에 혼을 불어넣는 쪽 인간이 아니다.

그런데 할아버지는 동생에게는 시계를 만지게 해주었다. 동생은 결심한 듯 시계 학교에 가겠다고 말했고 유학을 떠나 하나둘 꿈을 실현해갔다.

그래서 그 녀석에게서 소중한 것을 빼앗고 싶어졌다.

형은 가슴에 고인 응어리를 토해내듯 그렇게 말했다.

마유코 씨를?

그래. 의외로 간단했어. 마유코도 장거리 연애에 지친 상태였고, 예전부터 봐와서 그 마음은 알고 있었으니까.

마유코 씨와 사귀기 시작한 형은 그것을 동생에게 알렸다. 시계방 씨는 순순히 받아들였다고 한다.

충격을 받아 울분을 터뜨렸으면 했다고 형은 내뱉듯 말했다.

화가 났다. 그 녀석은 절망하지도 않았고, 발버둥치는 일도 없이 무엇이든 다 쉽게 손에 넣었다. 성적이 최고가 아니어도 아버지는 동생을 꾸짖지 않았고, 할아버지에게는 특별 취급을 받았다. 좋아하는 것에 푹 빠져 있어도 다 허용됐다. 꿈을 억누르고 착한 아들을, 좋은 형을 연기해야만 했던 자신에게는 결코 허용되지 않았던 자유가 있었다.

그래서 빼앗기고도 원통해하지 않는다. 선뜻 형을 용서하고 시계까지 선물로 주었다.

시계……? 혹시 그…… 시계방 씨가 차고 있는. 망가진 시계?

"그래. 내가 처음 만든 시계. 눈앞에서 형은 그걸 부쉈어."

아카리는 희미하게 눈을 떴다. 하얀, 병실 같은 곳의 침대에 누워 있었다. 하얗다고는 하지만 곰팡이가 슨 벽과 낡은 커튼으로 가려진 방으로 보아 병원이라기보다 작은 의원의 병실 같았다. 옆에서 시계방 씨가 천천히 이야기하고 있었다.

"그때 나는 형의 진심을 알게 됐어. 시계사가 되고 싶었다는 것도, 할아버지한테 그 소원을 퇴짜 맞았다는 것도. 그전까지는 아무것도 몰랐어."

그 말을 아카리는 멍한 머리로 들으면서 형의 꿈을 꾸었던 것일까.

어쩌면 자신은 죽지 않은 듯하다.

"형은 늘 믿음직한 의논 상대였어. 우등생이었지만 결코 허약하지 않아서 마유코가 형에게 반한 것도 어쩔 수 없다고 생각했지."

어쩌면 아카리는 꿈을 꾸고 있다고 생각해서 시계방 씨에게 알고 싶다, 고 말했던 모양이다. 하지만 그 사실에 동요하기에는 아직도 머릿속이 개운치 않았다.

"미워하고 있을 줄은 몰랐어."

깨어 있기는 했지만 반쯤 잠에 빠져 있는 듯한 무방비한 아카리의 의식 속으로 시계방 씨의 조용한 목소리가, 억누른 감정이 직접 날아들었다. 그의 마음속 절규를 듣고 동요했다.

"그 시계…… 어떻게 만든 건데? 그냥 조립한 게 아니야?"

그가 너무나 괴로워하고 있다는 걸 알았기 때문에 그것을 풀어주고 싶어서 아카리는 물었다. 그가 조금이라도 차분해질 만한 질문을.

"그래……, 부품도 전부 내 손으로 만들었어. 톱니바퀴를 하나 하나 다 깎고 가공해서. 직접 설계한 기능과 디자인에 맞춰."

"전부 다? 아무것도 없이?"

"응. 시간만 있었지. 그걸 눈에 보이는 형태로 만들어갔어."

시계방 씨의 목소리에서 괴로운 기색이 사라져 안도했다.

"신 같네."

"그런가."

아카리의 이미지 안에서 작은 부품들이 서로 포개지며 어느 순간부터 심장이 뛰기 시작한다. 어딘가에서 본, 동물의 잉태 과정을 고속 촬영한 필름처럼 갑자기 시간을 다 채우고 생명이 고동치기 시작하는 것이다.

자기 자식 같은 그런 시계가 부서졌을 때는 시계방 씨에게 그 것은 자신의 모든 것을, 형제의 추억마저 모두 부정당한 것 같은 순간이었을 것이다.

깨어나야 할 의식이 다시 또 가라앉는다. 그런 감각에 아카리 는 자신의 몸을 맡긴다. 잠 속으로 빨려 들어가자 얼굴도 모르는 형의 윤곽이 비몽사몽간에 나타난다.

시계를 부순 거, 사실은 후회하고 있죠? 동생을 사랑했잖아 요? 관계를 복구하고 싶었잖아요…….

글쎄, 과연 그럴까.

형은 애매하게 대답했다.

그날 나는 어떻게 하고 싶었던 것일까. 마지막 날이었는데. 물론 마지막이라고는 생각지도 않았지만 슈지를 만나 무슨 말을 할 생각이었을까.

시계가 없는 손목을 그는 문질렀다.

망가진 손목시계를 차고 그 녀석을 만나러 갔어. 그 녀석을, 부숴버리고 싶었던 걸까. 시계처럼. 두 번 다시 시계를 작동시키지 못하도록.

아카리의 머릿속에 늘 시계방 씨가 팔에 차고 있는 시계가 어른거린다. 그와 동시에 신사의 도리이가, 에마가, 사이좋게 노는 어린 형제가.

그리고 어른이 된 형이 에마 걸이 앞에 서 있다. 갑자기 그는 웃음을 터뜨리듯 미소 짓는다.

아니야. 나도 행복해지고 싶었어. 누구의 잘못도 아니야. 슈지는 손재주가, 장인이 될 재능이 있었고 내게는 그게 없었을 뿐이야. 마유코와 사랑에 빠진 것도 계산된 건 아니었어.

그때 아마 이렇게 된 상황을 다시 원래대로 해달라고 말하고 싶었을 것이다.

이제부터라도 넌 자유롭고 행복해져야만 해.

모든 것은 꿈이라기보다 아카리의 개인적인 바람이 뒤섞인 상상이었을지도 모른다.

다시 비몽사몽 상태에서 빠져나온 아카리는 머리가 아픈 것을 느꼈다. 그 두통에 이젠 몽롱한 의식에서 확실히 벗어났음을 깨달았다.

"난 형의 마음을 몰랐어."

시계방 씨의 목소리가 다시 귀에 와 닿았다.

"나를 미워해서 마유코를 빼앗았다는 형이지만 두 사람은 잘되는 듯 보였어. 형은 진심으로 마유코를 좋아했을까. 행복해지고 싶어서 결혼하려던 건지, 그냥 나를 괴롭히고 싶어서 그랬던 건지. 아직도 잘 모르겠어."

괜찮아. 아카리는 그렇게 말하고 싶었지만 머리를 부딪혀 쓰러진 자신의 망상을 선뜻 말로 하기가 좀 그렇다고 생각할 정도로 제정신이었다.

"마지막 날 형은 나를 태우고 차를 몰았어. 힘들게 스위스까지 왔으니까 관광 온 기분으로 산을 바라보며 드라이브하고 싶다고 했지. 날씨는 나쁘지 않았지만 눈이 흩날리기 시작했어. 멀리 가는 건 그만두고 다시 돌아가려던 길에서 형은 갑자기 내게 이런 말을 했어."

저기 말이야, 넌 내가 되고 싶다고 생각한 적 있니? 없지? 난 몇 번이나 생각했어. 네가 되고 싶다고. 그래서…….

"그 뒷말은 알아듣지 못했어. 맞은편 차선에서 달려든 차가 시야를 가득 채웠고, 앞 유리창인지 눈인지 하얀 것이 쏟아져 내리다가 새까매졌어."

선뜻 위로할 말이 떠오르지 않는다. 아카리는 입을 다물고 있었다.

하지만 무엇보다 시계방 씨를 무겁게 짓누른 것은 그 후의 일이었다.

"내가 의식을 되찾았을 때 형은 아직 생사의 갈림길에서 헤매고 있었어. 나는 두 눈을 다쳐서 실명할 거라고 했지."

지금까지 줄곧 담담히 이야기하던 시계방 씨가 깊은 한숨을 내쉬었다.

"절망했어. 시력을 잃으면 시계사는 되지 못해. 형이 내게 복수했다고 생각했어."

시계방 씨는 눈을 감았다. 그때의 어둠에 지지 않으려는 듯이.

"하지만 잠시 후 눈 수술을 할 거라는 연락이 왔어. 그쯤에 형이 숨을 거두었다는 사실을 나는 수술이 끝나고 3일 후에야 알았어."

"그럼 눈은."

"기적적으로 볼 수 있게 됐어. 그리고 부모님께 들었어. 형한테서 각막 이식을 받았다는 걸."

거칠게 몸을 일으킨 아카리는 그 자극으로 몹시 강렬하게 찾아온 두통도 잊을 만큼 놀랐다.

"지금도 형의 마음을 모르겠어. 형이 부순 시계를 이 눈으로 다시 고칠 수는 없어. 새로운 시계를 만드는 것도, 난 이제 할 수 없어. 형이 용서해주지 않을 것 같아서……."

"그렇지 않아!"

아카리는 몸을 앞으로 내밀었다.

형은 시계를 고쳐달라고 말하고 싶었을 것이다.

너는 자유롭고 행복해져야만 해.

하지만 이제 진실은 모른다. 아카리가 그렇게 믿고 싶다고 생각했을 뿐 시계방 씨를 구원해줄 수는 없다. 어떻게 말하면 좋을지 알 수 없게 된 아카리를 오히려 달래주듯 시계방 씨는 미소 지었다.

"니시나 씨, 더 자야 해. 그럼 난 이만 돌아갈게."

그리고 일어나려 했다.

"나도, 돌아갈래."

"무슨 소리야. 안 돼."

"그렇게 중상이야? 나, 심한 사고였어?"

손발은 움직일 수 있고 아프지도 않다. 하지만 내 얼굴과 등은 보이지 않는다. 허둥대는 아카리를 보며 그는 다시 미소 지었다.

"아니, 가벼운 뇌진탕이야. 기억 안 나? 도로 한복판에서 차를 피하려고 하다가 넘어져서 살짝 머리를 찧었을 뿐이야. 교차로 옆에 이 의원이 있어서 곧바로 치료받았어. 그래도 만일을 위해 오늘은 입원해 있으라고 의사 선생님이 말했다고."

"아, 그렇구나."

안심하며 어깨에서 힘을 뺐다. 시계방 씨는 커튼을 살짝 젖히며 창밖으로 눈길을 주었다.

"눈이 그쳤네."

그러고 나서 잠시 침묵하던 그는 창문으로 얼굴을 향한 채 천천히 눈을 감았다.

"……다행이야, 정말. 큰일 나지 않아서."

중얼거리는 목소리는 희미하게 떨리고 있었다. 아카리는 울고 싶은 기분을 참았다.

눈 오는 날의 사고는 스위스에서의 그 사건과 겹쳐 그의 마음의 상처를 다시 열어버렸는지도 모른다. 하지만 아카리는 아무 일도 없었다. 시계방 씨는 마치 자신의 일처럼 아카리가 무사한 걸 다행으로 여겨주었다. 예전 것은 쉽게 아물지 않는 상처였지만 이번 것은 깨끗하게 치유됐으면 좋겠다.

창가에서 벗어나 코트를 집어 드는 시계방 씨의 긴 앞머리가 살랑 흔들린다. 일에는 분명 방해가 될 텐데, 그가 머리를 기르는 이유를 알 것 같기도 했다.

자신의 눈을, 보이고 싶지 않은 것이다. 그럴 때마다 형이 생각나니까.

"시계방 씨, 머리 자르지 않을래?"

마음을 굳게 먹고, 가려는 그의 등에 대고 말했다.

"잘라주고 싶어. 반드시 잘 어울리게 잘라줄 수 있어. 틀림없이 훨씬 더 멋있어 보일 거야."

시계방 씨는 애매한 미소만 남기고 나갔다.

5

니시나 아카리 씨.

폐를 끼쳐서 죄송합니다. 몸은 좀 어떠세요? 다치지 않아서 정말 다행이라고 생각합니다.

지난번에 제가 슬펐던 건 형과 슈지 누구를 잃었기 때문인지 알 수 없어서였고 그것을 확인하고 싶었다고 말했죠.

그리고 마침내 확인할 수 있었습니다.

슈지의 눈을 보면서 저는 그때 형을 보려고 했어요. 형을 만나고 싶어 한다는 제 마음을 알았어요.

하지만 없었습니다. 이젠, 어디에도 없어요.

제가 본 것은 슈지의 눈이었어요. 과거의 연인일 수밖에 없는 저를 슈지는 그냥 귀찮은 듯 보았어요.

형은 슈지나 제게 어떤 원망도 집착도 남기지 않고 떠나갔을 거라고 생각해요.

그리고 슈지와의 일도……. 그를 배신했다는 미안함도 드디어 다 정리가 된 것 같습니다. 아카리 씨가 병원에 실려 간 후 잠깐 그와 이야기를 나눴어요.

사고 직후 슈지는 몹시 동요했어요. 자신이 당신을 쫓아갔기 때문이라면서. 그때 갑자기 눈이 심하게 내려 앞이 잘 보이지 않았죠? 빨간 신호와 차를 보지 못한 당신의 상황이 아마도 사고를 당한 그때와 흡사해서 다시 생각났을 거예요. 그래도 당신이 크게 다치지 않은 것을 알고 기운이 쏙 빠졌는지 저를 쫓아낼 생각도 못하고 이야기를 해줬죠.

줄곧 저는 그가 꿈을 포기한 것에 죄책감을 가지고 있었어요. 형의 죽음에 대해서도요.

그래서 만약 제가 그를 도울 길이 있다면……, 하고 생각하기도 했어요. 어쩌면 형은 마지막 순간 제가 슈지를 구원해주길 바랐는지도 모른다, 그런 생각도 머리에서 떠나지 않았어요.

하지만 아마 슈지의 마음속 상처와 저는 상관없는 것 같아요. 형과의 사이가 어색해진 것도 저 때문이 아니었어요.

일방적으로 편지만 남기고 가서 미안해요. 하지만 다시 슈지 앞에 나타나는 일은 없을 겁니다. 저는 일찌감치 슈지와도, 형과도 관계없는 사람이었어요. 6년 전에 모든 게 끝나버렸으니까요.

슈지와 다시 만나 비로소 납득할 수 있었습니다. 그런 의미에서 저의, 슈지와 형과의 추억을 깔끔한 모양으로 정리해준 것은 슈지 같네요.

하지만 그의 망가진 추억은 아직 그대로입니다. 좋은 추억으로 마음속에 남을 수 있도록 다시 고쳐줄 수 있는 건 제가 아닌 당신이라고 생각합니다.

정말 제 이기적인 목적에 끌어들인 것 같아서 죄송합니다.

건강하세요.

다음 날, 오후가 되어 아카리가 헤어살롱 유이의 집으로 돌아가자 직접 우편함에 넣은 듯한 편지가 들어 있었다. 마유코 씨가 보낸 것이었다.

마유코 씨의 마음속에서는 이제 다 정리가 된 듯했다. 다행이라고 생각했지만 편지에도 쓰여 있듯이 시계방 씨는 아무것도 변한 게 없다.

형이 마지막 순간 무엇을 바랐는지 모르는 한 시계방 씨의 마음은 개운할 수가 없다. 그런데 형과 만난 적조차 없는 아카리에게 마유코 씨는 그를 부탁하고 가버렸다. 그녀도 아카리를 시계방 씨가 처음 시계를 고쳐준 친구라고 생각했기 때문이다.

한숨을 쉬면서 현관문을 열고 안으로 들어가려는데 누군가 어깨를 두드려 아카리는 비명을 질렀다.

"여어, 힘들었겠네."

"다이치 군이었어? 놀라게 좀 하지 마."

사무에에 짧은 소매의 겉옷을 걸치고, 여전히 여러 개의 피어스와 함께 묵직해 보이는 은 목걸이를 하고 있다.

"그러고 보니 어제는 이상한 옷을 입고 있던데. 하얀 옷."

"이상하다니, 그건 내 단벌 정장이야. 훌륭한 모피지."

단벌 정장이라니, 오랜만에 듣는 표현이다.

"인조 모피?"

"진짜야."

확실히 하얗고 복슬복슬 따뜻해 보이는 코트였다. 그래서 순간 다이치가 하얀 짐승처럼 보였던 것이다.

"그런데 무슨 일로?"

"걱정돼서 보러 온 거지. 하지만 차에 깔린 것치고는 건강해 보이네."

"깔리지 않았으니까."

"아아, 맞다. 아카리 씨를 피한 차가 육거리 씨에게 돌진했지?"

"앗, 다른 누가 다친 거야?"

"다친 건 아닌데. 육거리 씨는 그대로 대좌 위에 있고, 떡과 귤만 터졌어."

"대좌……?"

"육거리 지장보살 말이야. 교차로에 있잖아. 여섯 갈래의 길을 지키는."

"그 절임 돌?"

"뭐? 아카리 씨, 실례야. 육거리 씨 덕분에 그곳은 옛날부터 사고가 나도 크게 다친 사람이 없었다고."

과연, 하고 고개를 끄덕이며 아카리는 절임……이 아니라 지장보살님이 살려준 게 아닐까 하는 미신 같은 생각이 진지하게 들었다.

겹쳐진 길은 모두 좁고 굽어 있다. 길을 다 보기가 힘든 교차로여서 분명 사고가 빈번했지만 아무래도 속도를 내기 힘든 만큼 큰 사고는 나지 않는다. 그런 합리적인 설명도 가능할 테지만 역시 지장보살 덕분인지 모른다.

다음에 또 공양물을 바치자고 아카리는 생각했다.

큰 손잡이가 달린 문을 통해 안으로 걸어 들어가면 헤어살롱 유이의 가게 안이다. 가게 안은 일찍이 조부모가 일하던 때 그대로 남아 있다.

새삼스레 가게 안을 둘러보며 아카리는 대기용 소파에 앉았다. 시계방 씨는 어린 시절 아카리가 아닌 여자아이와 여기 온 적이 있었을까 생각하면서.

"저기, 다이치 군, 시계방 씨가 옛날에 할아버지 집에 놀러 왔다가 이 헤어살롱의 손녀와 친구가 됐다는 그 말, 본인한테 직접 들었어?"

다이치는 거울을 좋아하는 듯했다. 여기 오면 늘 거울을 들여다보며 머리 모양을 확인한다. 그러면서 대충 대답했다.

"아니, 에마에서 봤어. 헤어살롱 유이의 여자아이를 또 만나고 싶다고 적혀 있었거든."

"그렇게 오래된 게 남아 있어?"

아카리가 너무 놀라서인지 다이치가 돌아보았다.

"본 건 아마 슈가 여기 왔을 무렵일 거야. 사무실 안에 보관하고 있던 것을 심심해서 들춰보다가 발견했지. 순차적으로 처분하니까 그때 것은 이젠 남아 있지 않겠지만."

그러고 보니 에마에는 보통 자신의 이름을 쓴다. 시계방 씨의 이름을 발견한 다이치가, 그가 어린 시절에 쓴 소원을 재미 삼아 기억하고 있다 해도 이상한 건 아니지만……

심심풀이 삼아 다른 사람의 사생활을 몰래 들여다보다니, 역시 못마땅하다.

"에마는 옛날엔 신목神木 밑동에 그냥 방치해놓는 게 기본이었다면서, 지금도 오래된 것들만 적당히 에마 걸이에서 빼놓고 있어. 안 그러면 거의 에마를 걸어둘 곳이 없을 테니까. 덕분에 상당히 옛날 게 남아 있어서 재미있긴 한데."

문득 머릿속을 뭔가가 스치고 지나간다. 꿈에 본 형의 모습이다. 에마 걸이 앞에 서 있었다.

"······왜 그 여자아이가 나라고 생각한 거야? 아닐지도 모르는데."

"아카리 씨밖에 없잖아. 유이 씨네 다른 손주는 남자들뿐이라고 들었거든."

그런가. 그런 것조차 아카리는 몰랐다. 하지만 그래도 그 아이는 아카리가 아니다.

"그럼 혹시 시계방 씨가 착각하고 있는 기억일지도 몰라. 여기가 아닌 다른 가게의 손녀딸일 수도 있고."

"그래? 어렸을 적 친척 집에 갔을 때 누군가와 놀았을 테니, 일일이 다 기억 못할 수도 있지. 신경 쓰이면 슈한테 직접 물어봐."

"아, 안 돼. 그건 안 돼."

"왜?"

"아무튼 이 이야기는 끝. 잊어줘."

"제멋대로네. 생명의 은인한테."

"은인이라니, 나를 구해준 건 지장보살님이잖아?"

"그건 뭐 그렇지만."

순순히 인정하는 게 다이치답다.

"하지만 어제는 내가 불러서 아카리 씨가 돌아봤고, 그래서 차가 비켜간 거야. 그대로 걸어갔으면 끝장이었어."

다이치가 입을 삐죽인다. 그 말을 들은 아카리는 마유코 씨의 편지를 보면서 느꼈던 작은 의문이 떠올랐다.

시계방 씨는 왜 아카리의 사고를 그가 쫓아왔기 때문이라고 생각했을까. 돌아가려고 마음먹은 아카리가 그의 모습을 발견하고 교차로로 뛰어든 게 아니었던가. ⎯

빨간 신호와 차를 보지 못했다고 마유코 씨의 편지에는 쓰여 있었다. 그녀도, 아마 시계방 씨도, 도망친 아카리가 함부로 뛰어가다가 그 직후 차에 치일 뻔했다고 생각했을 것이다.

틀림없이 그때는 주변이 잘 보이지 않았다.

아카리가 본 것은 교차로 저편에 있던 시계방 씨뿐이었다. 대기를 하얗게 물들이려는 듯 내리던 눈 속에서 시계방 씨만 똑똑히 보았다. 그런 일이 가능한가.

하얀 눈에 휩싸였을 때부터 아카리의 기억 속에서만 의식도, 시간도 주변과 살짝 어긋난 듯하다.

"저기, 다이치 군……."

"앗, 슈다."

그 말에 작은 의문은 단숨에 사라지고 말았다. 당황하여 아카리가 반사적으로 일어서자 활짝 열린 현관문으로 시계방 씨가 안을 들여다보고 있던 참이다.

"그럼 난 간다."

다이치는 갑자기 가버렸다. 시계방 씨와 마주한 아카리는 무슨 말부터 먼저 해야 할지 필사적으로 생각했다.

"저기, 어제는 정말 고마웠어."

"이젠 괜찮아?"

"응, 혹만 살짝 났을 뿐이야."

"지금 시간 있어?"

"있는데."

무슨 일인가 싶은 아카리에게 시계방 씨가 다가왔다.

"머리, 잘라줄래?"

"정말?"

자신이 먼저 제안했으면서 워낙 뜻밖이라 깜짝 놀랐다. 앞으로 어떻게 그가 머리를 자를 생각을 하게 만들지 고민했을 정도였다.

"네가 잘라준다면."

살짝 가슴이 아팠다. 시계방 씨는 아카리를 옛날에 만난 소녀라고 생각하기 때문에 그렇게 말했을 것이다.

하지만 가능하다면 아카리는 그 아이가 되고 싶다고 생각했다. 이제는 어디에 사는 누군지도 모른다. 시계방 씨가 아카리라고 믿고 있으니까 아카리가 그를 형의 저주에서 해방시켜줄 수만 있다면 그 아이가 되겠다.

익숙한 차신의 도구를 2층에서 가지고 오자 시계방 씨는 거울 앞 의자에 앉아 있었다.

잘 손질하지 않는 앞머리 안쪽에서 거울에 비친 자신의 눈을 가만히 바라보고 있었다.

"원하는 스타일, 있어?"

"맡길게."

이발 가운을 씌우고 나서 아카리는 두 손으로 시계방 씨의 머리에 손을 댔다. 머리카락의 질이나 양, 머릿결의 방향이나 길이를 눈이 아닌 손끝의 감각이 이해한다. 어느 정도, 어떤 식으로 자를지도 손가락 끝이 알고 있다.

헤어살롱 유이의 가게 안에서 가위 소리가 들린 것은 몇 년 만일까. 새롭게 여기에서 살 누군가가 같은 직종의 사람이라면 설비를 사용해도 된다며 할머니는 가게 안의 것을 팔지 않고 이사 갔다고 했다.

그게 아카리일 줄 상상이나 했을까. 아카리 자신도 여기에서 가위를 들게 되리라고는 생각지 못했다.

시계방 씨의 머리카락이 후드득 바닥에 떨어진다. 그것을 눈으로 좇으며 갑자기 그가 입을 열었다.

"마유코를 만나고 싶지 않았던 건 그녀를 용서할 수 없다든가 해서가 아니었어."

"응."

"그녀는 각막 이식에 대해서는 몰랐지만 내가 눈을 다쳤다는 건 알고 있었어. 회복됐다는 말을 듣고 어렴풋이 눈치챘을지도 몰라. 그렇다면 그녀는 형을 보려고 온 것이었겠지."

사실 마유코 씨는 그러려고 했다.

"내 눈에서 형을 본다면 나는 더 이상 내가 아니게 될 것 같았어. 그날부터 내가 있는 곳은 어둠 속, 눈에 비치는 것은 전부 형이 보는 셈이 되고 마는 거야. 그게 무서웠어."

"그렇게는 안 됐을 거야."

의외라는 듯 시계방 씨는 시선을 들어 거울에 비친 아카리를 보았다.

"저기, 시계방 씨, 내 시계를 만들어줘."

"시계를……? 고치는 게 아니라?"

"그래, 새 시계를."

속눈썹에 걸린 머리카락을 아카리가 집어 들었을 때 그는 생각에 잠긴듯 슬쩍 눈을 감았다.

감긴 눈꺼풀 바로 앞에서 앞머리를 정돈해간다.

"난 시계방 씨의 형을 몰라. 하지만 시계방 씨가 시계의 심장을 작동시켰을 때 어떻게 눈을 빛내는지 알고 있어. 그 손이 어떤 시계든 생명을 불어넣을 수 있다는 것도 알고 있어. 그러니까 시계방 씨에게 부탁하는 거야."

형의 눈 덕분이 아니다. 시계를 사랑하고, 그것을 만들어낼 수 있는 것은 그의 영혼 자체이므로.

"당신 손으로, 지식과 경험으로 시계를 만들어줘. 나, 돈 많이 모아서 시계방 씨의 시계를 처음 구입하는 손님이 될 테니까."

시계방 씨는 대답해주지 않았지만 입가에는 희미하게 미소가 떠올라 있었다.

마무리를 하고 가운을 벗겼다. 거울을 들여다보면서 어때, 하고 아카리가 묻자, 아까부터 감고 있던 눈을 비로소 뜨고는 자신을 가만히 바라보았다.

짙은 쌍꺼풀눈은 이제 머리칼에 가려져 있지 않다. 섬세한 인상을 주는 눈썹은 처음 봤지만 단정한 모양이었다. 단정한 머리에 아카리는 만족하면서 거울 속의 그에게 미소를 지어주었다.

"응, 잘 보여."

"그뿐이야?"

"……고마워."

그렇게 말하면서 고개를 위로 들어, 시계방 씨는 뒤에서 거울을 들여다보고 있는 아카리의 얼굴을 쳐다보려 했다.

뻗은 손이 아카리의 머리에 닿았다. 다른 사람의 머리를 만지는 것은 익숙해도 그 반대의 경우는 낯설었기 때문에 그의 목적이 무엇인지 몰라 꼼짝할 수 없었다.

"혹, 어디에 났어?"

"아……. 이젠 좀 돌 같아."

"아파?"

"별로."

"정말이네. 부었어."

재미있다는 듯이 눈이 가늘어진다.

이상한 호기심이라고 생각하는데 혹을 피하듯 자리를 옮긴 손이 아카리의 머리를 천천히 끌어당겼다.

입술이 포개진 것은 결코 갑작스러운 일은 아니었다. 머리를 자르면서부터 아카리는 시계방 씨에게 닿은 손가락 끝에 특별한 감정이 실려 있음을 의식했다.

다 잘랐을 때 좀 더 닿아 있고 싶다고 생각했다. 그것을 통해 전해진 게 아닐까 생각했을 정도였다.

아카리의 머리카락을 만지작거리던 시계방 씨의 손가락 끝이 아카리 귓가의 머리핀을 떨어뜨렸다. 묶여 있던 머리칼이 출렁하고 풀어져 시계방 씨의 볼에 닿았다.

그냥 부드럽게 입을 맞추면서 아카리도 그의 머리칼에 손을 파묻었다.

"같이 가줬으면 하는 곳이 있어."

이윽고 그는 중얼거리듯 말했다.

찾아간 곳은 쓰쿠모 신사였다.

마유코 씨가 온 날 그가 여기에서 뭔가 고민하던 것을 아카리는 떠올렸다. 그때처럼 시계방 씨는 천천히 경내의 돌 길을 걸어 갔다.

"여기엔 형과도 자주 왔어."

적어도 그때의 형제는 아무런 갈등 없이 스스럼없이 웃었을 것이다.

"형이 무슨 생각을 하는지 신은 알았을지도 모르겠지만 물어도 대답해줄 사람은 아무도 없었어. 하지만 마유코가 온 날 문득 여기에 왔다가 생각지도 못한 것을 봤어."

그리고 그가 멈춰 선 곳은 에마 걸이 앞이었다.

몇 개의 에마가 아무렇게나 걸려 있었다. 오래된 것은 새 것에 파묻혀 묵직한 나뭇조각의 층을 형성하고 있다. 아래쪽의 에마는 비바람에 상처 입은 것도 적지 않았다.

시계방 씨는 무질서하게 포개진 에마 가운데 하나를 가리켰다.

"6년 전에 쓴 에마가 아직까지 있을 줄은 몰랐어. 다른 것들은 고작해야 2, 3년 전 것인데 우연히 이것만 정리를 못한 건지."

끝부분만 살짝 보이는 에마의, 변색되어 흐릿한 글자는 날짜가 확실히 6년 전이었다. 어제 아카리도 보았다. 마유코 씨와 지나가면서 상당히 오래된 것이 있구나 생각했다. 그때는 곧바로 눈을 돌렸던 에마를 시계방 씨가 가리켜서 이번에는 자세히 보려고 했다. 날짜 옆에 역시 희미한 글자로 이름이 적혀 있었다.

이다…… 이다 다카시, 하고 겨우 읽을 수 있었다.

"……형이야?"

시계방 씨는 쓸쓸한 표정으로 고개를 끄덕였다.

"날짜는 사고가 나기 3일 전이야. 이걸 보고 갑자기 무서워졌어. 형은 왜 여기 와서 이것을 쓴 것일까. 나를 만나기 전에 반드시 여기에 올 필요가 있었을까. 그 대답이 적혀 있을지도 모르는데 확인할 용기가 나지 않았어. 고민하고 또 고민하다가 결국 돌아섰지."

마유코 씨가 온 날, 해 저문 신사에서 시계방 씨가 경내를 우왕좌왕하다가 에마 걸이 앞에서 몇 번이나 멈춰 섰던 것은 그 때문이었다.

"하지만 이제는 확인할 수 있어. 무슨 내용이 적혀 있든 받아들일 수 있을 것 같아. 머리를 자를 수 있었으니까."

용기를 주듯 아카리도 고개를 크게 끄덕였다.

그리고 꿈속에서 만났던 형을 떠올렸다. 어제 멍하니 에마를 바라보던 아카리는 무의식적으로 형의 이름을 봤을지도 모른다. 그래서 형은 꿈속에서 아카리에게 말했다.

그날, 난 어떻게 하고 싶었을까.

나도 행복해지고 싶었어.

그때 아마 이렇게 된 상황을 다시 원래대로 해달라고 말하고 싶었을 거야.

"뭐라고 적혀 있어?"

시계방 씨는 형의 에마를 제일 아래쪽에서 꺼내 그 내용을 보았다. 겹친 다른 에마에 가려져 있던 부분은 그나마 다른 부분보다 글자가 또렷했다.

동생이 독립 시계사가 될 수 있기를.

시계방 씨는 깊이 숨을 내쉬었다. 형의 에마를 끌어안으며 거기에 머리를 댔다.

짧은 소원이었지만 형의 진심이었다.

이젠 알 수 없을 거라고 생각했다. 하지만 여기에 있었다.

마지막 날 동생에게 전하고 싶었던 말이.

아카리는 시계방 씨에게 손을 내밀었다.

손목에 있던, 망가진 시계에 손을 얹었다. 형의 시계이자, 시계방 씨의 꿈으로 가는 첫걸음이기도 했던 시계가 다시 작동할 날은 분명 머지않을 것이다.

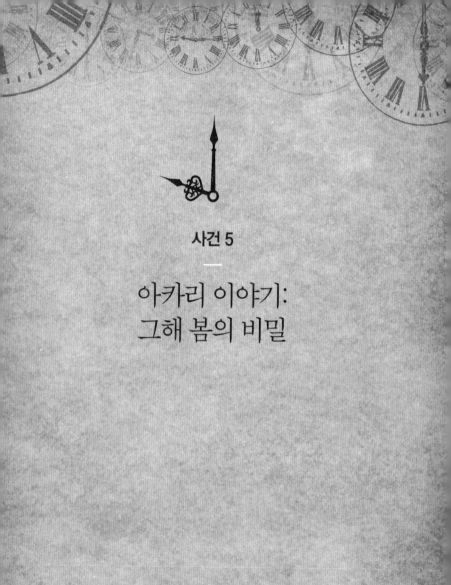

사건 5

아카리 이야기:
그해 봄의 비밀

✴

　신사에 작은 남자아이가 주저앉아 있었다. 본전보다 훨씬 작은 건물 앞에서, 호주머니에서 꺼낸 것을 돌 길 위에 늘어놓는다. 이 아이한테는 보물인지도 모르겠지만 얼핏 보건대 그녀에게는 쓸모없는 잡동사니 같았다.

　신사로 참배하러 오는 건 오랜만이었다. 지나다니기는 했지만 평소에는 별로 신경 쓰지 않았다. 하지만 이제 곧 40년 이상이나 계속해온 가게 문을 닫는데 참배 정도는 하고 가야지 싶은 기분도 들었다. 신사의 이름과 똑같은 상가에서 지금까지 가게를 유지해올 수 있었던 것도 신 덕분이었을지 모른다.

　'헤어살롱 유이'라는 이미 유행에 뒤처진 듯한 이름의 가게였지만 그녀와 남편의 역사였다.

　남자아이는 그녀의 발소리를 듣고 돌아보았다. 잡지에서 오린 전차 사진, 파란 단추, 소라 껍데기, 볼펜 심, 아이스크림 스푼, 육각형 볼트. 청동색으로 빛나는…… 간판의 떨어진 글자 같은 것.

눈을 가릴 정도로 푹 눌러쓴 후드 밑으로 그녀를 흘낏 쳐다본 남자아이는 보물을 다른 사람에게 보여주고 싶지 않은지 서둘러 쓸어 모아 다시 호주머니에 넣었다. 그리고 달려가버렸다.

이따금 보던 남자아이였지만 어느 집 아이인지는 모른다. 어디에선가 놀러왔을 것이다.

참배를 마치고 그녀는 상가로, 자신의 가게로 돌아갔다.

석양이 주위를 붉게 물들이고 있었다. 옛날엔 해가 질 때까지 손님이 끊이지 않는 날이 많았지만 최근에는 이렇게 가게를 열어놓은 채 산책할 수 있을 정도가 되고 말았다. 그럭저럭 인구수가 제법 되는 지방 도시와 직결되는 역이 생기고, 상가와는 반대쪽 야산이었던 곳에 맨션들과 대규모 상업 시설이 생기고 나서부터 사람들의 발길이 바뀌었다. 깨닫고 보니 손님은 이웃의 단골들뿐이었다. 영업 중에 외출을 하더라도 곧 돌아오리라는 것을 알고 있기 때문에 가게 안에서 기다려줄 것이었다.

헤어살롱 유이의 간판이 보이면 그 비스듬한 맞은편에 있는 이다 시계방의 서양식 주택도 눈에 들어온다. 쇼윈도 앞에 주인 남자가 서 있다. 유리가 깨진 모양이었다. 주인은 그것을 고치는 중인 듯했다.

"이다 씨, 어떻게 된 거예요?"

"아아, 유이 씨. 이거, 아이들 짓이에요. 던진 돌이 맞았나 봐요. 잡아서 혼내줬으면 반성들 했을 텐데."

시계방 주인은 그녀보다 훨씬 나이가 많은 노인이었지만 상당히 손재주가 좋아 쇼윈도도 자신이 직접 고치는 모양이었다.

"최근에는 지나다니는 아이들도 줄어들었죠."

"네, 이렇게 유리를 가는 것도 오랜만이죠."

그래서인지 그는 오히려 즐거운 듯 수리를 하고 있는 것처럼 보였다.

그녀의 시선이 깨진 유리 안쪽에 머물렀다. 금속으로 된, 노트 크기의 간판이 놓여 있다.

"어머, 이것도 망가졌네요. 보세요, 글자가 떨어져 나갔어요. 계計…… 자가 없는데요."

"맞아요. 유리가 깨지면서 이것도 쓰러져서 글자가 떨어져 나갔나 싶었는데, 주변을 찾아보았는데 없더군요."

'추억의 시時 수리합니다'

시계 수리도 하는 이다 시계방이었지만 그대로 두면 수수께 끼 같은 가게가 되고 말 듯하다.

"하지만 뭐, 이 말도 나쁘지는 않네요."

시계방 주인은 찬찬히 금속판을 바라보았다.

"추억을 수리하고 싶은 손님이 오겠는데요."

"올까요?"

"누구든 수리하고 싶은 추억 하나쯤은 있지 않을까요?"

그러자 그는 천천히 고개를 끄덕였다.

"신기하죠. 우연히 글자가 하나 떨어져 나갔을 뿐인데. 새로운 의미가 생기다니, 그냥 망가진 간판이 아니게 됐어요."

확실히 다른 글자였다면 의미만 통하지 않고 말았을 것이다.

"돌을 던진 아이도, '계' 자 조각을 주워갔을지도 모르는 누군가도, 상상 못했을 테지만 누군가의 작은 생각 하나가 계속해서 전혀 뜻밖의 것을 만들어내다니, 재미있잖아요. 이 간판을 본 누군가가 뭔가를 느낀다면 그것을 통해 또 다른 일이 생겨날지도 모르죠. 그렇다면 이건 이대로 두는 편이 좋을 것 같아요."

알 듯 말 듯한 소리였지만 그녀는 그저, 전혀 관계없어 보이는 일이 계속해서 벌어지다가 결국 생각지도 못한 기적이 일어날 수도 있다는, 그런 이미지를 떠올리며 들었다.

"미용실 문, 닫나 봐요."

"네, 남편도 죽고 저도 나이를 먹어서 혼자는 아무래도 힘이 드네요."

"안타깝네요."

그런 변화도 앞으로 일어날 일과 연결되기 위해서는 필요하다는 듯 그의 말투는 쓸쓸하다기보다 희망을 담고 있는 것처럼 들렸다.

시계방의 서양식 주택도, 비스듬히 맞은편에 있는 헤어살롱 유이 건물도 더욱 붉어진 석양에 물들었다. 글자 하나를 잃은 간판 속 금속으로 된 글자도 붉게 빛을 반사하고 있었다.

1

"아카리, 너 지금 어디 있어?"

전화 너머에서 오랜만에 듣는 이모의 첫마디였다. 실종된 사람을 드디어 찾아낸 듯 흥분해 있었다. 사실 이모 입장에서 보면 그런 심정이었을지도 모른다. 여기로 이사 왔다는 것을 아카리는 가족 누구에게도 말하지 않았던 것이다.

"홋카이도 특산품을 네 주소로 보냈는데 반송됐어. 아아, 정말, 휴대전화도 안 돼서 큰일 난 줄 알았잖아."

아카리와 가장 가까운 가족이 이 이모였다. 때때로 이렇게 연락을 해왔지만 그녀에게도 아카리는 사실대로 말하고 싶은 생각이 들지 않았다.

"미안, 갑자기 다른 지점으로 옮기게 돼서. 어…… 새 주소? 지금은 선배 맨션에서 묵고 있어. 새집을 구할 때까지이긴 하지만."

그런 식으로 얼버무렸다.

"그래, 뭐 건강하면 됐다. 언니한테도 연락하지 않았어? 아카리가 언제 이사 갔냐고 물어서 난 모른다고 했는데."

이모가 말하는 언니란 바로 아카리의 엄마다. 그렇지만 엄마는 이모와는 달리 큰일 아니면 전화하지 않는다. 아카리도 특별히 용무가 없는 한 연락하지 않는다.

"이젠 다 컸으니까 걱정하지 않아도 된다고 말하는 건 언니답지만 모녀 사이가 너무 삭막한 거 아냐?"

"엄마, 바쁘잖아. 투어 컨덕터(tour conductor, 단체 여행 안내원)도 요즘 인력 부족이고. 카나는 수험생이라 독립한 딸까지 신경 쓸 여유는 없어."

옛날부터 엄마는 바쁜 사람이었다. 아카리의 아버지와 일찍 이혼하고 혼자 아이를 길렀기 때문에 무리도 아니다.

엄마가 장기 여행으로 집을 비웠을 때 아카리는 아직 독신에 회사 사무원이었던 이모에게 맡겨졌다. 이제 이모는 결혼을 한 전업주부지만, 아이가 없어서인지 지금도 아카리를 딸처럼 생각한다.

"너도 무심해."

"비슷한 사람들이니까."

어른에게 뭘 부탁하거나 조른 기억이 아카리에게는 거의 없다. 똑똑한 아이라는 말을 듣고 자랐는데, 엄마 하나에 자식 하나였으니 필연적으로 그렇게 되었다.

그래서 엄마가 재혼한 후에도 아이다운 아이는 되지 못했던 것 같다. 새 가족 안에서 자신만 따로 놀았다. 하지만 그 무렵에는 학교나 동아리 활동이 생활의 중심이어서 가족을 신경 쓸 만큼 어린아이는 아니기도 했다.

"그래도 할아버지나 할머니는 무척 보고 싶어 했잖아. 그래,

그, 유이 씨……였나?"

그 헤어살롱 유이로 이사 왔다는 걸 알면 엄마는 어떻게 생각할까. 그런 생각이 머리를 스친다. 아카리도 이제는 어른이니까 하며 이제는 대수롭지 않게 생각할까.

여름방학의 한 달을 아카리가 여기에서 보낸 것은 엄마의 뜻이 아니었다. 그래서 엄마는 아카리가 할아버지 할머니 이야기를 하는 것을 싫어했다. 그리고 두 번 다시 그 집을 찾아가면 안 된다고 타일렀던 것이다.

"그래? 이젠 기억이 잘 안 나는데."

이모에게도 무심코 모른 체했다.

"상당히 옛날 일이야. 그리고 진짜 할아버지 할머니도 아니고. 하지만 네겐 따로 할아버지 할머니도 안 계셨잖아. 그쪽도 아카리를 진짜 손녀처럼 생각하신 듯 무척이나 귀여워해주셨어."

이모는 천성적으로 낙천가였다. 안 좋은 일은 다 잊어버렸고, 조금 곤란한 사건조차 웃음으로 넘겨버리는 옛날이야기가 된다. 그 여름방학의 일은 이모의 착각 때문이었는데 이제는 까맣게 잊어버린 모양이었다.

진짜 할아버지 할머니가 아니다. 그래서 엄마는 아카리로부터 그때의 추억을 몰수해버렸다. '유이 할아버지 할머니'는 아카리가 입에 담을 수 없는 말이 되었다.

"이모, 일할 시간이야. 지금 가야만 해."

"아아, 그래. 그럼 나중에 또 연락할게. 주소 결정되면 알려줘."

조부모의 집에 있던 짧은 기간 동안, 아카리는 아마도 아이다운 아이였을 것이다. 엄마가 없다는 불안을 곧이곧대로 할아버지 할머니에게 터뜨렸고 어리광도 부렸다. 그들은 순순히 다 받아주었다. 하지만 그들이 아카리를 진짜 손녀라고 생각했기 때문에 그럴 수 있었을 것이다.

전화를 끊고 아카리는 막 신은 부츠의 끈을 묶었다. 헤어살롱 안을 가로질러 가게 출입구이기도 한 문을 열었다. 그리고 거기 서 있던 사람과 부딪칠 뻔해서 서둘러 뒤로 물러섰다.

"으악! 시, 시계방 씨……!"

"놀랐어? 막 초인종 누르려던 참이었거든."

그렇게 말하고 미소 지으며 전단지를 건네주는 그의 짙은 쌍꺼풀눈은 이제 앞머리에 가려져 있지 않다. 아카리가 잘라주었기 때문이다.

찬찬히 그를 바라보면서 아카리는 전단지를 받아들었다. 그날 이후 자신들의 관계는 변했다. 아마도 변했을 것이라고 생각한다.

"뭔데? 상가회 회보?"

"뻐꾸기밖에 울지 않는 쓸쓸한 상가지만 손님을 불러 모으기 위한 노력은 해보자고 아이디어를 모으고 있는 중이야. 괜찮으면 니시나 씨도 의견 내줘."

"하지만 난 가게를 운영하는 것도 아닌데……."

점포였던 건물을 그대로 빌려 쓰고 있는 아카리가 언젠가는 가게를 시작할 것이라고 이웃들은 생각하고 있다. 시계방 씨는 아카리가 미용사 일을 계속할지 의문스럽게 생각하고 있을 테지만 그에게도 여기로 온 이유를 이야기한 적은 없다.

"가게 주인의 입장이 아니어도 돼. 모두들, 젊은이의 의견을 듣고 싶은 것 같아."

그것도 사실이긴 하겠지만 시계방 씨는 상가에 대해 자연스럽게 알려주고 있는 것이다. 언제 아카리가 가게를 시작할 마음을 먹든 상관없도록.

"……그래? 그럼 한번 볼게."

"지금 아르바이트 갈 시간?"

"응."

서른 줄의 여자가 아르바이트를 하는 건 좀 그렇다. 그렇다고 다른 직종에서 일할 능력도 없는 주제에 미용사로 일하는 데 저항감을 가지고 있는 자신은 못 말리는 바보다. 이런 식으로 처치 곤란한 자신이 새로운 사랑을 시작해도 되는 것일까.

시계방 씨는 착한 사람이다. 아카리가 상대하기 까다로운 착한 사람이지만 자연스럽게 빠져들었다. 그래도 아직 아카리의 내부에서는 당혹스러움도 크다.

전 애인과 헤어질 때 사랑만 잃었더라면 그나마 괜찮았을 것이다. 일에 대한 의욕도 자신감도 잃었는데, 빈껍데기 같은 자신이 시계방 씨에게는 안 좋을 것 같았다.

"쉬는 날을 원하는 대로 정할 수는 없어?"

"미리 쉬고 싶은 날을 알려주기만 하면 돼."

"화요일에 쉴래?"

상가의 정기 휴일이다. 즉 시계방 씨가 쉬는 날.

"어디 놀러가지 않을래?"

제안이 기쁘기는 했지만 선뜻 받아들이기가 망설여졌다.

"다음 주는…… 힘들 것 같아. 요즘 많이 바빠서 원하는 날 쉬지 못해. 아, 그래도 머지않아 쉴 수 있도록 조정해달라고 할게."

거기에는 또 하나 큰 이유가 있었다.

헤어살롱 유이를 경영하던 부부의, 진짜 손녀딸이 아닌 아카리는 작은 착각을 일으켰던 그 여름방학 이후 여기를 찾아온 적이 없다.

하지만 시계방 씨는 유이의 손녀딸과 만난 적이 있고, 그 아이의 시계를 고쳐준 일이 시계사의 길을 선택하는 계기가 됐다고 기억한다.

그가 만난 것은 다른 여자아이일 거라고 생각하면서도 아카리는 그 아이가 되려고 했다. 그럼으로써 시계방 씨를 도울 수 있다고 생각했기 때문에. 그런데 시간이 지남에 따라 무서워졌다.

다른 사람인 걸 알면 시계방 씨는 어떻게 생각할까. 아카리에게 호감을 가졌지만 거기에는 적잖이 그때의 여자아이라는 생각이 포함되어 있었을 것이다. 그렇지 않은 아카리라 해도 그는 계속 사귀고 싶어 할까.

"그럼 나중에 봐. 쉬는 날 정해지면 알려주고."

시계방 씨는 아마 누구에게나 부드러울 것이다. 그래도 아카리는 만약 그의 연인이 된다면 아무런 불안도 없이 안심할 수 있으리라 생각한다. 그는 분명 특별 대우를 해줄 것이다. 아카리가 손을 뻗어도 될 만한 거리까지 다가와줄 것이다.

시계방 씨가 좋다.

그런데 뭘 두려워하고 있는 걸까.

돌아가는 그의 뒷모습을 바라보며 아카리는 깊은 한숨을 내뱉었다.

아카리가 초등학교 2학년이던 여름, 엄마는 해외여행 컨덕터로 나갔다가 교통사고를 당해 응급실로 실려갔다. 그때는 아카리가 놀라지 않도록 자세한 것은 가르쳐주지 않았지만 훗날 들은 말에 따르면 상당히 크게 다친 모양이었다.

학교는 여름방학에 들어갔다. 당분간 이모가 아카리를 보살펴줄 수밖에 없었지만 이모에게도 여러 약속들이 있었다. 일은 물론이고 동료와의 여행 같은, 젊은 이모에게는 중요한 것들이 었을 게다.

외국에서 입원 중인 엄마와 시시콜콜 의논할 수는 없었다. 그래서 이모는 아카리를 친아버지에게 맡기자고 생각했다. 이혼했지만 친아버지가 마음 내킬 때마다 아카리에게 장난감을 보내준다는 말을 들었기 때문이었다.

그래서 약간 덤벙대는 성격의 이모는 엄마가 2년 살다가 헤어진, 아카리의 친아버지가 아닌 그전에 오래 사귀었던 상대에게 연락을 했다. 그 사람이 유이 씨였다.

그는 아카리가 자신의 아이가 아님을 이미 알고 있었지만 엄마가 이혼한 것도 알고 있었기 때문에 옛정을 생각해서 별다른 의문 없이 부탁을 들어준 모양이었다. 사실 엄마가 사고를 당해 중상이라는 비상사태였고, 패닉 상태인 데다가 덜렁이에 과장이 심한 이모의 설명을 알아듣기가 힘들었을 테니 그녀가 착각하고 있다는 걸 눈치채지 못했을 것이다. 그래서 선뜻 아카리를 맡아주었다. 그 자신은 멀리 떨어진 도시로 부임한 상태였지만 본가 부모님이라면 괜찮다고 말해준 것이다.

부부가 미용실을 운영하고 있다. 초등학교 아이라면 일하다가 돌봐줘야 할 정도는 아닐 테고, 아카리에게도 늘 어른이 가까이 붙어 있으니까 안심이었다. 그래서 바로 결정되었다.

하지만 유이 씨는 아카리가 생판 남이라는 사실을 깜박하고 부모님에게 제대로 설명해주지 않은 듯했다.

아들과 오래 사귀던 여자에 대해 부모인 그들은 잘 알고 있었다. 몇 번인가 집에 데려온 적도 있었기 때문이다. 그런 여자의 아이를 잠시 맡기고 싶다는 아들의 부탁을 받고 착각한 것도 무리는 아닐 것이다. 두 사람이 결혼하지 않았지만 그녀 쪽은 아이를 낳아 기르고 있었구나, 하고.

그래서 이모와 함께 헤어살롱 유이에 온 아카리는 '할아버지 할머니'의 열렬한 환영을 받았다.

엄마는 온몸에 깁스를 한 자신을 아카리에게 보여주고 싶지 않았는지 문병 올 필요 없다고 단호히 말했다. 아카리로서는 잠시 동안 엄마를 만날 수 없다는 것과, 그동안 자신은 '할아버지 할머니'와 살게 되었다는 것이 그 여름방학 때 이해했던 상황의 전부였다.

그 무렵과 똑같이, 하지만 상당히 낡아버린 헤어살롱 유이의 건물을 나와 아카리는 역 방향으로 상가를 걸어갔다. 신사 뒤를 통과하는 지름길보다 오늘은 상가를 따라 걷고 싶은 기분이었다.

상가의 분위기는 완전히 변하고 말았다. 그래서인지 아카리의 옛 기억과 겹치지 않는 곳도 많았다. 막과자집, 책방, 문구점. 잘 가던 가게는 모두 다 문을 닫았고, 어디에 있었는지 흔적조차 알 수 없게 된 가게도 있었다.

금붕어 모양의 수제 종이는 어디에서 샀을까? 토끼 모양을 한 파우치는? 사계절 꽃이 그려진 색칠 노트는? 호랑나비 장식이 달린 샌들은?

엄마가 없어서 쓸쓸했던 것 같다. 아카리는 처음엔 집 안에서 가만히 지내는 일이 많았다. 모르는 장소를 혼자 돌아다니는 것은 생각지도 못했고, 조부모의 일이 신기해서 보고만 있어도 심심하지 않았다.

아카리의 머리를 잘라준 건 늘 엄마였으므로 미용실은 어른이 가는 곳이라고 생각했는데, 커다란 거울 앞에 앉아 할머니가 전문가의 손놀림으로 머리를 잘라줬을 때는 정말 가슴이 두근거렸다.

익숙해지자 할머니를 따라 상가로 외출하게 되었다. 엄마와 쇼핑할 기회가 적었던 아카리에게 할머니와의 쇼핑은 즐거운 일이었다. 아침 식사도 저녁 식사도 반드시 셋이 다 같이 먹었고, 점심때도 혼자가 아닌 생활은 신선했다. 아카리는 조부모도, 헤어살롱도, 상가도 다 무척 마음에 들었다.

하지만 그 무렵에는 이미 여름방학이 거의 끝나가고 있었다. 엄마도 퇴원을 앞두고 있어서 이모가 아카리를 데리러 왔다.

그해 여름, 아카리가 확실히 기억하고 있는 것은 미처 다 칠하지 못한 색칠 노트의 마지막 페이지였다. 벚꽃, 카네이션, 나팔꽃, 해바라기, 도라지꽃, 동백꽃…… 백목련. 어떤 꽃이 더 있었는지는 잊었지만 마지막 페이지는 백목련이었다.

"봄이 되면 신사 경내에 백목련 꽃이 잔뜩 핀단다."

헤어질 때 할머니는 말했다.

색칠 노트에 있던 '백목련'을 그때 아카리는 색칠하지 못했었다. 백목련을 본 적이 없었기 때문이다. 모르는 꽃에 색을 칠할 때는 일곱 색깔로 하게 되어 있었다. 실제 그렇게 색칠한 페이지도 있었지만 이왕이면 진짜 똑같은 색으로 칠하고 싶다고 해서 할머니가 가르쳐주었을 것이다.

"꽃이 필 때 보러 오면 돼."

봄이 되면 또 그 집에 갈 수 있다. 아카리는 봄을 기대하기로 했다.

"다음엔 언제 할머니 집에 가?"

하지만 아카리의 물음에 엄마는 조용한 얼굴로, 그리고 그럴 때의 엄마는 절대 자신의 뜻을 굽히지 않았는데, 이젠 안 가, 하고 대답했다.

"거기는 더 이상 갈 일 없어."

그러고 나서 얼마 후 아카리는 색칠 노트의 꽃을 일곱 색깔로 칠했다. 결국 꽃을 보지 못했기 때문이다. 아카리에게 백목련은 상가 옆 신사에만 있는 꽃이었다.

물론 지금은 백목련이 무슨 색깔인지 정도는 안다. 색칠 노트 페이지에 '白木蓮', 하고 한자로 써놓았으면 좋았을걸 하고 생각

했다. 아마 그 무렵에도 '백百' 자 정도는 알아볼 수 있지 않았을
까. 하얀 꽃을 색칠 노트에 포함시키다니, 어린아이를 상대로 상
당히 정교한 색칠 테크닉을 가르치려 했던 것 같지만.

이모가 자신의 착각을 깨달은 것은 여름방학이 끝나고 엄마
가 귀국하고 나서였는데, 그녀는 훗날 그때는 언니가 몹시 화를
냈었다, 고 역시나 어리둥절해하던 아카리에게 말했다. 멋대로
아카리를 옛 애인 집에 맡겨 유이 부부와 아카리에게 큰 착각을
불러일으켰으니까 당연했겠지만 물론 그때도 별로 신경 쓰지는
않았다.

그 여름방학으로부터 20년, 엄마의 말을 듣지 않고 아카리는
다시 여기로 왔다. 그리고 혼자만 알게 된 사실이 있다.

그 무렵의 상가에도, 헤어살롱 유이에도 두 번 다시 발을 들여
놓을 수 없다는 사실이었다.

2

"혹시 당신, 헤어살롱 유이의 손녀?"

육거리 교차로에 있는 오래된 의원에서 아카리는 지난번의
의료비 정산을 마치고 있는 중이었다. 말을 건넨 사람은 진찰실
에서 얼굴을 내민 의사였다.

의원 바로 앞의 교차로에서 사고를 당해 치료했지만 그때는 보험증을 가지고 있지 않았기 때문에 훗날 정산하기로 했던 것이다.

손녀는 아니었지만 그런 것으로 해두고 있었다. 당혹스러우면서도 고개를 끄덕일 수밖에 없었던 아카리에게 40대 후반의 의사는 그리운 듯 입가에 미소를 지었다.

"어렸을 적 자주 거기에서 머리를 잘랐거든. 그래서 유이 할아버지가 손녀딸을 데리고 달려왔던 그때를 잘 기억하고 있지. 저번에 네 주소와 이름을 보고 혹시나 하고 생각했는데."

"제가 여기에서 진찰받은 적이 있었나요?"

뜻밖의 이야기였지만 한 달 가까이 여기에 머물렀던 것이다. 그동안 감기에 걸렸을 수도 있다.

"늦은 밤이었어. 아직 아버지가 원장이었을 땐데 그때는 우연히 나밖에 없어서, 그것도 수련의였고, 잠시 집에 와 있을 때였으니까 나도 좀 당황했지." ·

"그런 일이 있었나요……."

전혀 기억나지 않는다고 말하자, 의사는 웃었다.

"뭐, 기억나지 않을 거야. 넌 독감에 걸려 고열로 거의 비몽사몽이었으니까."

"여름인데 독감에 걸렸다고요?"

"여름? 아니, 아직 추웠을 때였을걸. 아아, 초봄이었나. 봄방학 때 여기 온 거 아니었나?"

의원에서 나온 아카리는 다소 혼란스러웠다.

여름방학에 아카리는 헤어살롱 유이에 맡겨졌는데, 그 이후에는 오지 않았다. 정말 아무런 관계도 없는 '할아버지 할머니' 집에 또 올 까닭이 없었기 때문이다.

그러니 의사가 기억하는 여자아이도 다른 사람이다. 이름도 기억하는 듯했지만 우연히 비슷한 이름이었던 게 아닐까.

"여어, 병원 앞에서 왜 어두운 표정을 하고 있어? 재수 없게."

아카리의 어깨를 친 것은 다이치였다. 교차로를 지나가던 중이었는지 그는 양복이긴 했지만 여전히 기발한 복장인 데다가 몇 개의 쇠사슬을 목에 걸고 있었다. 어깨에 느슨하게 걸치고 있는 머플러는 일곱 색깔이었다.

"상가 근처를 어슬렁거릴 때는 사무에인데, 좀 멀리 나올 때는 양복이야?"

"좀 멀리 나오다니, 학교 가면서 사무에를 입고 갈 수는 없잖아."

"앗, 학교도 다 가고."

진지하게 놀라자 다이치는 어깨를 으쓱였다.

"저기, 전에 다이치 군이 유이 집안에 손녀딸은 나 말고 없다고 했잖아?"

"응? 그랬지."

"그 말 누구한테 들었어?"

"누구냐니, 동네 사람들한테 들었지. 거기는 아들만 둘 있는데 그 자식들도 남자아이들뿐이라고. 그런 말은 자연스럽게 듣게 되는 거잖아?"

하지만 생각해보면 자연스럽게 들은 정보만큼 수상한 것은 없다.

"동네 사람들이라고 다른 집 사정을 다 아는 건 아니잖아?"

팔짱을 끼고 다이치는 아카리를 말똥말똥 쳐다보았다.

"혹시 슈가 옛날에 만났던 여자아이, 아직도 신경 쓰고 있는 거야? 그게 아카리 씨든 아니든 이제 와서 무슨 상관이야."

"상관있어. 시계방 씨한테는 중요한 문제고 너도 그렇게 생각했잖아."

"슈는 이제 과거를 정리했어. 네가 와서 그렇게 됐으니까 이젠 상관없는 일이지."

"정리했다는 걸 어떻게 알아?"

지난번 일은 다이치에게 전혀 말하지 않았고, 시계방 씨도 나이 어린 친구에게 일일이 보고할 만한 타입은 아니다. 그러나 다이치는 의기양양하게 말했다.

"형님 시계를 안 차고 있었거든."

그러고 보니 그랬다. 그날 이후 그는 망가진 시계를 풀었다.

자신의 손으로 새 시계를 만들기 시작한 것일까. 독립 시계사가 되기 위해.

"그리고 슈와 너, 분위기가 변했어."

가슴이 뛰어 아카리는 눈을 피했다. 부끄러움을 무마시키려고 자신도 모르게 중얼거렸다.

"다이치 군, 분위기 파악, 못해."

"어떤 의미야?"

역시 그는 기분 나쁜 표정을 지었다.

"아니, 별거 아니야."

"사귀기로 한 거지?"

"어…… 그건…….."

"아무튼 이젠 아이 때 만났던 여자는 관계없어. 그나저나 벌써 엉큼한 짓 하는 거 아니겠지?"

"무, 무슨 소리야?"

"뭐야, 아직도 안 한 거야?"

분위기 파악 운운한 것에 대한 보복인 듯 놀리며 다이치는 웃었다.

"아차, 난 이리 가야 해."

복잡하게 신호가 바뀌는 육거리 교차로를 그는 도망치듯 아카리만 놔두고 건너갔다. 휘휘 손을 흔들면서.

"맞다, 유이 씨 손녀딸이 그렇게 신경 쓰이면 상가에 있는 털실 가게에 가봐. 거기 돌아가신 할머니가 너네 할머니와 사이가 좋았을 거야."

돌아가셨다며, 하고 생각했지만 되물으려 해도 다이치는 이미 교차로 저편으로 사라지고 없었다.

털실 가게는 상가 남쪽 끝에 있었다. 사실 아카리는 이 가게가 문 연 것을 본 적이 없었다. 간판으로 털실 가게인 걸 알았을 뿐이다. 그런데 닫혀 있던 셔터가 오늘 밤엔 왠지 열려 있었다. 투명한 유리문으로 아담한 가게 안이 보였다. 양쪽 벽 가득히 온갖 색깔의 털실이 놓여 있다. 자세히 보니 영업시간은 저녁 6시부터 밤 9시까지라고 적힌 목제 팻말이 문에 걸려 있었다.

밤에 문을 여는 털실 가게라니, 보기 드물다. 누가 있지는 않았지만, 가게를 보는 사람은 안쪽 방에 들어가 있을 것이다.

아카리는 문을 열고 가게 안으로 들어가보았다. 문을 여는 것과 동시에 초인종 소리가 가게 안에 울려 퍼진다.

곧이어 안쪽에서 사람이 나왔다. 작은 체구에 털실 뭉치처럼 포근한 인상의 여자였다.

"뭐 찾는 게 있으세요?"

그렇게 물어와 당황했다. 그렇다, 이런 가게는 초보자가 쉽게 들어올 만한 가게가 아니다. 그럴 시간도 아니었다. 단골이거나, 뜨개질 잘하는 사람이 급하게 필요한 물건을 사러 오는 경우가 대부분이지 않을까. 하지만 아카리는 뜨개질이라면 학생 때 잠깐 손대본 정도였다.

"저기, 갑자기 꼭 뜨개질이 하고 싶어서요."

곤란한 표정으로 아카리는 힘들게 말했다.

"있어요. 그런 것도."

있다.

"……여기, 가끔 지나다니는데 열려 있는 걸 처음 봤어요."

"네, 저녁부터 뜨개질 교실을 하고 있거든요. 오히려 그게 주된 일이죠. 털실을 사러 오는 것도 이제는 학생들뿐이고. 교실 시간이 영업시간이에요."

과연, 가게 안에는 완성품도 잔뜩 팔고 있었다. 모자, 카디건, 양말, 쿠션 커버나 가방 등도 있다. 모두 제법 센스가 있다. 이런 것을 만들 수 있다면 도전해보고 싶다는 생각이 든다.

"얼마 전에 헤어살롱에 이사 오신 분이죠?"

상품을 보고 있는데 주인인 듯한 여자가 그렇게 말했다.

"유이 씨 손녀 분이라고 상점회 회장님이."

따끔, 하고 가슴이 아팠다. 시계방 씨는 그것을 의심하지 않고 있다.

"유이 씨 할머니, 제 어머니와는 뜨개질 친구셨어요. 제가 어려서부터 가게 일을 도왔는데 할머니, 자주 오셨어요."

다이치가 말한 대로였다. 하지만 이 사람에게 무엇을 물어보면 될까. 유이 할머니에게 손녀딸이 몇 명이나 있었는지? 아카리가 아닌 손녀딸은 어떤 여자아이였는지?

홀쩍 들어와보긴 했지만 대체 자신이 뭘 알고 싶었는지 모르겠다. 알아봤자 의미 없는 게 아닐까. 아카리는 유이 부부의 손녀가 아니다. 그것은 흔들림 없는 사실인 것이다.

"그 무렵엔 낮에도 가게를 했었는데 밤늦게 할머니께서 목도리가 필요하다며 오셨어요. 털실 가게란 게 원래 급하게 필요한 것들을 비치해두는 가게는 아니잖아요. 그래서 무슨 일인가 싶어서, 잘 기억하고 있죠."

그때가 그리워졌는지 그녀는 즐거운 듯 말했다.

"정말 추운 날이었는데, 맞아요, 봄인데 갑자기 추워져서 목도리가 혹시 없냐고, 뜨개질할 시간이 없다는 둥, 그런 말씀을 하셨어요."

초봄이다. 아마 고열이 났던 아이. 초봄에 독감에 걸려 많이 아팠던 손녀딸을 위해 할머니는 서둘러 목도리를 사러 온 것일까.

그 아이는 할아버지와 할머니에게 틀림없이 사랑받고 있었다.

시계방 씨를 속이고 있다는 괴로움과 동시에 아카리는 할아버지와 할머니에게도 나쁜 짓을 하고 있는 것 같은 기분이 들었다. 사랑하던 누군가인 척을 하며 그 집에 눌러앉았다니.

"그 털실, 괜찮죠? 무지개색. 뜨개질 방식에 따라 표정이 달라져요."

아카리가 무의식적으로 손에 든 털실은 일곱 가지 색깔로 된 것이었다.

"무지개색, 좋아하세요? 유이 할머니께서 당신을 위해 산 것도 그거였는데. 무지개색 목도리였거든요."

아카리는 허겁지겁 털실을 선반에 돌려놓았다.

"아뇨, ⋯⋯아닙니다. 아니에요. 그 여자아이는."

더 할 말이 없어 그대로 가게에서 뛰쳐나왔다.

또 다른 여자아이의 존재가 갑자기 아카리 주위에 어른거리기 시작했다.

내 흉내 내지 마,

하고 말하는 듯했다.

당신은 여기 있을 자격이 없으니까.

아니, 기분이 나쁘다. 머리가 아팠다.

불쾌한 땀을 흘리면서 아침에 눈을 뜨자 온몸에 미열이 있었다.

아카리는 노곤한 몸으로 아르바이트하는 곳에 오늘 하루 쉬어야겠다고 연락한 후 약국에서 산 감기약을 먹었다. 다이치가 아침 먹으러 가자고 왔지만 2층 창문으로 얼굴만 내밀어 거절했다.

이불 속에 푹 들어간 채 또 한 명의 손녀딸이 여기에 온 것이

지금쯤 아니었을까 문득 생각했다.

　3월로 들어섰지만 아직 추운 날이 많다가도 이따금 따뜻해지기도 해서 더욱 아프기 쉬운 그런 시기였다.

　지금 침실로 쓰고 있는 곳은 과거 아카리가 묵었던 다다미방 중 하나였지만 어쩌면 그 여자아이도 여기에서 이불을 뒤집어쓰고 있지 않았을까.

　이런 시기에 감기에 걸리다니, 마치 그 아이가 되고 싶어 하는 것 같잖아. '내 흉내 내지 마'인가. 그건 그냥 꿈이었는데.

　"배고프다."

　쓸데없는 생각은 그만두기로 하고 아카리는 중얼거렸다. 혼자 사는 생활은 충분히 익숙했지만 몸이 안 좋을 때만큼은 참기 힘들다. 뭔가 먹고 싶은데 일어나기가 힘들다, 이런 딜레마에 시달려야만 하고, 냉장고에 아무것도 없을 때는 먼저 뭔가를 사러 가야만 하는 등 장애물이 너무 많다. 그렇게 제대로 식사도 못하니 회복도 늦어지고 만다.

　"과자 정도는 있을지도 몰라."

　마음을 고쳐먹고 이불 속에서 기어 나온 아카리는 부엌 찬장을 뒤졌다. 쿠키 상자를 열었을 때 초인종이 울렸다.

　집에 사람이 없는 척하지 않고 1층까지 내려간 것은 시계방 씨일지도 모른다고 생각했기 때문이다. 가게 입구 겸 현관문을 열자 역시나 안녕, 하며 시계방 씨가 미소 짓고 있었다. 그러고 나서 걱정스러운 듯 아카리의 얼굴을 들여다본다.

"감기 걸렸다며? 괜찮아?"

"아, 응, 별거 아니야."

"아침밥 가져왔는데, 먹을 수 있겠어?"

먹을게! 하고 말해버려서 약간 후회되기 시작했다. 이런, 마치
연인 사이나 되는 듯한 짓을 계속해도 괜찮을까.

머리는 잠자리에서 막 일어난 채였고, 낡은 평상복 차림이었
는데 남자를 집으로 들이다니, 친한 상대가 아니면 할 수 없는데
별 저항감이 들지 않는다. 그런 주제에 이래도 괜찮을까 하고 생
각하고 있다.

시계방 씨는 극히 자연스럽게 부엌으로 들어와 아침 식사를
담은 용기를 식탁에 내려놓았다.

"차는 어디 있어?"

움직이려는 아카리를 의자에 앉히고, 그녀가 가리킨 찬장에
서 차 통을 꺼내더니 재빨리 물을 끓인다.

사귀자는 그런 고백 비슷한 말은 하지 않았어도 서로 호감을
품고 있다고 느꼈다. 충분히 친해지고 나서 사귈 생각은 없었다
고 말하는 남자도 이 세상에는 있겠지만 시계방 씨는 그런 사람
이 아니다.

하지만 그래서 더욱 아카리는 괴로웠다.

그때 그는 아카리를 시계와 인연 맺게 해준 여자아이라고 생

각하고 과거를 잊기로 했다. 머리를 자를 결심을 했다. 키스를 했다.

"뭐 또 필요한 거 있어? 나가는 김에 사올게."

은근하게 따뜻한 계란구이를 입에 넣으면서 아카리는 고개를 저었다. 맛있다. 그것만으로도 눈물이 나올 것 같았다.

"점심때는 못 오겠지만 밤에는 식사 준비해서 올게."

"으응, 괜찮아. ……그때까지도 귀찮게 하면 미안하지."

"별로 미안해하지 않아도 돼."

"이러면 꼭 사귀는 사이 같잖아."

그렇게 말한 순간 미묘한 분위기가 흘렀다. 시계방 씨의 움직임이 멈추자, 시간마저 멈춘 듯한 기분이 들었다. 아카리는 자신이 한심해서 견딜 수가 없었다.

그런 분위기를 바꾸려는 듯한 시계방 씨의 말이 정확하게 아카리 귀에 와 닿았다.

"나는, 그러고 싶은데."

기뻤기 때문에 더욱, 아카리는 당황스러웠다.

이대로 가면 언젠가 이 사람에게 상처 입힌다. 그렇지 않아도 상처가 많은 시계방 씨를 배신하고, 또 혼란스럽게 만들 것이다. 가짜 손녀니까, 가짜답게 굴어야 한다.

"……안 돼. 나……. 미안."

조용히 숨을 내쉬며, 그렇군, 하고 그는 말했다. 하지만 의외로 쉽게 물러서지 않았다.

"그럼 왜 그때, 시계를 만들어달라고 했어? 난 네 시간에 앞으로 계속 관여해도 좋을 거라고 생각했는데."

시계방 씨에게 새로운 시계를 만든다는 게 어떤 의미인지 알면서 그렇게 말한 아카리의 그것은 틀림없는 고백이었다. 그가 시계에 불어넣는 생명을, 그것이 새기는 시간을 요구했다. 그런 특별한 존재가 되고 싶다고 말했던 것이다.

"나도 내 시간을 걸어갈 수 있을 거라고 생각했어."

아카리에게도 그게 꿈이었다. 그때는 서로 마음이 통했다.

그가 필요로 하던, 먼 기억 속의 여자아이가 되어줌으로써 통했던 것이다.

"그때 난, 사실대로 말하지 않았어……. 사실 난 이 집 손녀가 아니야. 당신이 시계를 고쳐주었던 그때의 여자아이가 아니야."

단숨에 말해버리고 아카리는 두 손으로 얼굴을 가렸다.

"그러니까, 시계방 씨가 생각하는 그런 여자가 아니라고."

긴 침묵이 흘렀다.

꼼짝도 할 수 없는 아카리 옆에, 막 끓인 차가 놓였다. 그리고 시계방 씨는 침묵한 채 나갔다.

너무나도 짧았던 사랑이 끝난 듯했다. 이렇게밖에 할 수 없었다고, 아카리는 자신을 타일렀다.

3

할머니는 머리를 갈색으로 물들였다. 분홍색 앞치마를 하고 있었다. 떠올리려 해도 지금은 그런 어렴풋한 인상밖에 떠오르지 않는다. 할아버지는 뚱뚱하고 콧수염을 길렀다. 어린아이에게 남자의 수염이라는 것은 보기 드물었으므로 그것만 보았던 것 같다.

약 때문인지 잠깐 잠들었다가 희미하게 눈을 떴을 때는 저녁 무렵이었다. 창가만이 흐릿하게 밝았고, 어슴푸레한 방 안 공기는 싸늘했다. 천장 부근은 더욱 어두워 나뭇결이 커다란 눈처럼 이쪽을 내려다보고 있다. 조용히 자신 혼자밖에 없는 세계에 남겨진 듯했다.

예전에 열이 나서 잠든 여자아이도 똑같이 천장과 창문을 혼자 바라보았을지도 모르겠지만 이런 외로움을 느끼지 않았을 것이다.

이 집에 오면 안 되었던 것일까.

멍하니 누워 있자니 그런 생각이 들었다. 여기는 할아버지와 할머니, 그 가족의 집이었다. 이제는 아무도 없는 단순한 셋집이지만 어쩌면 아카리는 지금도 이 집에서 환영받지 못하는 것 같다.

사랑하던 손녀딸의 기억이 이 집에는 스며 있다. 아카리가 멋대로 이 집에 와서 그 아이가 되려고 했기 때문에 모두가 화가 났다. 집도, 할아버지와 할머니도, 엄마도.

할아버지 집에 또 가고 싶다고 말하는 아카리를 엄마는 호되게 나무랐다.

"그 사람들은 할아버지도 할머니도 아니야. 남이야. 아카리가 멋대로 찾아가면 폐만 끼칠 거야."

폐?

"그래, 남의 아이인데 이것저것 사주느라 성가시다고 생각했을 거야."

그러고 보니 할머니도 말했다.

"이젠 오면 안 된다."

잊고 있었다. 그런데 왜 지금 갑자기 생각이 난 것일까. 그렇다. 엄마에게 혼날 것까지도 없이 할머니가 그렇게 말했잖은가.

아카리는 환영받아야 할 손녀딸이 아니었다. 그래서 더 이상 오면 안 되었던 것이다.

목이 말랐다. 일어나 비틀거리며 부엌으로 갔다.

불투명 유리가 끼워진 미닫이 너머로 사람 그림자가 움직인 것 같아 아카리는 놀라서 제자리에 멈췄다.

부엌에 누군가 있다. 시계방 씨? 그럴 리는 없다. 1층 문은 잠겨 있을 것이었다.

"아카리 짱, 깼어?"

저쪽에서 소리가 들렸다. 살짝 열린 미닫이 틈새로 돌아본 누군가가 아카리를 보고 미소 지었다.

"물 마실래? 잠만 자면 안 돼. 갖다 줄게."

할……머니?

서둘러 미닫이를 연 아카리 앞에 그 사람은 서 있었다. 목까지 오는 단발머리에 갈색 염색, 분홍색 앞치마 차림은 아카리 내부에서 급히 되살아난 기억과 중첩된다.

할머니였다. 얼굴도 생각나지 않았는데 막상 눈앞에 있으니 틀림없다는 걸 알았다.

환각? 망상? 아니면 아직도 꿈을 꾸고 있나? 영문을 모른 채 아카리는 우뚝 서 있을 수밖에 없었다.

맞다, 하고 할머니는 뭔가 생각났다는 듯 두 손을 마주 잡았다.

"감기 걸리면 심심하잖아? 보렴, 좋은 걸 사왔단다."

식탁 위에 놓인 후줄근한 손가방 속에서 그녀는 B5 사이즈의 노트를 꺼냈다.

색칠 노트였다. '사계절 꽃'이라고 표지에 쓰여 있다. 옛날, 여름방학 때 사준 색칠 노트와 거의 비슷했다.

"아카리 짱은 모르는 꽃이 나오면 뭐든 다 일곱 가지 색깔로 칠했지."

아직 한 번도 사용한 흔적이 없는 노트를 펼치며 할머니는 말했다. 마치 거기에 일곱 색깔로 칠한 꽃이 있는 듯 가만히 실눈을 뜨고 바라보았다.

"일곱 색깔도 예쁘지만 이 꽃은 실물을 보고 칠하지 않을래?"

가리킨 꽃은 백목련이었다.

"봄이 되면 신사 경내에 잔뜩 핀단다."

아카리를 보며 생긋 미소 지었다.

"이제 금방이야. 열이 내리면 보러 가자."

그녀는 완전히 어른이 된 아카리를 눈앞에 두고도 작은 여자아이를 보는 듯했다.

그리고 불쑥 일어나 부엌을 나가 거실 창문을 열었다. 거기로 보이는 상가의 풍경을 바라본다. 지금은 행인도 얼마 없고 화려했던 가게 앞 장식이나 통로에 내놓은 상품도 없다. 완전히 적막해진 길인데 할머니 눈은 북적이던 옛날의 상가를 바라보는 듯 바쁘게 움직였다. 늘 길가에 나와 있던 특가 팻말을 보며 오늘 저녁 반찬을 결정했던 것 같았다.

"저기, 아카리 짱. 할머니는 말이지, 아카리 짱이 또 와줘서 기쁘단다. 원하는 만큼 여기 있어도 돼."

하지만 나는 여기 아이가 아니잖아요.

그렇게 말하려다가 아카리는 그냥 입을 다물었다.

그것을 말해버리면 할머니는 놀라 슬픈 표정을 지을 것이다. 마치 본 적이 있는 듯 그 표정이 머릿속에 떠올라 아카리는 당황스러웠다.

이젠 오면 안 돼.

292

아아, 그랬다. 그때 할머니는 사실을 알았던 것이다. 아카리가 손녀딸이 아닌 걸 알고 그렇게 말했다. 그런데 지금은 그런 사실을 다 잊은 듯 아카리가 와서 기쁘다며 미소 짓는다.

그런 할머니를 보며 아카리는 가슴이 터질 것 같았다. 지금은 대체 언제일까. 아카리는 언제의 할머니를 보고 있는 것일까. 혼란스러웠다.

"어머, 벌써 시간이 이렇게 됐네. 저녁거리 사와야겠다."

창가를 떠난 할머니는 잠깐 기다리라고 아카리에게 말한 후 신중한 발걸음으로 계단을 내려갔다. 거실에 우두커니 선 아카리는 헤어살롱 문에 달린 벨이 울리는 것을 들었다. 그 여름에도 2층 거실에서 색칠 노트를 펼치다가, 일하다 말고 바쁘게 저녁거리 사러 나가는 할머니의 기척을 귀로 느꼈다고 생각하면서.

그때와 똑같다. 마치, 어느새 과거로 와버린 것 같다.

잠시 후 정신을 차리고 거실 창가로 걸어갔다. 아까 할머니가 바라보던 옛날 상가가 보이지 않을까 생각하면서. 하지만 거기에 있는 것은 닫힌 셔터만 줄지어 있는 거리였다. 눈에 띄는 간판도, 현수막도 없다. 할머니의 모습도 보이지 않았다.

어슴푸레한 거리에 가로등 불이 들어와 있다. 뭐에 홀렸나 생각하다가 아카리는 한기를 느끼고 창문을 닫았다. 그런데 이 창문은 아까 할머니가 열어놓은 것이 아닌가.

결국 저녁거리를 사러 나간 할머니는 돌아오지 않았다. 아카리가 본 할머니는 환각임에 틀림없다. 환각이라면 쇼핑을 마치고 돌아올 리도 없다.

열과 약의 작용인지, 환각을 본 것이다. 그렇게 자신을 타이르려 했지만 부엌 식탁에는 아직 쓰지 않은 색칠 노트가 덩그러니 남아 있었다.

그 감촉도, 종이 냄새도, 환각은 아니었다.

열은 하루 만에 가라앉았지만 색칠 노트는 사라지지 않았다.

아카리가 본 할머니가 꿈이나 환각이었다면 노트를 가져온 것은 누구인가. 냉정하게 생각해봤지만 전혀 짐작이 가지 않았다.

문은 잠겨 있어서 누군가 들어올 수도 없다. 그날 찾아온 사람은 시계방 씨뿐이었지만 그가 색칠 노트를 두고 갔다는 게 과연 있을 수 있는 일일까.

하지만 이제는 얼굴을 마주하는 게 어색해져버린 시계방 씨에게 이런 기묘한 일을 도저히 물어볼 수는 없다.

색칠 노트를 자세히 확인해보니 '아사이 문구점'이라는 스티커가 붙어 있다. 가격표였다.

틀림없이 아사이 문구점이라는 간판을 본 적이 있었다. 이 상가의 셔터가 내려진 가게 중 하나였다. 거기에서 판 것일까. 문을 닫기 전에 산 것일까. 확인해보려고 아카리는 집에서 나와 상가 거리를 걸어갔다. 머지않아 나타난 문구점 차양에 쳐놓은 비닐 시트는 찢겨 있었다. 역시 가게 문은 닫혀 있었고, 셔터는 오랫동안 연 것 같지도 않아 보였다.

옆에는 이 상가에서는 좀처럼 볼 수 없는 산뜻한 간판을 걸고 있는 세탁소가 있었다. 찾아가보았지만 문구점에 대해서는 모른다고 한다. 그곳은 최근에 생긴 체인점의 창구로, 세탁 접수만을 받고 있는 모양이었다. 점원도 고용된 신분이라 옆집이 문구점이었다는 것도 몰랐던 듯했다.

상가에서는 그나마 오래된 술집을 찾아가볼까 생각하다가 문득 깨달았다. 오늘은 화요일이다. 상가의 정기 휴일이잖은가. 어쩐지 인적이 거의 없었다. 평소에도 오가는 사람이 많지 않아 눈치채지 못했지만 정기 휴일에는 더욱 사람 모습을 볼 수 없다.

문구점에 대해서는 내일 물어볼 수밖에 없다. 아카리가 헤어살롱 유이로 돌아가려는데 개를 산책시키고 있던 히비노 사진관 주인과 딱 마주쳤다.

인사를 했지만 그걸로 끝내지 않을 만큼 이야기를 좋아하는 게 히비노 씨다. 걸음을 멈추고 아카리에게 말을 건네온다.

"지금 돌아가는 길이야? 육거리 교차로에서 사고 났었다며?"

대체 어디에서 그런 정보가 샌 것일까. 시계방 씨가 이야기했다고는 생각할 수 없었으므로 다이치가 퍼뜨렸는지도 모른다.

"네……, 지장보살님 덕분에 무사했어요."

"그래, 거기는 육거리 씨가 지켜주니까."

애완견은 똑똑해서 앉은 채 기다린다.

"나도 술 취해 돌아가다가 거기에서 차에 치일 뻔한 적이 몇 번이나 돼. 복잡한 교차로지? 취하면 어느 신호를 봐야 할지 알 수가 없거든."

"술 좋아하시나 봐요?"

"좋아하지. 취하면 즐거워. 상가가 옛날처럼 북적이는 것처럼 보이고, 옛날의 그리운 사람과 만나기도 해. 술에 취하면 즐거웠던 일만 생각나."

지금은 맨정신일 테지만 히비노 씨는 즐거운 듯 웃었다.

"아아, 맞다. 유이 아주머니도 만났어."

할머니다.

"그 사람에게는 자주 들었어. 히비노 씨, 과음은 몸에 해로워요, 하고. 나는 아내를 일찍 잃어서 그런 식으로 말해주는 건 유이 아주머니뿐이었지. 지난번에 술 마시고 돌아가는 길에 만났을 때도 똑같이 말했어. 기분 좋게 취하면 평소에는 잊고 있던 일도 다시 떠오르지."

아카리가 본 할머니도 그런 술 취한 상태에서 본 환각 같은 것이었을까. 그렇다면 이 색칠 노트는 무엇일까. 가지고 있던 노트를 흘낏 보다가 분명 존재한다는 것이 확인되자 아카리는 더욱 영문을 알 수 없어졌다.

히비노 씨의 수다는 아직도 그치지 않았다.

"그래, 네 할아버지와 자주 마셨어. 또 한 사람, 문구점의 아사이 씨하고 셋이서."

퍼뜩 놀라 아카리는 색칠 노트를 꽉 쥐었다.

"그 아사이 문구점 말인데요, 언제쯤 문 닫았나요?"

"아아, 꽤 오래전인데. 거기는 원래 히가시 초등학교 앞에 작은 가게를 가지고 있어서 상가에 손님이 오지 않고 나서부터는 거기서만 장사를 해. 원래는 대체용이었지만 말이야."

초등학교 앞에서 아직도 가게를 하고 있다. 그렇다면 색칠 노트는 거기에서 산 것인지도 모른다.

초등학교가 어디 있는지 묻고 아카리는 대화를 마무리한 후 그 자리를 떠났다.

10분 정도 걷자 초등학교가 보였다. 정문 맞은편에 문구점이 있었다. 유리로 된, 그리 오래되지 않은 가게였지만 간판에는 확실히 '아사이 문구점'이라고 적혀 있었다.

"색칠 노트요? 요즘엔 어른용 색칠 노트 같은 게 유행하긴 하던데…… 하지만 이건 오래된 것 같은데요."

색칠 노트를 보여 주고 여기에서 판 것이냐고 아카리가 묻자 주인은 그렇게 말했다.

"아, 이 회사, 이젠 없어졌어요. 이거 상당히 오래전에 산 거 아닌가요?"

"오래전이라면 얼마나 오래전을 말씀하시는 거죠?"

고민스러운 듯 그는 노트를 구석구석 자세히 살폈다. 기억을 되살리려 노력하는 것일 게다.

"글쎄요. 하지만 이 가격표, 우리 집에서는 20년쯤 전에 사용하던 거예요."

더욱더 아카리는 혼란스러웠다. 열은 거의 내렸는데 또다시 머리가 지끈거린다.

이게 대체 어떻게 된 일일까. 마치 아카리가 20년 전의 헤어살롱 유이로 돌아와 할머니를 만나고, 이 노트를 가지고 돌아온 듯하다.

하지만 설령 그런 일이 가능하다 해도 할머니는 아카리를 환영하지 않을 것이다. 그렇게 생각하자 역시 그것은 환각이거나, 아카리의 바람인 것이 분명해졌다.

아카리가 아는 조부모는 여기 있던 한 달의 기억뿐이다. 그것을 제외한 오랜 시간, 그들이 어떻게 살았는지 알 도리도 없다. 아카리를 떠올린 적이 있을지, 어쩌면 기억하려고도 하지 않았을지 모른다.

조부모를 떠올리며 감상적이 되는 건 아카리뿐이다. 할머니를 만나고 싶어서 환각을 본 것도 아카리뿐. 그런데 환각이라도 좋으니까 다시 한 번 할머니를 만나고 싶어졌다. 이 색칠 노트가 그녀에게로 이끌어줄지도 모른다며 실을 잡아당기듯 어디에서 이것이 왔는지 더듬어가고 있다.

하지만 실은 어디에도 연결되어 있지 않다. 돌연 과거로부터 아카리의 눈앞에 나타났다.

멍하니 아카리는 문구점에서 나왔다. 자신도 과거의 기억과 갑자기 끊어져버린 듯했다.

결국 할머니의 환각과 색칠 노트가 관계있는 것인지조차 모른 채 아카리는 이제 둘 다 머릿속에서 쫓아내기로 했다. 그러면 평소와 전혀 다를 것 없는 일상이다. 시계방 씨와 마주치지 않는 것 말고 변한 것은 아무것도 없다.

그날도 아르바이트를 마친 아카리는 집을 향해 역에서 20분 정도 되는 거리를 걸었다. 밤도 늦었고 해서 상가는 차조차 다니지 않는다. 역시 강변길은 피하고 집들이 있는 길을 선택했지만 가로등이 있다 해도 상가로 들어서면 불 꺼져 있는 건물도 적지 않아서 혼자 걷기에 조심스럽기 그지없는 시간대였다.

종종걸음으로 아카리는 헤어살롱 유이 건물로 향했다. 조금 전부터 비가 후드득후드득 떨어지기 시작하고 있다. 본격적으로 쏟아지기 전에 집에 도착하고 싶었다.

헤어살롱보다 먼저 눈에 들어온 게 이다 시계방의 서양식 주택이다. 창문으로 새어 나오는 빛이 아카리를 안심시켜준다.

공방의 창문은 최근 밤늦게까지 켜져 있다. 거기에서 그가 자신만의 시계를 만들기 시작했는지 신경이 쓰였지만 더 이상 생각하지 않으려고 헤어살롱 쪽으로 시선을 옮겼다.

건물이 보이기 시작한다. 그때 아카리는 가슴이 철렁하여 자신도 모르게 걸음을 멈췄다. 아무도 없을 텐데 2층 창문이 환했던 것이다.

불을 꺼놓는 것을 잊었을 뿐이다. 그렇게 생각했지만 환한 방은 안에 사람이 있다는 것을 연상시킨다. 20년 전의 따뜻하고 단란한 풍경이 떠오른다.

할아버지가 술을 한잔하고 그대로 벌렁 눕는다. 할머니는 뜨개질을 하고 있다. 스토브 위에서 주전자가 김을 피워 올린다.

신사에 가봤니? 텔레비전을 보는 줄 알았는데 할아버지가 아카리에게 말을 건넨다. 꽃은 피었어?

아직이에요, 하고 아카리는 대답한다.

아직 추워요. 조금 날씨가 따뜻해지면 금방 꽃봉오리가 터질 거야. 할머니가 말한다.

갯버들은 봤어요. 고타쓰(火燵, 숯불이나 전기 등으로 뜨겁게 만든 것 위에 틀을 놓고 그 위로 이불을 덮게 된 난방 기구) 테이블에 펼쳐놓은 색칠 노트 속 갯버들에 아카리는 색을 칠하고 있다.

왜 여름방학이 아닌 봄방학의 일을 떠올리고 있는 것일까. 아카리에게는 상상일 수밖에 없는 시간이 왜 추억처럼 나타나는 것일까.

저 창문 너머에서 그런 대화가 오가고 있다면 안에 있는 것은 진짜 손녀딸이다. 그곳은 아카리가 가서는 안 될 집인 것이다.

비가 갑자기 어두운 상가로 쏟아지기 시작했다. 차갑게 마음속까지 다 얼어붙게 만든다. 집 앞에서 우두커니 선 채 아카리는 다리가 움츠러들어 꼼짝도 할 수 없었다. 차가운 비가 머리를 계속해서 적신다.

"감기, 다시 걸리겠어."

갑자기 우산이 비를 막는가 싶더니 뒤에 시계방 씨가 서 있었다. 가로등 밑에 우두커니 서 있는 아카리의 모습이 공방 창문으로 보였는지도 모른다.

"뭘 보고 있는 거야?"

자신의 집을, 비에 젖어 올려다보고 있다니, 스스로 생각해도 어떻게 된 건가 싶었다. 마음을 가라앉히려고 한 번 숨을 내쉬었다.

"불이 켜져 있어서. 안에 누가 있으면 어떡하나 하고."

"보고 올까?"

아카리에게 화가 나는 게 당연할 텐데 시계방 씨는 여전히 부드러웠다. 얼굴을 보면 분명 슬퍼지고 말 것이다.

"으응, 깜박 잊고 불 켜둔 채 나왔을 거야."

우산 하나에 들어가 있자니 필연적으로 거리가 가까워 아무래도 안절부절못하게 된다. 집으로 들어가려고 아카리는 열쇠를 찾았다. 토트백 안으로 손을 넣었지만 웬일인지 열쇠를 찾을 수 없었다.

"어? 떨어뜨렸나. ……어디에서 흘렸지? 아르바이트하는 곳에서? 아니면 걷다가 휴대전화 꺼낼 때일지도 몰라."

허둥대며 아카리는 발걸음을 돌리려 했다.

"지금 찾으러 가게? 아르바이트하는 곳에 전화해보는 게 어때? 만약 길에 떨어뜨렸으면 너무 어두우니까 내일 찾는 편이 좋아. 오늘은 집주인한테 보조키로 열어달라고 하고."

시계방 씨가 말한 대로였다. 고개를 끄덕이면서 휴대전화를 꺼내려 했지만 차가운 비에 젖은 손이 떨렸다.

"일단 들어가지 않을래?"

그는 자신의 집을 가리켰다. 차가운 빗속에서 윗도리도 걸치지 않은 채 서 있는 시계방 씨가 오히려 감기에 걸리고 말 것 같다. 아카리는 하자는 대로 했다.

따뜻한 방 안에서 젖은 코트를 벗자 안심이 된다. 아침 식사하러 올 때와 같은 의자에 앉았다.

손끝은 아직 차가웠지만 떨림은 멈췄다. 먼저 아르바이트하는 곳에 전화를 걸어보았지만 이미 아무도 남아 있지 않은 듯했다. 보조키가 있을 집주인이자 부동산 중개업자이기도 한 사노 씨의 자택에 전화해보았지만 이쪽도 받지 않았다.

"사노 씨, 벌써 잠들었나. 아무도 받지 않아."

"그 사람, 최근 들어 귀가 좀 어두워."

어떡하지. 생각에 잠긴 아카리에게 시계방 씨가 선뜻 말했다.

"자고 가면 되잖아?"

"앗, 그럴 수는……."

"방은 남아. 그리고 차인 것에 대해서는 충분히 자각하고 있으니까."

쓸데없는 짓은 안 할 거야, 하고 말하며 그는 웃었지만 아카리는 웃어넘길 수 없었다.

아카리 마음속에서는 실연당한 건 자신이었다. 시계방 씨는 착해서 어렸을 적 만난 여자아이가 아닌 아카리에게 실망했으면서도 차마 그렇게는 말할 수 없었을 것이다. 그래서 둘만 있는 상황을 묘하게 의식하고 마는 것은 아카리뿐이다. 그렇게 생각하니 쉽게 웃을 수 없었다.

그런 그녀를 시계방 씨는 가만히 보다가 말했다.

"그런데 왜 너는 자신이 차인 것 같은 표정을 하고 있는 걸까."

진심으로 알 수 없다는 듯, 그리고 걱정된다는 듯이.

갑자기 가슴이 두근거려 가만히 있을 수가 없었다. 첫사랑 상대와 우연히 둘만 있게 되었을 때도 이렇게 떨리지는 않았던 것 같다.

그런 아카리의 모습을 시계방 씨는 경계하고 있는 것으로 받아들였는지도 모른다. 거리를 두듯 일어섰다.

"사노 씨에게 계속 전화해보는 게 좋겠어. 나는 공방에 있을 테니까 부디 편하게 있어."

몇 번을 전화했는데도 결국 집주인과는 연결되지 않았다.

창문을 통해 들어갈 수는 없을까 하고 혼자 남은 주방에서 아카리는 멍하니 생각했다. 목욕탕 창문은 잠겨 있지 않을 것이다. 받침대 같은 것을 딛고 올라가면 아슬아슬하게 몸이 들어가지 않을까.

하지만 아카리는 그 집에게 거부당했다. 거기에 아카리가 있을 곳은 없었기 때문에 열쇠가 사라지고 방에 불이 켜져 있다. 타인의 집처럼, 문을 닫고 아카리를 들여보내주지 않는다.

그런 생각을 하고 말아서 적극적으로 집에 들어갈 방법을 찾고 싶은 마음이 생기지 않았다.

집주인과 연결되지 않는 전화를 계속 걸면서 혼자 있으니 정말 그 집을 자신이 빌린 것인지조차 확신할 수 없다.

아카리는 일어나 주방에서 나갔다. 시계방 씨의 모습을 보면 이 기묘한 감각이 사라지지 않을까 생각하면서.

공방의 유리문에서 하얀 불빛이 복도로 새어 나오고 있었다. 문을 두드리자 곧바로 안에서 대답이 들린다.

"보고 있으면 방해돼?"

"아니, 상관없어."

작업대에는 분해한 형의 시계가 놓여 있었다. 시계방 씨는 구석의 책상 앞에 앉아 있었고, 그 주위에는 기계나 공구가 아닌 책이 잔뜩 쌓여 있었다.

"이 시계, 좀 더 다양하게 손보고 싶어졌어."

"연구 중?"

"여기는 새 시계의 설계를 생각하는 곳이야."

그만이 만들 수 있는 시계를 부품 하나부터 다시 만들어가는 것이다. 그가 앞으로 나아가려고 마음먹은 것은 변하지 않았구나 싶어서 아카리는 가슴을 쓸어내렸다. 새로운 시계는 아카리와 인연이 없는 물건이 될 테지만 그건 이제 어쩔 수 없다.

"이 가게는 계속할 거야?"

"그럼. 수입이 되는 건 수리 쪽이니까. 시계 만드는 수업은 이제부터 시작이야."

그렇다면 그는 아직 '추억의 시간'을 수리해줄 수 있을까.

쇼윈도에는 여전히 '계計' 자가 없는 간판이 놓여 있다.

"……나, 할머니의 유령을 봤어."

스스로도 놀랄 만큼 갑작스럽게, 아카리는 그런 말을 했다.

"돌아가신 거야?"

"모르겠는데. 그럼…… 산 사람의 유령?"

"음."

시계방 씨는 약간 이상하다는 듯 과장스럽게 고개를 갸웃거렸다.

"내가 여기 온 건 초등학교 2학년 여름방학이었어. 사소한 착각으로 맡겨졌지만 유이 할아버지와 할머니는 나를 손녀라고 생각해서 잘 대해주셨지. 하지만 사실은 아니었어. 엄마한테 이젠 가면 안 된다는 말을 듣고 나서 두 번 다시 할아버지와 할머니를 만난 적은 없었어. 그런데……, 며칠 전에 할머니의 환각이 나타나서 또 와줘서 기쁘다고 하셨어. 그럴 리가 없는데."

"그럴 리가 없다고?"

"……손녀인 걸 모르고 맡아주셨거든. 아닌 걸 아셨으니 충격을 받으셨을 테고, 귀여워해준 것도 손해라고 생각하셨을 거야."

"충격을 받으셨을지는 모르겠지만 손해라고는 생각지 않으셨을걸."

"하지만 할머니는 앞으로 오면 안 된다고 말씀하셨어. 나한테 목도리를 감아주면서."

"그게, 언제야?"

"어……?"

스스로 말해놓고 퍼뜩 깨달았다. 목도리? 앞으론 오면 안 된단다. 슬픈 표정을 한 할머니가 목도리를 감아주던 풍경이 지금 막 머릿속에 떠오른 것이다. 그리고 엄마 손에 끌려가며 아카리는 멀어지는 헤어살롱 유이의 간판이 어둠속에서 불을 밝히고 있는 것을 몇 번이고 돌아보았다.

하지만 이상하다. 목도리라니, 여름방학이었잖아.

"네가 유이 씨의 진짜 손녀인지 아닌지 그건 내가 알 수 있는 문제가 아니지만 역시 그때의 여자아이는 네가 틀림없다고 생각해."

진지한 표정으로 그는 아카리와 다시 마주했다.

"왜 옛날에 내가 만났던 여자아이가 아니라고 하는지 몰라서 지난번엔 솔직히 당황스러웠어. 그게 사귈 수 없는 이유가 되나. 그냥 나를 연애 상대라고 생각하지 않기 때문 아닌가? 어떻게 하면 좋을지 알 수가 없었어."

이번에 알 수가 없는 건 아카리 쪽이었다.

"하지만 난 시계를 고친 적이 없는데."

"기억이 안 나는 것뿐 아닐까? 어렸을 때는 대개 그렇잖아. 난 확실히 네 시계를 고쳤어. 시계 끈 안쪽에 이름이 적혀 있었거든. 똑똑히 기억해."

엄마가 사고를 당하는 특수한 사정 때문에 맡겨졌던 여름방학과 달리, 봄방학에 여기를 올 이유는 없다. 아카리가 할머니를 만나고 싶다고 해도 엄마가 허락해주지 않았을 것이다. 그런데 자신이 또 여기를 찾아왔다는 것인가.

"……같은 이름의 다른 사람, 아니었을까?"

시계방 씨가 살짝 웃었다.

"고집 참 세네."

아무래도 그 여자아이가 자신이라는 실감이 나지 않았던 것이다.

"고친 시계, 그 아이한테 돌려줬지? 하지만 난 가지고 있지 않아."

"돌려주려고 몇 번인가 신사로 갔지만 너와는 못 만났어. 헤어살롱 유이의 손녀딸이라는 할아버지 말에 다음번 여름방학 때 만날 수 있을 줄 알았어. 결국 얼마 동안은 내가 가지고 있다가 할아버지한테 맡겼던가……. 실은 잘 기억나지 않아."

시계의 행방은 모르는 것이다. 진실은 알지 못한 채 아카리는 어중간한 상태가 되고 말았다.

조용한 공방에는 수많은 시계가 놓여 있다. 모두 다, 째깍째깍 작동하며 시간이 흘러가는데 아카리의 시간은 줄곧 정확하지 못한 채였다. 할아버지와 할머니의 추억을 잃었을 때부터.

"누구지, 이런 시간에?"

시계방 씨는 갑자기 그렇게 말하며 일어섰다. 멍하니 있던 아카리는 초인종 소리를 뒤늦게 깨달았다.

"그 엉터리 사무실에서 결국 비가 새."

문 열리는 소리와 동시에 가게 입구에서 다이치의 목소리가 들렸다.

"슈, 오늘 밤만 좀 재워줘."

"상관은 없는데 그렇게 비가 많이 새?"

"침대 위가 딱 비가 새는 자리더라고. 이불이 흠뻑 젖었어."

그런 대화를 들으면서 아카리가 공방에서 얼굴을 내밀자 다이치는 놀란 표정을 지었다.

"앗, 뭐야, 아카리 씨? 혹시 내가, 방해를?"

그렇게 말하며 시계방 씨와 아카리를 번갈아 본다.

"어, 난 열쇠를 잃어버려서 비를 좀 피하고 있을 뿐이야."

"열쇠를? 하지만 헤어살롱 2층에 불이 켜져 있고 창가에 사람이 있는 것 같아서 아카리 씨인가 보다 생각했는데. 그래서 나, 슈네 집에서 자려고……."

"사람이? 봤어?"

"다이치, 잘못 본 거 아니야?"

"틀림없어, 커튼이 쳐져 있었지만 움직였다고."

아카리는 시계방 씨와 얼굴을 마주 보았다.

"……할머니일지도 몰라."

아카리는 재빨리 그렇게 말했다.

"앗, 유령?"

"내가 보고 올게."

"잠깐, 나도 갈래."

시계방 씨가 그렇게 말한 것은 상대가 유령이 아니라 수상한 사람일 가능성도 있었기 때문이라고 아카리는 나중에야 눈치챘지만 그때는 할머니밖에 머릿속에는 없었다. 다이치에게도 따라오라고 시계방 씨가 말했지만 싫어. 나, 내일 일찍 일어나야 해, 하며 거절했다.

결국 시계방 씨와 둘이서 아카리는 헤어살롱 유이로 갔다.

4

현관문은 잠겨 있지 않았다. 슬쩍 밀어보니 열렸다. 어두운 가게 안으로 가로등 불빛이 스며들었다.

발소리를 죽이며 아카리는 가게 안에 있는 문을 열고 나아갔다. 어느새 자연스럽게 시계방 씨가 앞장서서 계단을 올라가고 있다.

2층 복도는 환했다. 거실로 이어지는 미닫이가 살짝 열려 있고 거기에서 빛이 새어 나오고 있었다. 누군가 안에 있는 건 틀림없었다. 텔레비전 소리가 들린다.

아카리는 신중하게 문틈으로 안을 들여다보았다. 고타쓰에 들어가 등을 구부리고 있는 모습이 얼핏 보인다. 분홍색 앞치마에, 뒤로 묶은 리본이 눈에 확 들어온다.

"할머니!"

자신도 모르게 문을 활짝 연 아카리 쪽을 돌아보며 할머니는 미소 지었다.

"어서 오렴, 아카리 짱."

"저기, 어떻게 여길……."

"어떻게라니, 여기는 할머니 집이잖아."

감기로 누워 있던 날에 나타났을 때와 똑같이 직접 만든 손가방이 고타쓰 위에 놓여 있었다.

"유령이 아니야. 진짜 사람이야."

시계방 씨가 귓속말을 했다. 아카리도 그렇게 생각했다.

아카리는 다가가 할머니 옆에 앉았다.

"정말 할머니야? 여기, 헤어살롱의?"

아카리의 얼굴을 찬찬히 바라보며 옛날보다 훨씬 주름이 늘어난 손으로 머리를 쓰다듬었다.

"많이 컸구나. 할머니는 줄곧 기다렸어. 아카리 짱이 오면, 어서 오렴, 하고 말하려고."

그리운 듯 실눈을 뜨며 할아버지도 있었으면 좋았을 텐데, 하고 중얼거렸다. 그러고 나서 시선을 든 그녀는 시계방 씨가 우뚝 서 있는 걸 깨달은 모양이었다.

"아, 혹시 남자친구? 아카리 짱을 바래다준 거야? 미안하구나, 할머니가 눈치도 없이."

서둘러 방석을 내주며 시계방 씨를 앉히려 했다.

"아뇨, 아뇨, 괜찮습니다."

"할머니, 내가 올 줄 알았어?"

여러 가지 묻고 싶은 게 밀려든다. 아카리는 급히 물었다.

"······이젠 안 올 거라고, 머리로는 알고 있었어. 하지만 왠지 와줄 것 같아서. 오면 좋겠다고 생각해서 그런지도 모르고."

아카리의 손을 잡고 할머니는 먼 곳을 바라보았다.

"그때, 상처 입었지? 두 번째로 네가 여기 왔을 때. 앞으론 오면 안 된다, 고 해서. 왜 그런 말을 했는지 몰라. 늘 마음에 걸렸단다."

"봄방학 때, 나 여기 왔어?"

할머니는 슬쩍 고개를 끄덕였다.

"그때 할머니가 전차를 타고 널 만나러 갔었어. 왠지 얼굴이 보고 싶어서. 봄방학에 들어갔을 무렵이었는데, 아카리 짱은 집 옆에서 친구와 놀고 있었지. 하지만 내 얼굴을 보고 기쁜 듯 달려와줬어."

그때 아카리의 엄마는 투어 컨덕터로 일주일 정도 돌아오지 않았던 것 같다. 이모는 귀가가 늦는 날이 많았다. 그 말을 듣고 할머니는 아카리를 헤어살롱으로 데리고 돌아갔다. 할머니 집에서 잘래? 하고 묻자 아카리가 응, 하고 대답했기 때문이다. 아마 아카리는 사람 없는 쓸쓸한 자신의 집과는 다른 할머니 집에 대해 동경과도 비슷한 마음을 품고 있었을 것이다.

할머니는 이모에게 연락했다. 이모는 여름방학 때 아카리를 멋대로 생판 남의 집에 맡겼다고 엄마에게 혼났을 것이다. 살짝 곤란한 듯했지만 내일 꼭 보내주겠다고 해서 승낙했다.

"하지만 네가 열이 나서 곧바로는 돌려보낼 수 없었단다."

할아버지가 의원에 데리고 갔다. 잠시 안정을 취해야 한다는 말에 나을 때까지 여기서 지내기로 했다.

할아버지와 할머니는 아직 아카리가 진짜 손녀딸이라고 믿고 있었다. 갑자기 열이 나도, 귀찮게 굴어도 그것조차 기쁨이라고 생각했을 정도였다고, 즐거운 듯 이야기를 계속했다.

할머니의 이야기가 계기가 되어 아카리는 기억이 떠올랐다. 그때 아카리도 열에 시달리면서도 평소와 다른 매일을 즐거워했다.

엄마가 데리러 온 것은 감기가 다 나았을 무렵이었다. 이모에게 사정을 듣고 귀국하자마자 서둘러 찾아온 엄마는 곧바로 아카리를 데리고 돌아가려 했다.

"아카리 쨩은 우리 손녀가 아니라고, 네 엄마가 말했지."

할머니는 갑자기 꺼져들 듯한 목소리가 되었다. 그때 그들은 처음으로 그 사실을 안 것이다.

조금만 더 있다가 보내겠다고 사정했지만 엄마는 단호히 거절한 모양이다.

"신세 많이 졌습니다. 여름방학 때는 히로토 씨가 편의를 봐줘서…… 부모님께도 사실대로 말씀드려야 했는데 그만 늦어지고 말았습니다."

히로토 씨라는 사람은 할아버지와 할머니의 차남으로 엄마가 오래 사귀었던 사람이다.

엄마와 조부모 사이에 오간, 긴장감 섞인 대화의 내용은 그때의 아카리로서는 잘 알 수 없었지만 할아버지와 할머니가 갑자기 서먹서먹해진 것 같았다. 막연히 아카리는 이젠 자신을 싫어할지도 모른다고 생각했다.

초봄이었는데 아직 추웠던 밤. 아카리는 서둘러 돌아가게 됐다. 5분만 기다리라고 말한 할머니는 어디를 다녀왔는지 잠시 후에 돌아왔다. 엄마는 바로 아카리에게 돌아갈 준비를 시켰다. 할머니의 작업복과 거의 비슷한 분홍색 에이프런 드레스를 벗기고 자신의 옷으로 갈아입은 아카리에게 코트를 입히고, 신발도 신겨 할머니가 돌아오면 곧바로 출발할 수 있는 상태였다.

가게 입구에서 숨을 헐떡이며 할머니는 종이봉투에서 목도리를 꺼내 아카리의 목에 감아주었다. 무지개색 목도리였다.

"목의 붓기가 좀처럼 가라앉질 않네. 따뜻하게 해줘야 해."

싫어진 게 아닐까. 확인하고 싶어서 아카리는 또 와도 돼? 하고 물었다.

슬픈 표정으로 할머니는 말했다.

"앞으론 오면 안 돼."

그 후 엄마에게 진짜 할아버지 할머니가 아니라는 말을 듣고,

뻔뻔스럽게 신세를 졌다는 것을 알고, 그래서 아카리는 할아버지와 할머니가 자신을 싫어할 것이라고 생각했다.

역에 도착하자마자 엄마는 무지개색 목도리를 쓰레기통에 버렸다. 그 의미도 모른 채 아카리는 그저 자신이 할머니네 집에 가서 모두를 힘들게 만든 거라 생각했다.

무엇보다 엄마의 신경이 날카로워져 있었다. 할아버지와 할머니에 대한 말은 엄마 앞에서는 금기였다.

봄방학의 일은 없었던 것으로 하자. 그러면 아무도 상처받지 않는다. 아카리 자신도 그래서 그때의 일주일은 기억 속에서 지워버렸고, 그와 동시에 아카리 내부에는 엄마에 대한 정체를 알 수 없는 감정만이 남았다.

"네 엄마는 널 빼앗기는 게 아닌가 싶었을 거야. 네가 우리 집에 아주 눌러사는 게 아닐까 하고 말이야. 네가 외롭다는 걸 잘 알면서도 그렇게밖에 할 수 없어서, 열심히 일하며 키웠을 텐데. 무엇보다 네가 버팀목이었을 게 틀림없는데 우리도 경솔했지."

그럴지도 모른다. 재혼할 때까지 엄마는 필사적이었을 것이다. 아카리가 열 살 때 재혼하여 여동생인 카나를 낳고 비로소 평범한 가정의 행복을 찾은 엄마 옆에서 사춘기에 접어든 아카리는 소외감을 강하게 느끼다가 엄마와 거리를 두게 되었다. 아마 그대로 오늘까지 엇갈리기만 해왔을 것이다. 하는 말마다 상처를 줘서 아카리에 대한 관심이 희박한 모친이라고 생각해왔다.

"그래서 나도 잊어야만 한다고 생각했지만……. 아들들은 그다지 가족들을 데리고 오지도 않고 손주는 사내아이들뿐, 가끔 봐도 왠지 서먹서먹했어. 아카리 짱만 생각나지 뭐야. 여자아이라서 그래, 귀여운 유카타(浴衣, 주로 평상복으로 사용하는 기모노의 일종. 목욕 후나 여름에 입는다)도 입힐 수 있고. 할머니랑 같이 입는 분홍색 에이프런 드레스도 마음에 들어 했었지."

그러고 나서 할머니는 갑자기 뭔가 생각난 듯 시계방 씨를 보았다.

"당신, 이다 씨네 그 아이 아닌가? 아카리 짱하고 논 적이 있었는데? ……그래, 시계야, 아카리 짱 시계!"

갑자기 일어서려 해서 아카리는 할머니의 팔을 잡아주어야만 했다.

아휴, 나이를 먹으면 이렇다니까, 웃으면서 방 안을 둘러본다.

"생각났다! 오늘은 왠지 기억이 다 나네."

천장 부근의 작은 벽장으로 손을 뻗으려고 등을 편다.

"할머니, 위험해."

시계방 씨가 그것을 열어주었지만 물론 아무것도 없었다. 이사 오면서 쓸데없는 것들을 다 버린 아카리에겐 벽장에 넣어둘 만한 것이 없었기 때문이다. 물론 할머니가 살던 무렵의 짐이 들어 있을 리도 없다.

"거기, 천장널(천장에 대는 널빤지)을 치워주겠나? 상자가 들어 있을 거야."

부엌의 의자를 가지고 와서 시계방 씨는 시키는 대로 천장널을 뗀 후 그 부근을 손으로 더듬었다. 이윽고 한 손에 들어갈 정도 크기의 과자 상자를 발견했다.

"그거야, 그거."

먼지를 털어 내고 고타쓰 위에 내려놓은 상자를 할머니는 살짝 쓰다듬었다. 뚜껑을 열자 뭔가가 손수건에 싸여 있었다.

안에서 나온 것은 손목시계였다.

"이거……."

놀라움에 휩싸여 아카리는 시계방 씨를 보았다. 그리운 듯, 그는 시계를 들여다보았다.

"이거야. 내가 처음 고친 시계."

"이다 씨가 가져다주었는데 아카리 짱에게 돌려줄 기회가 없어서."

무지개색 끈이 달린, 어린이용 캐릭터가 그려진 시계였다.

실물을 직접 보자 갑자기 기억이 살아났다. 초등학교에 들어간 아카리에게 엄마가 사준 것이다. 시간이 불규칙한 일을 하던 엄마가 오늘은 몇 시에 돌아올지 알 수 있도록 아카리에게 시계를 사주었다.

물론 소중히 다뤄왔기 때문에 고쳐주겠다는 말을 듣고 기뻐하며 맡겼었다.

"어쩌면 다시 한 번 아카리 짱이 와주기를 기대했던 건지도 모르지. 우리와 아카리 짱을 이어주는 물건이었으니까."

할머니는 시계를 아카리에게 건네주었다. 그것을 아카리는 가슴께에 꼭 갖다 댔다. 엄마와 할머니, 그리고 시계방 씨의 손을 거친 시계는 모두의 마음이 담겨 있는 듯 따뜻했다.

"왜 이게 천장 안에 숨겨져 있는 거죠?"

시계방 씨가 물었다.

"어머, 숨겨놓은 건 아니야. 실수로 버려버리지나 않을까 싶어서 잘 보관해둔 거지. 하지만 어느새 어디에 보관했는지도 잊어버려 늘 신경이 쓰였었는데. 다행이지 뭐야, 다시 생각나서. 아카리 짱과 이다 군이 와준 덕분이야."

이미 오래전에 건전지가 다 된 때문인지 시계는 멈춰 있었지만 아카리는 작은 진동을 느낄 수 있었다. 그것은 아마 아카리 마음속의 새로운 시간이 흐르기 시작한 소리였을 것이다.

어느새 비는 그쳐 있었다. 구름 사이로 달이 떠 있다. 시계방 씨를 현관 앞까지 배웅하면서 아카리는 무슨 말을 어떻게 하면 좋을지 아직 머릿속에서 정리하지 못한 상태였다.

"할머니, 여기 열쇠 가지고 있었어?"

"응, 나, 열쇠 바꾸지 않았거든."

아카리가 감기에 걸렸던 날도 할머니는 자신이 가지고 있던 열쇠로 이 집에 들어왔던 것이다.

아카리가 본 것은 환각이 아니었고, 낡은 색칠 노트도 할머니가 옛날에 사놓았던 것이다. 신사의 백목련을 보고 와서 맞는 꽃의 색깔을 칠할 수 있도록, 여름방학 때 한 약속을 지키려고 사두었던 것을 지금까지 가지고 있었다. 그 노트를 보고 할머니는 헤어살롱 유이로 올 생각을 했을지도 모른다.

이야기를 하다 피곤했는지 할머니는 거실에서 잠들고 말았다. 시계방 씨가 이부자리까지 옮겨다 주었다. 가족에게 아무 말도 않고 온 게 아닐까 싶었지만 일단 오늘 밤은 여기에서 주무시게 하자고 생각했다.

결국 할머니 덕분에 아카리는 집에 들어올 수 있었다.

할머니도 이 집도, 다시 한 번 아카리를 받아주었다. 여기에서 있었던 일을 그리운 추억으로 삼아도 된다고 말해주었다. 할아버지, 할머니와 함께 보낸 시간은 확실히 아카리의 것이었다.

미용사 자격을 따려고 결심했을 때, 할머니와 똑같은 일을 한다는 생각은 의식적으로 머리에서 지웠다. 그 집에서 살았던 적이 있든 없든 자신은 이 길을 선택했을 것이다. 그러니까 그때 일은 지금의 자신과는 아무런 관계가 없다. 애당초 실수로 맡겨진 생판 남이니까. 그렇게 생각하려 애쓰며 살아왔다.

소질이 없다는 핀잔을 엄마한테 들으면서도 일은 재미있었고, 열심히 했다고 생각했는데 헤어진 남자친구에게 부정당하고 나니 충격이었다. 그때 비로소 아카리는 미용사였던 할머니의 혈육이 아니었음을 새삼스럽게 의식했던 것이다.

손님으로 잔뜩 붐비던 헤어살롱 유이를 떠올려본다. 눈대중으로 보고 흉내 내어 인형의 머리를 땋고 있으면 손님들이 잘한다고 칭찬해주었다.

크면 할머니처럼 되고 싶니? 응, 하고 아카리는 대답했다. 하지만 자신은 그곳으로 두 번 다시 갈 수 없다. 그래서 미용사로서의 길도 선택할 수 없는 게 아닐까 생각했다.

과거는 변하지 않는다. 실수든 무엇이든 그곳에 맡겨진 적이 있는 아카리는 미용사를 동경했고, 착각 속에서 계속 그 길을 걸어왔을지도 모른다. 그런 식으로 고민하고 있을 때 과거 헤어살롱 유이가 셋집으로 나왔다는 사실을 알게 된 것이다.

과거는 변하지 않는다. 하지만 복구할 수는 있다. 자신의 일부임을 인정하고 소중히 여긴다면.

"그럼 잘 자."

시계방 씨는 가려 했다. 할 말이 있을 텐데 하고 아카리는 말하려다가 응, 하고만 대답했다.

문에서 등을 돌린 채 갑자기 멈춰 선 그는 다시 돌아보려고도 하지 않고 중얼거렸다.

"그럼 내가 차일 이유는 없어진 건가."

시계에 대해 생각났으니까 다시 사귀자고 말하는 건 너무 바보 같다. 아무리 착한 시계방 씨라 해도 이런 여자와 잘될 수 있을까 하고 정신 차리지 않을까.

아카리가 뭐라고 대답하지 못하고 있는데 한숨을 한 번 내뱉고 그는 밖으로 나갔다. 회색 니트를 걸친 등이 달빛 아래로 나간다. 담벼락 그늘에 숨어버릴 것 같다.

이제 바보든 뭐든 좋다. 후회는 하고 싶지 않다.

달려나간 아카리는 그 등을 시야에 담으려고 팔을 뻗었다. 머리를 갖다 대자 눈앞은 시계방 씨로 가득 찬다.

"미안해."

대담하게 덤벼든 그의 등은 따뜻했다.

"그거, 어떤 의미의 미안이야?"

"질려버린 게 아니라면 꼭 다시 사귀어줘."

시계방 씨는 살짝 웃은 듯했다.

"얼굴을 보여줘."

"……내일 봐."

"뭐, 그러든지."

5

아침 일찍 아카리는 엄마에게 전화를 걸었다. 일어났어? 하고 묻자 당연하지, 하고 대답한다.

"이사했다며?"

무슨 볼일로? 하고 말하지는 않았다. 그러고 보면 엄마는 특별히 아카리에게 간섭하지는 않았지만 먼저 연락했다가 심한 소리를 들은 적은 없다. 그런 사람이었다는 걸 새삼스레 알았다.

"대충."

"독립한 거야?"

"앗, 무슨 소리야?"

"늘 꿈꿔왔잖아. 자신의 미용실."

그런 말을 엄마 앞에서 한 적이 없었을 텐데.

"작고 가정적인 분위기의 가게를 보고 와서는 거기만 다녔잖아. 유행의 최첨단을 걷는 느낌은 안 난다면서."

확실히 그렇긴 했지만 솜씨도 평판도 좋은 가게들뿐이었던 것 같다.

"체인점이 몇 개나 되는 그런 곳에 취직했을 때는 의외라고 생각했어."

그런 말도 엄마는 한 번도 한 적이 없었다.

"혹시 돈 필요하면 네 결혼 자금 정도는 있어."

"그거 쓰면, 나 결혼할 수 없잖아."

"한 번에 두 가지나 바라지 마. 넌 약지 못해서 안 돼."

그렇지, 하고 대답하며 머지않아 얼굴 보러 갈게, 하고 아카리는 전화를 끊었다.

교대하듯 걸려온 전화는 시계방 씨한테서 온 것이었다. 그 통화도 마쳤을 때 할머니가 일어난 것일까. 부엌에서 소리가 들렸다.

할머니는 된장국을 만들려 하고 있었다. 아카리도 도와 둘이서 아침 식사를 했다.

그러고 얼마 안 되어 할머니의 둘째아들이라는 사람이 데리러 왔다. 할머니의 행방을 찾아 어젯밤 늦게 '쓰쿠모 신사 거리 상가회'에 문의가 들어온 모양이었다. 오랜 세월 여기에서 살아온 할머니라서 여기가 집인 줄 알고 왔을 가능성이 있다고 가족들은 생각한 모양이었다.

회장인 시계방 씨가 전화를 받아, 분명히 오셨고 아침까지 이집에서 머무르시게 할 테니까 걱정하지 말라고 한 듯하다. 친숙한 상가회라서 가족은 안심했을 것이다.

"어머, 어머, 히로토, 네가 오다니, 드문 일이구나. 올라오렴."

아들의 모습을 보고 할머니는 그렇게 말했다.

"여기는 이제 어머니 집이 아니에요."

"무슨 소리야. 아카리 짱도 왔는데."

머리를 긁적이면서 그는 곤란한 듯 아카리를 보았다.

"미안해요, 요즘 기억에 혼란이 생기신 모양이에요. 갑자기 시계를 돌려줘야 한다고 말씀하셔서, 그 시계인가 뭔가를 찾으려고 집 안 구석구석 다 뒤졌지만 없더라고요. 방 배치에 대한 이야기를 듣다 보니 헤어살롱을 말씀하시는 줄은 알았지만, 당신이 직접 전철을 갈아타고 여기까지 오실 줄은 생각지도 못했네요."

히로토 씨는 엄마의 옛날 연인이다. 어딘지 대범해 보이는 분위기가 있어서, 다른 집 아이를 부모님에게 맡기고도 정작 중요한 설명을 잊어버릴 만큼 느긋한 성격 같기도 했다.

그리고 그는 새롭게 여기에서 살기 시작한 사람이 20년 전 여름방학 때 여기 온 여자아이일 줄은 생각지도 못했을 것이다. 할머니가 멋대로 착각하고 있다고 생각하는 듯했다.

아카리는 할머니에게 미소를 지어 보였다.

"할머니, 아드님과 오랜만에 외출하시는 게 어때요? 제가 집을 볼 테니까요."

눈치채고 히로토 씨도 거들었다.

"아⋯⋯. 그래요, 어머니. 잠깐 드라이브라도 하죠."

할머니도 아들이 그렇게 말하자 기쁜 듯했다.

"어머, 그런데 괜찮겠어? 아카리 짱, 혼자 집 볼 수 있어?"

"괜찮아요. 할머니가 사다 준 색칠 노트가 있잖아요."

털실로 짠 손가방을 들고 할머니는 순순히 신발을 신었다.

"아카리 짱, 갑자기 돌아가버리지 마."

살짝 걱정스러운 듯 그렇게 말한다. 아카리는 고개를 끄덕였다.

"전 여기에 있을 거예요. 할아버지와 할머니 집에요."

떠나가는 차를 배웅하며 돌아보자 시계방 씨도 집에서 나와 할머니를 눈으로 배웅하고 있었다.

"안녕.".

아카리를 보고 그는 미소 지었다. 오늘 아침은 평소의 풍경이 어디랄 것도 없이 모두 다 눈부시게 보인다. 시계방 씨의 웃는 얼굴이 있어서인지, 아니면 봄답게 따뜻한 햇살 때문인지.

"저기, 신사에 있는 백목련, 이젠 폈을까?"

"보러 가볼래?"

그대로 둘이서 신사까지 걸어갔다. 경내로 들어섰지만 아직 나무들의 새싹은 딱딱했다. 그런 가운데 봉오리를 막 틔우고 있는 백목련 나무로 아카리는 걸어갔다.

"역시 아직은 이른가."

"저쪽이 햇볕이 좋아."

약간 안쪽으로 돌아 들어가자 부풀어 오른 꽃봉오리가 벌어져, 흘러넘칠 듯한 하얀 꽃이 눈에 날아들었다.

"앗, 피었어, 시계방 씨!"

달려가 올려다보았을 때 아카리는 오래전에도 이 꽃을 보았던 것 같았다. 그때 옆에 있던 남자아이는……

"저기, 이제 시계방 씨라는 말은, 좀."

정말이다.

"으음, 그럼……"

"슈!"

다이치의 목소리가 경내에 울려 퍼진다. 갈색 머리가 이쪽으로 달려온다.

"없다 싶었더니 아침부터 둘이 참배하러 온 거야?"

"아침 식사, 못했어?"

"나도 눈치는 빨라."

그럼 간다, 하고 손을 흔들며 다이치는 경내 안쪽으로 걸어갔다. 그가 주렁주렁 목에 걸고 있는 사슬이 흔들려, 펜던트 중 하나가 얼핏 보였다. 금속판으로 된 '계計' 자처럼 보인 건 나만의 착각일까.

그렇다고 해도 어떻게 되는 건 아니겠지만.

"그러고 보니 어렸을 적 여기에서 너와 놀던 때도 꽃이 피었던 것 같은데."

"응, 피었어."

자신 있게 말하는 아카리를 보며 그는 이상하다는 듯 웃었다.

아카리는 백목련 꽃을 알고 있었다. 하지만 여기에 와서는 안 되었기 때문에 기억을 봉인한 채 꽃을 일곱 색깔로 칠했다.

할머니가 놓고 간 새 노트에는 이번에야말로 살짝 아이보리가 섞인 부드럽고 하얀 꽃 색깔을 칠할 수 있을 것이다.

시계, 시간을 새기는 행위, 삶

이 책의 원제목은 『추억의 시 수리합니다思い出のとき修理します』라는 살짝 이상한 문장이다. 이 문장이 적힌 곳은 시계방 앞에 내어놓는 간판 역할을 하는 동판인데 원래는 '추억의 시계를 수리합니다'라는 문장에서 '계界' 자가 떨어져 이렇게 이상한 문장이 된 것이다. 하지만 그래놓고 보니 제법 그럴듯한 의미를 가진 문장이 되어 많은 상상을 불러일으킨다. '추억의 시時'는 '추억의 시간'으로도, 그냥 '추억'으로도 받아들일 수 있다. '시계'라고 하는 물질이 '추억'이라는 정신으로 치환되고, 무의미가 의미로 변질되는 극적인 계기의 출발점이 된 것이다.

우리가 오랜 세월 곁에 두고 손때 묻혀온 것들은 나름의 생명을 가진다. 물론 그것 자체의 생명력이라기보다 우리가, 인간이 불어넣은 생명력이지만 어느 순간이 되면 마치 그것은 그것 스스로 살아 숨 쉬듯 우리에게 많은 의미로 다가온다.

하지만 그 반대의 경우는 어떨까. 애당초 살아 있던, 살아 숨 쉬고 있던 우리의 정신, 우리의 추억은 우리가 잠시 한눈을 팔기라도 하면 망각이라는 저 너머 세상에서 영영 우리와 인연을 끊고 만다. 슬픔은 기쁨이 되고, 기쁨이 슬픔이 되는 감정의 굴곡 속에서 일회일비하며 삶에 새살을 덧대어가는 우리에게 꼭 기억해야 할, 잊어서는 안 될 추억이란 매우 소중한 통과의례일 터. 망각 속의 추억을 복원하는 일은 그래서 살아가는 데 있어서 큰 힘이 된다.

이 소설은 그런 의미에서 진정한 치유의 소설이다. 죽었는지 살았는지도 모를 아버지(「낡은 오르골의 주인」), 사랑인 줄도 모른 채 헤어진 연인(「못 다한 고백, 오렌지색 원피스의 비밀」), 행방불명된 딸을 찾는 어머니(「행방불명 모녀와 아기 돼지 인형」), 꿈을 양보하고 죽어간 형(「슈지 이야기: 빛을 잃은 시계사」), 가짜 할아버지 할머니에 대한 조각난 기억(「아카리 이야기: 그해 봄의 비밀」)들은 모두 상실이자 의도된 망각이다. 상실과 망각의 물질, 여주인공 아카리는 그것들을 대표하는 상징적 인물이며 슈지는 그런 아카리의 추억을 복원하는 시계사이다.

때문에 시계라는 인류의 오랜 문명을 대변해주는 물건은 의미심장하다. 시간은 곧 공간이며 휘어진 시간이 우주를 생성하고 있다는 물리학의 이론을 가져올 필요도 없이 현재를 살아가는 우리에게 시계가 주는 상징성은 각별한 것이다. 시간을 새기는 행위, 그것이 곧 과거를 지나 현재와 미래를 향해 걷는 우리의 발걸음을 기록하는 일이라면 추억을 수리하는 매개체로 시계를 선택한 작가의 통찰력은 신선할 뿐만 아니라 깊은 무게감을 갖는다. 이 소설이 후속 권은 물론이고 만화나 영화, 드라마 같은 2차적 저작물로 재탄생되지 않는다면 그 또한 우스운 일이 될 것이다.

국립중앙도서관 출판시도서목록(CIP)

추억의 시간을 수리합니다 : 천재 시계사와 다섯 개의 사
건 / 지은이: 다니 미즈에 ; 옮긴이: 김해용. -- 고양 :
위즈덤하우스 , 2014
  p. ; cm

원표제: 思い出のとき修理します
원저자명: 谷瑞惠
일본어 원작을 한국어로 번역
ISBN 978-89-5913-835-7 04830 : ₩12000
ISBN 978-89-5913-883-8 (세트) 04830

일본 현대 소설[日本現代小說]

833.6-KDC5
895.636-DDC21   CIP2014027005

추억의 시간을 수리합니다
: 천재 시계사와 다섯 개의 사건

초판1쇄 발행 2014년 10월 10일 **초판13쇄 발행** 2019년 4월 20일

지은이 다니 미즈에 **옮긴이** 김해용
펴낸이 연준혁

출판 2본부 이사 이진영
출판 7분사 분사장 최유연
디자인 윤정아

펴낸곳 (주)위즈덤하우스 미디어그룹 **출판등록** 2000년 5월 23일 제13-1071호
주소 경기도 고양시 일산동구 정발산로 43-20 센트럴프라자 6층
전화 031)936-4000 **팩스** 031)903-3893 **홈페이지** www.wisdomhouse.co.kr

값 12,000원
ISBN 978-89-5913-835-7 04830
      978-89-5913-883-8 (세트)

* 인쇄·제작 및 유통상의 파본 도서는 구입하신 서점에서 바꿔드립니다.
* 이 책의 전부 또는 일부 내용을 재사용하려면 반드시
  사전에 저작권자와 (주)위즈덤하우스 미디어그룹의 동의를 받아야 합니다.